O CENTAURO NO JARDIM

Obras do autor na Companhia das Letras

A *orelha de Van Gogh* (1989, Prêmio Casa de las Américas)
Sonhos tropicais (1992)
Contos reunidos (1995)
A *paixão transformada* (1996)
A *majestade do Xingu* (1997, Prêmio José Lins do Rego)
A *mulher que escreveu a Bíblia* (Prêmio Jabuti de Romance de 2000)
Os leopardos de Kafka (2000)
Saturno nos trópicos (2003)
Mãe judia, 1964 (Coleção Vozes do Golpe, 2004)
O centauro no jardim (2004)
Os vendilhões do templo (2006)
Manual da paixão solitária (2008)
Eu vos abraço, milhões (2010)

MOACYR SCLIAR

O centauro no jardim

11ª edição

COMPANHIA DAS LETRAS

1ª edição Nova Fronteira, 1980

Grafia atualizada segundo o Acordo Ortográfico da Língua Portuguesa de 1990, que entrou em vigor no Brasil em 2009.

Capa
Kiko Farkas/ Máquina Estúdio

Foto de capa
Centauro galopante, de Giandomenico Tiepolo (Giovanni Domenico), *c.* 1755-65.
Bico de pena e nanquim marrom e aguada sobre o papel.
Reprodução: Bridheman images/ Easypix Brasil

Preparação
Eliane de Abreu Santoro

Revisão
Valquíria Della Pozza
Luciane H. Gomide

Atualização ortográfica
Página Viva

Dados Internacionais de Catalogação na Publicação (CIP)
(Câmara Brasileira do Livro, SP, Brasil)

Scliar, Moacyr
O centauro no jardim / Moacyr Scliar. — 11ª ed. — São Paulo : Companhia das Letras, 2023.

ISBN 978-85-359-3649-0

1. Ficção brasileira I. Título.

23-173142 CDD-B869.3

Índice para catálogo sistemático:
1. Ficção : Literatura brasileira B869.3

Cibele Maria Dias – Bibliotecária – CRB-8/9427

EDITORA SCHWARCZ S.A.
Rua Bandeira Paulista, 702, cj. 32
04532-002 — São Paulo — SP
Telefone: (11) 3707-3500
www.companhiadasletras.com.br
www.blogdacompanhia.com.br
facebook.com/companhiadasletras
instagram.com/companhiadasletras
twitter.com/cialetras

Só o cavalo pode chorar pelo homem. Daí por que, no centauro, misturam-se a natureza do homem e a do cavalo.

Bestiário — século XII

Não nos regozijemos demasiadamente em face dessas vitórias humanas sobre a natureza.

Friedrich Engels

Para os índios, diz-se, os soldados de Pizarro ou de Hernán Cortés eram também centauros. Um caindo da montaria, os índios viram dividir-se em duas partes o que tinham por um só animal e ficaram aterrorizados... Não tivesse tal fato acontecido, pensa-se, teriam matado todos os cristãos.

Jorge Luis Borges

É sempre agradável ver-se um destruidor de fábulas ser vítima de uma fábula.

Gaston Bachelard

Nunca vi ninguém olhar com tal ternura um cavalo e um cavalo navegar nos seus olhos, desviá-lo para dentro, onde é mar e o mar, apenas cavalo.

Carlos Nejar

Desde quando judeus andam a cavalo?

Joseph Heller

"*O unicórnio no jardim*"

James Thurbert (título de conto)

São Paulo: restaurante tunisino *Jardim das Delícias* *21 de setembro de 1973*

Agora é sem galope. Agora está tudo bem.

Somos, agora, iguais a todos. Já não chamamos a atenção de ninguém. Passou a época em que éramos considerados esquisitos — porque nunca íamos à praia, porque a Tita, minha mulher, andava sempre de calças compridas. Esquisitos, nós? Não. Na semana passada veio procurar a Tita o feiticeiro Peri, e, aquele sim, era um homem esquisito — um bugre pequeno e magro, de barbicha rala, usando anéis e colares, empunhando um cajado e falando uma língua arrevesada. Talvez pareça inusitado uma criatura tão estranha ter vindo nos procurar; contudo, qualquer um é livre para tocar campainhas. E, mesmo, quem estava vestido esquisito era ele, não nós. Nós? Não. Nós temos uma aparência absolutamente normal.

Aqui estamos, com nossos filhos, e nossos amigos, e os filhos dos nossos amigos, jantando no restaurante tunisino. Antes vínhamos mais seguido a este lugar. Depois que Tita e eu nos mudamos para Porto Alegre os jantares se tornaram mais raros, mas em compensação servem agora para reunir a antiga turma. Hoje, aliás, por um motivo especial: estou de aniversário. Trinta e oito anos. Trinta e oito: o calibre do revólver dos guardas do condomínio, se bem me lembro. Uma esplêndida idade. Idade de amadurecimento, mas também de vigor; de compreensão, de valorização das coisas boas, tais como esta excelente comida do *Jardim das Delícias*, simpático lugar onde a gente se sente como em casa. É verdade que há pouco, olhando o garçom árabe, tive uma sensação desagradável. Me lembrei de nossa primeira viagem ao Marrocos, do cheiro nauseabundo do navio. Me perturbei, cheguei a estremecer. Paulo, sentado a meu lado na comprida mesa, notou: você está pálido, Guedali! Não é nada, eu disse, um ligeiro mal-estar, já passou, está tudo bem. Ele aproveita para me perguntar se tenho me exercitado, se continuo correndo como fazíamos os dois juntos. Um pouco envergonhado, confesso que não. Faz tempo que não corro, que não pratico esporte. Tenho ido ao futebol com meus guris, colorados fanáticos, e isso é tudo. Ah, diz Paulo, triunfante, é por isso que estás com essa barriga, que te sentes mal. Olha para mim, Guedali: estou em plena forma física. Continuo correndo todas as noites, regularmente. Você não deve desistir, Guedali. Corre, rapaz, te esforça. Não é só pelo exercício; é pelo desafio também. Vida sem desafio não vale a pena. Ouve o que te diz o velho Paulo, teu amigo.

Tem razão o Paulo. É preciso correr. Já pensei fazê-lo na fazenda que tenho perto de Quatro Irmãos, no interior do Rio Grande do Sul. Mas agora aquilo tudo está plantado, não há onde correr. Aliás, é uma bela lavoura de soja, a que tenho lá. Quem toma conta dela é o meu próprio irmão, o Bernardo. Todo mundo dizia que era loucura se meter na agricultura, ainda mais associado ao Bernardo, um sujeito instável, dado a largar tudo e sair perambulando pelo Brasil. Mas quando ele veio bater na minha casa e me pediu ajuda, resolvi arriscar. E deu certo: Bernardo revelou-se um empresário rural de primeira ordem; mecanizou a fazenda, assessorou-se com um agrônomo para o uso de adubos e defensivos, leva os empregados com rédea curta — enfim, faz as coisas andarem.

Velho Paulo. Bom amigo, bom sócio. Graças à visão dele entramos no ramo de exportações. Uma grande ideia. Foi mesmo o que nos salvou, pois estávamos mal de negócios, à época em que eu morava em São Paulo. Temos vendido horrores, especialmente para o Marrocos, onde tenho bons contatos.

Grande amigo, o Paulo. Paulo e Fernanda, Júlio e Bela, Armando e Beatriz, Joel e Tânia... Bons amigos, todos. É bom, isso, estar entre amigos, saboreando o vinho — forte mas gostoso — num ambiente pitoresco e acolhedor. Sim, é agradável estar aqui no restaurante tunisino.

O que neste momento incomoda um pouco é a música árabe, estridente, tocada num volume muito alto. Mas até isto tem vantagens: se asas ruflam lá fora, acima da alta palmeira que se avista pela janela — não sei, não dá para ouvir. O som que ouço é, acho, o vento, um vento quente que sopra desde a tarde. Vai chover, decerto.

Tita, sentada à minha frente, sorri. Está cada vez mais bonita. Passou por maus momentos, sofrimentos, nota-se pelas rugas; mas resultou daí que sua beleza amadureceu, tornou-se mais profunda, mais suave. Querida Tita, querida mulherzinha.

À minha esquerda, nossos filhos, os gêmeos. Faz meia hora que estão cochichando entre si, os dois demônios. Na certa estão tramando alguma sacanagem, é bem do feitio deles. São dois bons meninos, inteligentes, estudiosos. E como crescem! Daqui a pouco estarão mais altos que eu — e eu sou muito alto. Já estão me pedindo um carro; qualquer dia me apresentam as namoradas. Qualquer dia casam. Qualquer dia serei avô. Tudo bem.

Isto é: quase tudo bem. Ainda há coisas que me incomodam. Minha insônia, meu sono agitado. Volta e meia acordo à noite com a sensação de ter ouvido um ruído estranho (o ruflar das asas do cavalo alado?). Mas é impressão. Tita, que tem ouvido excepcionalmente apurado, não escutou nada: dorme tranquila. E sonha. Não preciso levantar-lhe a pálpebra, não preciso espiar-lhe pela pupila, como por uma janela, para saber com que sonha. É que dormir juntos muito tempo resulta em transfusão de sonhos: o cavalo, que há pouco eu via deslizando entre nuvens, agora galopa pelo pampa, no sonho dela. Só que a ela o onírico equino não incomoda. A mim, sim. Porque preciso corrigir os meus sonhos. Se o cavalo me incomoda, posso eliminá-lo. Há soníferos fabricados especialmente para esse fim.

Nos sonhos começam as inquietudes, mas neles não terminam. Também na vigília me acontecem certas coisas esquisitas, coisas que parecem mensagens inquietantes. Por exemplo, ainda há pouco eu rabiscava no guardanapo de papel com a caneta de ouro que ganhei de meus amigos, uma bela caneta importada. E aí me surpreendi escrevendo essa frase *agora está tudo bem*, uma frase absolutamente banal — mas em letras grotescas, angulosas. Que força teria guiado a mão que traçou essas letras? Não sei. Confesso que não sei, apesar dos meus trinta e oito anos, apesar de tudo o que passei, experiências extraordinárias. Há muita coisa desconhecida dentro de mim, muitos segredos. Não seria o caso de abrir as comportas, de deixar jorrar a torrente? Ontem vi na TV cenas de uma enchente. Animais nadavam nas águas barrentas, procuravam refúgio nas copas das árvores que ainda emergiam. A cara molhada de um macaco, mostrada em *close*, me impressionou particularmente: a inocência desamparada. Não seria o caso de contar tudo a esses meus amigos? Agora que está tudo bem, não seria de contar? Não há o que temer. Cauda alguma se erguerá para espantar as moscas que zumbem ao meu redor. Falando nisso, mosca é coisa que não falta aqui. Essa gente faz boa comida, mas o lugar não é dos mais limpos, com certeza jogam restos no pátio. Contudo, é preciso fechar os olhos e não reclamar. Irritam-se por pouco, são vingativos: ainda ontem corriam de camelo pelas dunas do deserto, os longos albornozes flutuando ao vento. Traídos, juravam vingança; na primeira oportunidade apunhalavam os inimigos. São berberes. Já não montam camelos, claro; quando fecham o restaurante vão para casa de carro; mas eu (talvez seja paranoia judaica) ainda lhes vejo um brilho sinistro no olhar.

Sim, posso contar tudo, eu. Modesto, mas altaneiro. Digno. Sem dar lugar a deboches, sem permitir trocadilhos. Nada de alusões à *Cavalaria Rusticana* ou ao asno de Buridan. Se índios entrarem em minha história — e ainda havia índios na região de Quatro Irmãos, em 1935 —, não virão a cavalo, como os valentes charruas, mas sim a pé, humildes (ainda que misteriosos), pedindo trabalho.

Não falarei dos cavalos internos que galopam dentro de nós — não sei se existem. E nem é *cavalgada*, para mim, a marcha incessante da História rumo a um *destino* que não sei qual é. Não vejo por que chamar a *marcha incessante da História* de outra coisa que não *marcha incessante da História*, acrescentando talvez, para satisfazer a alguns, *sem repouso e sem recuos*.

Então? Por que não me ponho de pé? Por que não bato com a caneta no cálice de vinho, pedindo a atenção de todos para um segredo que pode enfim ser revelado?

Por quê? Não sei. Sinto-me inseguro. Tenho medo de ficar de pé. Temo que as pernas não me sustentem: a verdade é que ainda não aprendi a confiar nelas. Os bípedes não têm a firmeza dos quadrúpedes. Além disso, estou bêbado. Um brinde atrás do outro — ao aniversariante, à esposa do aniversariante, aos filhos do aniversariante, aos amigos do aniversariante, aos pais e irmãos do aniversariante, à empresa de exportação do aniversariante, à fazenda do aniversariante, ao Internacional, clube do aniversariante — e o vinho me foi subindo. Tita, sentada à minha frente, me faz sinal para não beber tanto. Ela está conversando com a moça a seu lado, por sinal uma mulher muito bonita, de uma beleza estranha: longos cabelos cor de cobre, óculos escuros (à noite? por quê?) que quase lhe ocultam o rosto enigmático; uma blusa masculina, de galões, entreaberta, deixa ver colares e o contorno de um seio bem modelado. Não a conheço. Sei apenas que é uma amiga de Tânia e que há pouco tempo se divorciou. Ergo meu cálice para ela: saúde! Tita me dirige um olhar de advertência. Não é ciúme. Sabe que estou bêbado, teme que eu fale bobagens, que conte histórias absurdas. Antes da operação eras mais sensato, costuma dizer.

Tem razão a Tita. Melhor ficar calado. Melhor rabiscar: *agora está tudo bem*. Apesar das letras grotescas, apesar do longínquo ruflar de asas. Apesar das cenas que agora me vêm à memória.

Pequena fazenda no interior do distrito de Quatro Irmãos, Rio Grande do Sul

24 de setembro de 1935
a 12 de setembro de 1947

As primeiras lembranças, naturalmente, não podem ser descritas em palavras convencionais. São coisas viscerais, arcaicas. Larvas no âmago da fruta, vermes movendo-se no lodo. Remotas sensações. Vagas dores. Visões confusas: céu atormentado sobre mar encapelado; entre nuvens escuras, o cavalo alado deslizando majestoso. Avança rápido, primeiro sobre o oceano, e logo sobre o continente. Deixa para trás praias e cidades, matas e montanhas. Aos poucos, sua velocidade vai diminuindo, e ele agora plana, descrevendo largos círculos, as crinas ondulando ao vento.

Lá embaixo, iluminada pelo luar, uma casa de madeira rústica, isolada. Das janelas, projeta-se sobre o nevoeiro uma débil claridade amarelada. A curta distância, o estábulo. Mais adiante, um bosquete. E o campo. Entre as árvores, nas moitas, pequenos animais voejam, correm, saltitam, rastejam, escondendo-se, perseguindo-se, devorando-se. Pios, trilos, guinchos.

Um grito agudo, de mulher, ecoa no vale. Animaizinhos imobilizam-se assustados. Outro grito. E mais outro. Uma sucessão de gritos — e depois o silêncio, de novo. O cavalo alado descreve mais uma volta sobre a casa, e então desaparece, silencioso, entre as nuvens.

É minha mãe quem grita: está dando à luz. Ajudam-na as duas filhas e uma velha parteira das redondezas. Há horas está em trabalho de parto, mas nada de o bebê descer. Está esgotada, quase desfalecida. Não aguento mais, murmura. A parteira e as meninas se olham, ansiosas. Seria o caso de chamar o médico? Mas o doutor mora a quarenta quilômetros dali — dará tempo?

No quarto ao lado, meu pai e meu irmão. Meu pai caminha de um lado para outro; meu irmão, sentado na cama, olha fixo a parede à sua frente. Os gritos se sucedem, cada vez mais frequentes, entremeados de maldições em iídiche que fazem meu pai estremecer — é a ele que a mulher acusa. *O bandido! Nos tirou de casa para nos trazer para este inferno, para este fim de mundo! Vou morrer, por culpa desse assassino! Ai, meu Deus, estou perdida, me ajuda!* A parteira procura acalmá-la: está tudo bem, dona Rosa, não se afobe. Mas a voz trai a ansiedade: à luz do lampião, ela mira assustada o ventre tenso, descomunal. O que será que vem descendo dali?

Meu pai senta, enterra a cabeça entre as mãos. A mulher tem razão, ele é o culpado do que está acontecendo. Todos os colonos judeus da região, vindos com ele da Rússia, já foram para a cidade — para Santa Maria, ou Passo Fundo, ou Erechim, ou Porto Alegre. A Revolução de 23 expulsou os últimos remanescentes da colonização.

Meu pai insiste em ficar. Por que, Leão? — pergunta minha mãe. Por que essa teimosia? Porque o Barão Hirsch confia em nós, ele responde. O Barão não nos trouxe da Europa para nada. Ele quer que a gente fique aqui, trabalhando a terra, plantando e colhendo, mostrando aos *góim* que os judeus são iguais a todos os outros povos.

Homem bom, o Barão. Na Rússia de 1906 — derrotada na

guerra contra o Japão —, os pobres judeus, alfaiates, marceneiros, pequenos comerciantes, viviam em casebres miseráveis de pequenas aldeias, aterrorizados com a ameaça dos *pogroms*.

(O *pogrom*: cossacos bêbados invadiam a aldeia, lançavam os cavalos enlouquecidos contra velhos e crianças, desferindo golpes de sabre a torto e a direito. Matavam, pilhavam, incendiavam. Depois sumiam. Na noite atormentada ficavam ecoando os gritos e relinchos.)

Em seu castelo, em Paris, o Barão Hirsch acordava no meio da noite, assustado, ouvindo tropel de patas. Não é nada, Hirsch, dizia a mulher, sonolenta. Foi um pesadelo, dorme. Mas o Barão já não podia conciliar o sono. A visão de cavalos negros pisoteando corpos judaicos não o abandonava. Dois milhões de libras, murmurava para si mesmo. Com dois milhões de libras eu resolveria o problema.

Via os judeus russos vivendo felizes em regiões longínquas da América do Sul; via campos cultivados, casas modestas, mas confortáveis, escolas agrícolas. Via crianças brincando nos bosques. Via os trilhos da ferrovia (da qual era grande acionista) avançando mato adentro.

O Barão foi bom para nós, repete meu pai constantemente. Um homem rico como ele não precisava se preocupar com os pobres. Mas não, ele não esqueceu seus patrícios. A gente agora tem de se esforçar para não decepcionar um homem tão caridoso, um santo.

Se esforçam, meus pais. É uma existência ingrata: roçar o mato, plantar, curar as bicheiras dos animais, trazer água do poço, cozinhar. Vivem cheios de temores, tudo os ameaça: ora é a seca, ora é a enchente; o granizo, a geada, a praga. Tudo é difícil, não há recursos, vivem isolados: o vizinho mais próximo mora a cinco quilômetros.

Mas meus filhos vão ter uma vida melhor, consola-se meu

pai. Estudarão, serão doutores. E um dia me agradecerão pelos sacrifícios que fiz. Por eles e pelo Barão Hirsch.

Os gritos cessam. Há um momento de silêncio — meu pai levanta a cabeça — e logo um choro de criança. O rosto dele se ilumina:

— É homem! Aposto que é homem! Pelo choro, só pode ser homem!

Novo grito. Desta vez um berro selvagem, de horror. Meu pai se põe de pé, num salto. Fica um instante imóvel, aturdido. E corre para o quarto.

A parteira vem-lhe ao encontro, o rosto salpicado de sangue, os olhos arregalados: ah, seu Leão, não sei o que aconteceu, nunca vi uma coisa dessas, a culpa não é minha, lhe garanto, fiz tudo direitinho.

Meu pai olha ao redor, sem compreender. As filhas estão encolhidas num canto, apavoradas, soluçando. Minha mãe jaz sobre a cama, estuporada. Mas o que está acontecendo aqui, grita meu pai, e é então que me vê.

Estou deitado sobre a mesa. Um bebê robusto, corado; choramingando, agitando as mãozinhas — uma criança normal, da cintura para cima. Da cintura para baixo: o pelo de *cavalo*. As patas de *cavalo*. A cauda, ainda ensopada de líquido amniótico, de *cavalo*. Da cintura para baixo, sou um *cavalo*. Sou — meu pai nem sabe da existência desta entidade — um centauro. *Centauro*.

Meu pai se aproxima da mesa.

Meu pai, o colono Leão Tartakovsky. É um homem rude, duro, que já viu muita coisa na vida, coisas horríveis. Uma vez enfiou para dentro do ventre as tripas de um peão esfaqueado por um desafeto. Outra vez encontrou um escorpião dentro da bota e esmagou-o com o enorme punho. Numa terceira vez introduziu a mão no útero de uma vaca e trouxe de lá o bezerrinho que estava entalado.

Mas o que ele agora vê é demais. Recua, encosta-se à parede.

Morde o punho; não, não pode gritar. Seu berro quebraria as vidraças da casa, atravessaria os campos, chegaria aos contrafortes da Serra do Mar, ao oceano, ao céu, às pradarias celestes.

Não pode gritar. Mas soluçar, pode. Os soluços lhe sacodem o grande corpo. Pobre homem. Pobre gente.

É a parteira quem, passado o choque inicial, assume o comando da situação. Corta o cordão umbilical, me enrola numa toalha — uma toalha grande, a maior da casa — e me põe no berço. Aí a primeira dificuldade: sou muito grande. As patas — de *cavalo* — sobram. A parteira traz um caixote, forra-o com panos (pensaste em palha, parteira? Confessa, pensaste em palha?), me acomoda ali. Nos dias que se seguem a brava mulher tomará conta da casa, da família: fará a limpeza, lavará a roupa, cozinhará, levará comida para um, para outro, insistindo para que comam, que se fortifiquem — sofreram um forte abalo, os pobres judeus, precisam se recuperar.

E cuidará de mim, do *centauro*. Me dará a mamadeira, porque minha mãe só fará chorar; não quererá nem me ver, quanto mais me amamentar. A parteira me dará banho, me manterá limpo — difícil tarefa: minhas fezes de herbívoro são abundantes e exalam um odor fétido.

(Não poucas vezes, contará anos mais tarde, pensou em me sufocar. Com o travesseiro... Terminaria o tormento da família. E não seria a primeira vez: já havia estrangulado uma criança nascida sem braços, sem pernas, com um olho só. Apertara o delicado pescocinho até que a córnea do olho único ficara baça da morte.)

Até que ele não é feio, suspira, enquanto me coloca, adormecido, no caixote: um menino de feições agradáveis, cabelos e olhos castanhos. Mas da cintura para baixo... Coisa horrível. Ela já ouviu falar de monstrengos — criaturas metade galinha, metade rato; ou metade porco, metade vaca; ou metade cobra, metade pássaro; carneiros de cinco patas, lobisomens, todos esses seres ela sabe que existem, mas nunca pensou que viesse a cuidar de um. Dorme, bichinho, murmura. Apesar de tudo, gosta de mim, esta mulher a quem a morte de quatro filhos tornou uma pessoa amarga e revoltada.

Os dias passam. Minha mãe continua muda, estuporada pelo choque. Minhas irmãs choram sem parar. Meu irmão, já antes quieto e esquisito, agora está mais quieto, mais esquisito. Quanto ao pai, é preciso trabalhar, e ele trabalha. Roça o mato, capina. Abatendo árvores a machado, golpeando a terra com a enxada, reencontra aos poucos o domínio de si mesmo. Já consegue pensar sem a vertigem do desespero. Penosamente, procura explicações, formula hipóteses.

É homem de poucas luzes. Descende de uma família de rabinos, homens sábios — mas ele mesmo é muito limitado. Já na aldeia, na Rússia, tivera de trabalhar no campo porque falhava lamentavelmente nas interpretações do *Talmud*. Deus não me deu boa cabeça, costuma dizer. Contudo, confia no bom senso, no instinto; sabe interpretar as próprias reações — o arrepio dos pelos do braço, o bater do coração, o calor no rosto, tudo isso lhe diz coisas. Às vezes tem a impressão de que a voz de Deus lhe fala de dentro, de um ponto situado entre o umbigo e a boca do estômago. É uma certeza desse tipo que procura. A verdade. Por mais triste que seja.

Por que lhe aconteceu isso? Por quê?

Por que foi ele o escolhido, e não um cossaco da Rússia? Por que ele, e não um peão, um fazendeiro dos arredores? Por quê? Que crime cometeu? O que fez de errado para que Deus o tenha castigado dessa maneira? Por mais que se interrogue, não consegue atribuir-se pecados — pecados graves, pelo menos. Faltas menores, talvez. Já ordenhou uma vaca num sábado, dia de repouso, dia sagrado; mas a vaca estava de úbere cheio, não podia deixá-la assim, mugindo, agoniada. E nem aproveitou o leite, jogou-o fora. Pecados? Não.

À medida que vai se convencendo de sua inocência, uma dúvida emerge: será mesmo seu filho, o centauro?

(Centauro. Esta palavra lhe ensinarei um dia. Por enquanto, não é muito versado em mitologia.)

Logo, porém, fica mordido de remorsos. Como pôde pensar numa coisa dessas? Rosa lhe é absolutamente fiel. E, mesmo que não o fosse, de que pai poderia nascer tão exótica criatura? Há gente esquisita na região; caboclos soturnos, mal-encarados, bandidos, até índios. Ele nunca viu, porém, ninguém com patas de cavalo.

Cavalos são muitos, por ali. Cavalos selvagens, inclusive; bestas ariscas, cujo relincho ele ouve às vezes, ao longe. Mas — cavalo! Não. Há mulheres pervertidas, ele sabe, capazes de fazer amor com qualquer criatura, com um cavalo também; mas sua Rosa não é dessas. É uma mulher boa, simples, que vive só para o marido e para os filhos. Trabalhadora incansável, dona de casa dedicada. E fiel, muito fiel. Um pouco revoltada, irritadiça, mas bondosa, sábia. E fiel.

Pobre mulher. Agora jaz na cama, imóvel, os olhos muito abertos, apática. A parteira e as filhas oferecem-lhe sopa, ricos caldos; não reage, não diz nada, mas não aceita o alimento. Com a colher, tentam forçá-la a abrir a boca; não abre; mantém os dentes teimosamente cerrados. Contudo, algumas gotas de líquido, algumas partículas de ovo, algumas fibras de galinha penetram-lhe na boca, ela engole involuntariamente, e é isso sem dúvida que a mantém viva.

Viva, mas quieta. Muda. Seu silêncio acusa o marido: é culpa tua, Leão. Me trouxeste para este fim de mundo, para este lugar onde não há gente, só animais. De tanto eu olhar para cavalos, meu filho nasceu assim. (Poderia citar exemplos: mulheres que riram de macacos e cujos filhos nasceram peludos; mulheres que olharam para gatos — seus bebês miaram meses.) Ou quem sabe é sobre a estirpe dele que levanta dúvidas: na tua família são todos defeituosos e doentes, tens um tio que nasceu com o beiço rachado, uma prima com seis dedos em cada mão, uma irmã diabética. Enfim: a culpa é tua — poderia bradar, mas não o faz. Não tem forças para tanto.

Além do mais, é seu marido, seu homem. Nunca gostou de nenhum outro; nunca pensou em nenhum outro. O pai lhe dissera: vais casar com o filho do Tartakovsky, é um bom rapaz. Pronto: seu destino fora traçado. Quem era ela para discutir? E mesmo, não lhe desagradava o jovem Leão, era um dos rapazes mais bonitos da aldeia. Forte, alegre, até que ela tivera sorte.

Casaram. No começo não foi bom... O sexo, isto é. Ele era bruto, desajeitado, ela sentia dor. Mas depois se acostumou, chegou a gostar, e tudo parecia bem — quando, uma noite, acordaram com o tropel de cavalos e os berros selvagens dos cossacos. Correram a se esconder no mato, junto ao rio, e ali ficaram, enregelados, trêmulos de pavor, olhando o clarão dos incêndios. De manhã voltaram à aldeia. Encontraram a rua principal cheia de cadáveres mutilados e as casas transformadas em ruínas fumegantes. Vamos embora daqui, disse Leão, sombrio. Não quero mais saber deste maldito lugar.

Rosa não queria deixar a Rússia. *Pogroms* ou não, gostava da aldeia, era seu chão. Mas Leão estava decidido. Quando os emissários do Barão Hirsch apareceram, foi o primeiro a se oferecer para a colonização na América do Sul. América do Sul! Rosa se apavorava, pensava em selvagens nus, em tigres, em cobras gigantescas. Mil vezes os cossacos! O marido, porém, não queria discussões. Arruma as malas, ordenou. Ela, grávida, arquejando com o esforço, obedeceu. Embarcaram num cargueiro, em Odessa.

(Muitos anos depois ela ainda se lembraria com horror

daquela viagem; o frio, e depois o calor sufocante, o enjoo, o cheiro de vômito e de suor, o convés onde se comprimiam centenas de judeus, os homens de boné, as mulheres de lenço na cabeça, as crianças chorando sem parar.)

Minha mãe chegou a Porto Alegre doente, com febre. Mas a odisseia ainda não estava terminada. Tiveram de viajar para o interior, primeiro de trem, depois em carroções, por uma picada aberta no meio do mato, até a colônia. Esperava-os um representante do Barão. Cada família recebeu um lote de terras — o dos meus pais era o mais distante —, uma casa, ferramentas, animais.

Meu pai estava muito contente: acordava todos os dias cantando. Minha mãe, não. Achava a vida na colônia pior, mil vezes pior que na aldeia da Rússia. Os dias de trabalho estafante, as noites povoadas de ruídos misteriosos: trilos, e pios, e guinchos — e sobretudo a presença invisível dos índios, rondando a casa. Mas que índios, mulher! — zombava meu pai, os índios estão longe daqui. Ela se calava. Mas à noite, quando sentavam diante do fogão para tomar chá, eram os olhos dos índios que ela via nas brasas. Em seus pesadelos os índios irrompiam casa adentro, montados em cavalos negros como os dos cossacos. Acordava gritando, meu pai tinha de acalmá-la.

Aos poucos, contudo, foi se acostumando ao lugar. O nascimento dos filhos, apesar dos partos sempre difíceis, era um consolo. E a ideia de que as crianças estavam se criando num país novo, de futuro, chegava a entusiasmá-la. Começava a se sentir feliz. Mas Leão nunca estava satisfeito. Três filhos não lhe bastavam — tinha de exigir um quarto. Queria mais um homem. Ela relutou muito, terminou concordando. Foi uma gravidez atormentada, ela vomitava muito, mal podia se mover com a barriga enorme — acho que são quatro ou cinco, gemia — e ainda por cima perseguiam-na alucinações: ouvia o ruflar de asas gigantescas sobre a casa. E finalmente o parto — e o monstrengo.

***

Talvez seja uma coisa temporária, pensa meu pai, esperançoso. Como a mulher, ele também sabe de crianças que nasceram peludas como macacos — mas que ao cabo de alguns dias perderam os pelos. Quem sabe o caso é o mesmo? Seria de se esperar um pouco; então, os cascos cairiam, o couro se desprenderia em grandes pedaços, deixando aparecer ventre e pernas normais, um pouco atrofiadas da longa permanência na sombria cavidade. Tão logo liberadas, contudo, já se mexeriam, as espertas perninhas. Ele daria um bom banho no menino; queimaria os repulsivos restos no fogão — à medida que as chamas os consumissem, tudo estaria sendo esquecido, como um sonho mau. E eles voltariam a ser felizes.

Os dias se passam, os cascos não caem, o couro não mostra qualquer fissura. Outra ideia ocorre a meu pai: é doença. E talvez curável.

— Que acha a senhora? — pergunta à parteira. — Será doença, isto que meu filho tem?

A parteira não pode afirmar com certeza. Também ela já viu casos estranhos: uma criança que criou escamas de peixe, outra na qual nasceu um rabo — dez centímetros, se tanto, mas rabo, indiscutivelmente rabo. Se há tratamento? Ah; isso ela não sabe. Só um médico poderia informar com certeza.

Um médico. Meu pai sabe que o doutor Oliveira é competente. Pode ser que ele acerte, que resolva o caso do bebê-cavalo com uma operação, ou então injeções que, aplicadas nos quartos traseiros, façam as patas secar e se desprender como galhos quebrados, o couro descolando e revelando germes de pernas normais. Ou com gotas, com pílulas, com xaropes, o doutor Oliveira conhece uma variedade de remédios, um deles há de servir.

Uma coisa, contudo, atormenta meu pai. Manterá o doutor

em segredo a existência do bebê? Os antissemitas bem poderiam ver no ocorrido uma prova da ligação dos judeus com o Maligno. Meu pai sabe que por muito menos seus antepassados torraram nas fogueiras da Idade Média.

Não há como hesitar. A vida de um filho está acima de qualquer risco. Meu pai atrela a égua à charrete e vai à cidade falar com o médico.

Dois dias depois aparece o doutor Oliveira, montando seu belo tordilho. Um homem alto, elegante, de barba cuidadosamente aparada. Usa longa capa para proteger as roupas de tecido inglês do pó da estrada.

— Buenas, que aqui me espalho!

É um homem jovial, falador. Entra, faz carinhos no rosto de minhas irmãs, cumprimenta minha mãe, que não responde — ainda não se recuperou do choque. Aqui está a criança, diz meu pai, apontando o caixote.

O sorriso desaparece do rosto do doutor Oliveira, que chega a recuar um passo. A verdade é que não acreditara na história de meu pai; tanto que nem se apressara em atender ao chamado. Agora, porém, está vendo a coisa com seus próprios olhos; e o que vê o deixa assombrado. Assombrado e horrorizado. E isso que é médico calejado na profissão; já viu muita coisa, muito caso escabroso. Mas *centauro* nunca tinha visto. *Centauro* ultrapassa as fronteiras de sua imaginação. *Centauro* não figura em manuais médicos. Qual de seus colegas já viu um *centauro*? Nenhum. Nem os professores, nem os luminares da medicina brasileira. O caso é único, sem dúvida.

Senta na cadeira que meu pai lhe oferece, descalça as luvas e fica, em silêncio, a considerar o centaurinho. Meu pai, ansioso, lhe sonda o rosto. Mas o médico não diz nada. Extrai do bolso do paletó a caneta-tinteiro e uma caderneta com capa de couro; escreve:

"Estranha criatura. Provável malformação congênita. Impressiona semelhança metade inferoposterior com equino. Até cicatriz umbilical, menino bem-conformado, bonito. Após — muar. Rosto, pescoço, tórax apresentam pele lisa, rosada; segue-se pequena zona de transição: tegumento espesso, enrugado, torturado, premonição do que virá abaixo. Penugem dourada se torna mais densa e escura — surge, brutal, pelame alazão. E pata, lombo, cauda, casco, tudo *cavalo*. Pênis particularmente chamativo, porquanto monstruoso para bebê de dias. Caso complexo. Cirurgia radical? Impossível."

Meu pai não se contém.

— E então, doutor?

O médico, sobressaltado, olha-o hostil:

— Então o que, Tartakovsky?

— O que é isso? Essa doença do menino?

Não é doença, diz o médico, guardando a caderneta. Mas o que é então? — insiste meu pai. — Não é doença, repete o médico. — E o que se pode fazer? — a voz embargada de meu pai.

— Infelizmente nada — responde o doutor Oliveira, levantando-se. — Não há tratamento para um caso desses.

— Não há tratamento? — Meu pai, sem compreender. — Não há remédios para isso?

— Não. Não há remédios.

— Nem operação? — Cada vez mais angustiado, o pobre pai.

— Nem operação.

Meu pai se cala um instante, volta à carga:

— Quem sabe a gente levando ele para a Argentina...

O doutor Oliveira põe a mão no ombro do meu pai.

— Não, Tartakovsky. Não acredito que na Argentina tenham

tratamento para esse caso. Aliás, acho que jamais algum médico viu uma coisa dessas, uma criatura tão... estranha.

Olha para o centaurinho, que se agita no caixote, e diz, baixando a voz:

— Vou ser franco, Tartakovsky. Só há duas coisas a fazer: deixá-lo morrer — ou aceitá-lo como é. Tens de escolher.

— Eu já escolhi, doutor — murmura meu pai. — O senhor sabe que já escolhi.

— Admiro a tua coragem, Tartakovsky. E estou à tua disposição. Não é muito o que posso fazer, mas conta comigo.

Apanha a maleta.

— Quanto é, doutor? — pergunta meu pai.

O médico sorri: ora, que é isso.

Dirige-se para a porta. Mas então uma ideia lhe ocorre, uma ideia que o faz voltar-se rapidamente.

— Tartakovsky... Te importas que eu fotografe teu filho?

— Para quê? — Meu pai, surpreso e desconfiado. — É para o jornal?

— Claro que não — diz o médico, sorrindo. — É para uma revista de medicina. Desejo publicar um artigo a respeito.

— Artigo?

— Sim. Quando um médico acha um caso raro como este, ele deve publicar o que observou.

Meu pai olha-o, olha o centaurinho. Não acho bom, resmunga. O médico insiste: eu cubro o rosto dele, ninguém saberá que é teu filho. Não acho bom, repete meu pai. O doutor Oliveira insiste: é uma revista lida por todos os médicos, Tartakovsky. Pode ser que algum deles tenha alguma sugestão para o tratamento.

— Mas o senhor mesmo disse que não há tratamento! — grita meu pai.

O doutor Oliveira sente que cometeu um erro. Contorna a

situação: o que eu disse é que ainda não há tratamento para esses casos. Mas amanhã ou depois um colega descobre um remédio novo, uma operação. E aí se lembra do que leu na revista, entra em contato comigo — e talvez a gente possa fazer algo pelo teu filho.

Meu pai termina por concordar. E poderia não concordar? Mas impõe condições: o doutor Oliveira tem de trazer a máquina fotográfica — grande, de tripé — porque meu pai não quer fotógrafos: estranhos aqui, não.

Os preparativos para a foto são complicados. Me manietam braços e patas, e mesmo assim mexo nervosamente a cauda, que tem de ser amarrada também. Quando me põem o pano preto na cabeça começo a chorar. Parem com isso, pelo amor de Deus! — grita uma de minhas irmãs. Cala a boca, rosna o médico, atrapalhado com a velha máquina, agora que comecei, vou até o fim. O magnésio explode, arrancando gritos de susto das meninas. Tira elas daqui, Tartakovsky! — ordena o doutor Oliveira. Meu pai expulsa as filhas e a parteira para fora do quarto. O médico continua batendo chapa após chapa.

— Chega! — diz meu pai, fora de si. — Agora chega!

O doutor percebe que o homem chegou ao seu limite. Sem uma palavra, recolhe a máquina, os apetrechos e se vai.

(Manda revelar as fotografias em Porto Alegre. Não saem boas; tremidas, desfocadas; o que é pior: não aparece bem a metade inferior do corpo. Percebe-se que a partir da cintura há algo diferente, mas não se distingue bem o quê. O médico, desapontado, vê que não pode usar as fotos. São inconclusivas, não provam nada. Se publicar um artigo com tais ilustrações, será seguramente acusado de mentiroso. Termina jogando as fotografias no lixo. Mas guarda os negativos.)

Aos poucos a casa vai voltando ao normal. A família começa a aceitar a presença do centauro.

As duas meninas — a sensível e meiga Débora, de doze anos, a travessa e esperta Mina, de dez — cuidam de mim. Gostam de me fazer rir, gostam de brincar com meus dedos, chegam até a esquecer o corpo grotesco; não por muito tempo, claro, porque os movimentos nervosos das patas as trazem de volta à realidade. Coitadinho, suspiram, não tem culpa.

Bernardo também me reconhece como irmão. Mas tem ciúmes, sente que, apesar de monstruoso, mobilizo a atenção de todos. E chega a me invejar: também ele queria ter quatro patas, se é esse o preço a pagar pela afeição das irmãs.

A parteira continua a ajudar a família, meu pai trabalha no campo — mas minha mãe permanece sempre deitada, imóvel, o olhar fixo no teto. Meu pai, inquieto, teme que ela tenha enlouquecido. Mas não faz nada, não chama o doutor Oliveira. Evita perturbá-la. Quer lhe dar tempo; aguarda que a medonha ferida cicatrize. À noite, deixa um lampião aceso no quarto; sabe que no escuro os terrores se multiplicam. No escuro viceja a planta da loucura, deita raízes, estende gavinhas. No escuro, como vermes na carne podre, proliferam seres hediondos. É à luz do lampião que meu pai tira a roupa — não as ceroulas nem a camiseta, não deve mostrar-se nu. Deita-se de mansinho. Não a toca, porque a sente como que em carne viva.

A sábia, paciente conduta começa a surtir efeitos. Minha mãe dá pequenos sinais de recuperação, às vezes um gemido, às vezes um suspiro.

Uma noite, se levanta, caminha, como sonâmbula, até o caixote onde durmo. De trás da porta, meu pai a espreita, ansioso: que fará ela?

Durante alguns segundos fica a me olhar. E então, com um grito — meu filho! —, atira-se a mim. Começo a chorar, assustado. Mas meu pai sorri: graças a Deus, murmura, enxugando os olhos. Graças a Deus.

Agora que a família está reunida de novo em torno à mesa, agora que está tudo bem, decide meu pai, é tempo de fazer a circuncisão no menino. Homem religioso, não deixará de cumprir suas obrigações. É preciso que o filho seja introduzido no judaísmo.

Cautelosamente, temendo reações, apresenta o assunto à mulher. Ela limita-se a suspirar (daí por diante suspirará muito): está bem, Leão. Chama o *mohel*, faz o que tem de ser feito.

Meu pai atrela a égua à charrete — que só é usada nestas ocasiões especiais — e vai à cidade em busca do *mohel, o homem que faz as circuncisões*. Diz que teve um filho e, sem entrar em detalhes (sem dizer que o menino é um *centauro*), pede que o ritual seja realizado naquele dia mesmo: o prazo prescrito pela Lei já se esgotou. E a cerimônia terá de ser feita na fazenda, pois a mãe da criança, adoentada, não pode viajar.

O *mohel*, um homenzinho corcunda, que pisca sem cessar, ouve a história com crescente desconfiança. O caso não lhe cheira bem. Meu pai insiste: vamos logo, *mohel*, a viagem é comprida. E as testemunhas, pergunta o *mohel*. Infelizmente não consegui testemunhas, diz meu pai, teremos de fazer a circuncisão sem testemunhas mesmo.

Não há testemunhas? O *mohel* não está gostando nada do assunto. Mas conhece meu pai há tempo, sabe que é homem de confiança. Além disso, está acostumado com a esquisitice da gente do mato. Pega a bolsa com os instrumentos, o livro de rezas, o xale de oração e embarca na charrete.

No caminho meu pai começa a preparar o terreno. O menino nasceu com um defeito, diz, procurando afetar despreocupação. O *mohel* alarma-se: é coisa grave? Não vá a criança morrer por causa da circuncisão! Nada disso, tranquiliza-o meu pai, o menino é defeituoso mas forte, o senhor vai ver.

Chegam à casa ao anoitecer, o *mohel* reclamando: é difícil

trabalhar à luz de lampião. Desce da charrete gemendo e praguejando.

A família está reunida na sala de jantar. O *mohel* cumprimenta minha mãe, elogia minhas irmãs, lembra que fez a circuncisão de Bernardo: me deu trabalho, esse aí! Coloca o xale de oração, pergunta pelo bebê.

Meu pai me tira do caixote e me coloca sobre a mesa.

Meu Deus, geme o *mohel*, deixando cair a bolsa e recuando. Dá meia-volta, corre para a porta. Meu pai corre atrás dele, segura-o: não foge, *mohel*! Faz o que tem de ser feito! Mas é um cavalo, grita o *mohel*, tentando soltar-se das mãos fortes de meu pai, não tenho obrigação de fazer a circuncisão em cavalos! Não é cavalo, berra meu pai, é um menino defeituoso, um menino judeu!

Minha mãe e minhas irmãs choram baixinho. Sentindo que o *mohel* já não luta, meu pai solta-o, tranca a porta. O homenzinho, cambaleante, encosta-se a uma parede, trêmulo, os olhos fechados. Meu pai traz-lhe a bolsa com os instrumentos: vamos lá, *mohel*. Não posso, geme o homem, estou muito nervoso. Meu pai vai até a cozinha, volta com um copo de conhaque.

— Bebe. Isto vai te animar.

— Mas eu não costumo...

— Bebe!

O *mohel* esvazia o copo de um trago. Engasga-se, tosse.

— Melhor? — pergunta meu pai. Melhor, geme o *mohel*. Manda que meu pai me tome ao colo, tira da bolsa a lâmina ritual. Mas vacila, ainda: ele está bem seguro? — pergunta, olhando por cima dos óculos. Está, diz meu pai, pode vir, não precisa ter medo. Não vai me dar um coice? — insiste o *mohel*. Não tem perigo, garante meu pai, pode vir.

O *mohel* se aproxima, meu pai me afasta as patas traseiras. E ali estão, frente a frente, o pênis e o *mohel*, o grande pênis e o pequeno *mohel*, o pequeno e fascinado *mohel*. Nunca viu um pênis assim, o *mohel* Rachmiel, ele que tantas circuncisões já fez. Sente que será uma experiência transcendente — a grande circuncisão de sua vida, aquela cuja lembrança o acompanhará até o túmulo. Cavalo ou não, pouco importa. Há um prepúcio, e ele fará o que a Lei prescreve para os prepúcios judeus. Empunha a lâmina, respira fundo...

É perito o *mohel*. Em poucos minutos a coisa está feita, e ele se deixa cair na cadeira, exausto, enquanto meu pai tenta acalmar-me o berreiro, embalando-me e andando comigo de um lado para outro. Finalmente me aquieto, ele me põe no caixote. Minha mãe se sente mal, Débora e Mina têm de deitá-la.

Mais conhaque, pede o *mohel*, numa voz quase inaudível. Meu pai serve-lhe um copo, outro para si. Apesar de tudo, está satisfeito: a Lei foi cumprida. Convida o *mohel* para ficar com a família: temos uma cama para o senhor. O *mohel* salta: não! Não quero! Me leva de volta! Como o senhor quiser, diz meu pai, surpreso e confuso: por que essa gritaria, agora que o pior já passou? Veste o casaco: estou às suas ordens. O *mohel* junta os instrumentos, enfia-os na bolsa, e, sem se despedir, abre a porta e sobe à charrete.

O trajeto de volta é feito em silêncio. Chegam à casa do *mohel* de madrugada, os galos já cantando. Quanto é que lhe devo, pergunta meu pai, ajudando o *mohel* a descer. Nada, resmunga o homem, não me deve nada, não quero nada. Está certo, diz meu pai segurando-o, mas tem uma coisa: isto tudo deve ficar entre nós, ouviu? O *mohel* olha-o com ódio; solta-se com um safanão, entra em casa, bate com a porta. Meu pai acomoda-se de novo no banco da charrete, estala a língua. A égua põe-se em marcha. Ele está voltando: para a fazenda, para a família. Para o pequeno Guedali.

Poucas semanas depois dou os meus primeiros passos. É que a minha parte equina se desenvolve mais depressa que a humana (e envelhecerá mais precocemente? E morrerá primeiro? Os anos seguintes provarão que não). As mãos ainda se movem sem propósito, incoordenadas, os olhos não identificam as imagens nem os ouvidos os sons — e já as patas transportam para cá e para lá um corpo que não se sustenta, que oscila grotescamente como o de um boneco. Não podem deixar de rir, os pais e as irmãs (mas não o irmão) diante do aparente espanto do bebê, que ora está no caixote, ora na cozinha, ora no terreiro — de onde o trazem às pressas. Esta é uma das coisas que meu pai logo decide: — Guedali não deverá sair dos limites da fazenda. Poderá correr pelos campos próximos, poderá colher amoras silvestres, poderá tomar banho no riacho — mas que ninguém o veja; homem vivido, Leão Tartakovsky conhece as maldades do mundo. É preciso proteger o filho; criatura, no fundo, muito frágil. Quando estranhos vêm à fazenda, me escondem no porão ou no estábulo. Entre ferramentas estragadas e velhos brinquedos (bonecas sem cabeça, carrinhos quebrados) ou entre as vacas que ruminam silenciosas, vou dolorosamente tomando consciência de minhas patas, de meus cascos (sou obrigado a pensar em algo chamado ferradura). Tomo consciência de uma farta, bela cauda; do pênis descomunal, com sua cicatriz da circuncisão. Tomo consciência da barriga enorme, haja mão para coçar tanta barriga — e das longas tripas que digerem e assimilam o alimento, muitas vezes inadequado para um organismo de cavalo, ainda que para humanos e, especialmente para judeus, saboroso: a sopa de beterraba, o peixe frito, o pão ázimo da Páscoa.

(É claro que antes disso eu já teria tido a noção, mesmo vaga, do corpo monstruoso. Usando a imaginação:

Com uns poucos meses, eu, deitado no caixote, teria, em determinado momento, levado uma pata à boca, como as crianças costumam fazer com o pezinho; o casco teria me ferido o lábio, desta dor aguda, desta mágoa, restando então a ideia do conflito entre a dureza e a maciez, entre o bruto e o delicado, entre o equino e o humano. À noite decerto vomitei.)

Aos poucos a sensação de diferença, de bizarria, me impregna, incorpora-se ao meu modo de ser; antes mesmo da pergunta — inevitável e temível: por que sou assim? O que aconteceu, para que eu nascesse deste jeito?

A essa indagação meus pais respondem evasivamente. Suas respostas só fazem agravar a angústia em que, desde o mais remoto início (desde a imagem do cavalo alado, creio), meu ser estará embebido; angústia que cristalizará, que se depositará para sempre na medula dos meus ossos, nos germes dos meus dentes, na raiz dos meus cabelos, no parênquima do meu fígado, na matriz dos meus cascos. Mas o carinho da família atua como um bálsamo; as feridas cicatrizam, as partes dispersas se unem, o sofrimento adquire um sentido: sou um centauro, um ser mitológico, mas sou também o Guedali Tartakovsky, o filho de Leão e Rosa, o irmão de Débora, Mina e Bernardo; o judeuzinho. Graças a isso não enlouqueço; atravesso o medonho turbilhão — uma viagem ao longo do negror de muitas noites — e vou emergir, ainda tonto e enfraquecido, do outro lado. É um pálido sorriso que Mina vê em meu rosto, de manhã; mas basta esse sorriso para que ela bata palmas, contente:

— Vem, Guedali! Vem brincar, bichinho!

Mina gosta de animais e plantas. Sabe o nome de cada árvore, identifica o canto dos pássaros da região, é capaz de prever o tempo pelo voo das aves, pesca como ninguém, pega cobras e aranhas na mão, corre pelo campo de pés nus, sem se ferir nos gravatás, trepa em árvores com agilidade surpreendente. Toca aqui, diz a Débora, vê como é macio o pelo dele. A tímida Débora se aproxima. Seus dedos me acariciam, brincam com minha cauda (essa sensação ficará muito tempo em mim; bastará evocá-la para que o pelame se arrepie todo, ondas de volúpia deslizando sob o couro). Eu deitado no chão, elas deitam também, apoiando a cabeça no meu lombo. Como é bom estar aqui, diz Débora, olhando o céu. (Um céu sem nuvens. Sem vultos alados.) Mina salta: vamos brincar, gente! Brincamos de pegar: eu, de propósito, troto lento, deixo que me alcancem. Morrem de rir.

Bernardo nos espia, de longe. À medida que o tempo passa, mais arredio se torna. Meu pai gosta dele; é industrioso, o menino, ajuda no campo, é de uma habilidade extraordinária: improvisa ferramentas para os trabalhos da fazenda, fabrica utensílios de cozinha que minha mãe exibe orgulhosa, constrói armadilhas para lebres e ratos. Mas comigo mal fala, apesar da insistência de Débora e Mina. Prefere me ignorar. Eu deveria compartilhar um quarto com ele; mas, sentindo-lhe a hostilidade, meu pai opta por construir para mim um outro quarto, anexo à casa: um aposento amplo, com porta independente, de onde posso entrar e sair à vontade. É melhor, mesmo, que eu não ande muito dentro de casa. Minhas pisadas fazem as paredes estremecerem, os cálices de cristal que minha mãe trouxe da Europa — sua única riqueza — tilintam perigosamente na cristaleira. Mas as refeições têm de ser feitas em família; eu de pé junto à mesa, segurando meu prato, meu pai conta histórias da Bíblia, a mãe vigia para que eu coma bastante. Aos poucos vai descobrindo as peculiaridades de minha dieta; deve ser abundante (meu peso equivale ao de várias crianças de minha idade) e sobretudo deve conter muito verde. Em consequência, meu pai inicia o cultivo de uma grande horta; dela, consumo por dia vários pés de alface, repolho, acelga. E me desenvolvo bem.

Há outros problemas: os de roupa, por exemplo. A mãe tricota pulôveres adaptados ao meu corpo: terminam numa espécie de manto que me cobre o lombo — é frio, o inverno no sul. Esses trabalhos consolam-na; nunca chega, contudo, a se recuperar totalmente do choque. Muitas vezes me olha com ar de magoada surpresa. É como se se perguntasse, que bicho é esse, como foi que essa criatura saiu da minha barriga. Mas nada diz, me abraça com força; ainda que evite tocar o pelame, que lhe causa alergias.

Durante a Revolução de 93 falou-se de uma misteriosa criatura, metade homem, metade cavalo, que invadia à noite os acampamentos legalistas, arrebatava um pobre recruta, levava-o para a beira do rio e lá o degolava.

Não era eu. Só vim a nascer muito tempo depois.

Num livro sobre as lendas do Sul, Débora me ensina a ler. Aprendo com enorme facilidade; Negrinho do Pastoreio e Salamanca do Jarau já não me são estranhos, fazem parte do meu cotidiano.

Gosto que Débora leia para mim. Gosto de vê-la escrevendo, desenhando. E sobretudo gosto de vê-la tocando violino.

O violino estava com minha família havia gerações. Meu avô, Abraham Tartakovsky, dera-o a meu pai, esperando transformá-lo num grande virtuoso, como tantos que existiam na Rússia, à época: Misha Elman, Gabrilovitch, Zimbalist — todos jovens prodígios judeus. Meu pai, porém, não gostava de música. Aprendeu a tocar o instrumento, mas o fazia de má vontade. Tão logo chegou ao Brasil fechou-o na caixa e o esqueceu. Débora descobriu o violino, pediu a meu pai que lhe ensinasse a tocar. Tinha ótimo ouvido, aprendeu logo; e passou a se exercitar todos os dias.

Uma bela cena:

De pé, no meio do seu quarto que o sol da manhã enche de luz, Débora toca violino. Os olhos semicerrados, ela executa peças que conhece de cor: *Sonho de amor* e outras. Pela janela espio, extasiado. Ela abre os olhos, dá comigo, estremece. Depois sorri. Uma ideia lhe ocorre: queres aprender a tocar, Guedali?

Se quero? É o que mais quero! Vamos para o porão — que daí em diante se transformará em estúdio — e lá ela me ensina a posição dos dedos, o movimento do arco. Aprendo rápido.

Vagueio pelo campo tocando violino. A melodia se mistura ao sussurro do vento, ao canto dos pássaros, ao chiar das cigarras; é uma coisa tão bonita, que meus olhos se enchem de lágrimas; esqueço de tudo, esqueço que tenho patas e cauda, sou um violinista, um artista.

— Guedali! — grita minha mãe, de longe. — Vem comer!

Comer? Não quero comer. Quero tocar violino. Toco violino sobre a coxilha, toco no banhado, as patas mergulhadas na água gélida; toco no bosquete, as folhas das árvores caindo-me sobre o lombo, aderindo ao pelo úmido.

Uma tarde chuvosa do mês de setembro. No alto de um barranco, toco uma melodia de minha composição. De repente, um estalido: uma corda rebentou. Paro de tocar, fico olhando o violino. Então, sem pensar, sem titubear, uma coisa automática, jogo-o no riozinho, lá embaixo. Levam-no lento as águas barrentas. Trotando pela margem, acompanho-lhe a trajetória. Vejo-o abalroar um tronco submerso, vejo-o afundar. Volto para casa.

No caminho me dou conta do que fiz. E agora? — me pergunto, inquieto. O que é que vou dizer para eles? Galopo de um lado para outro, sem coragem de entrar.

Finalmente, abro a porta. Débora está sentada na sala de jantar, lendo à luz do lampião. Perdi o violino, digo-lhe, da porta. Me olha incrédula:

— Como, Guedali? Perdeste o violino?

Perdi, repito, a voz trêmula, insegura. Meu pai aparece: que história é essa, Guedali? Perdeste o violino? Perdi, insisto, deixei num lugar, já não me lembro onde.

Saem todos a procurar, com lampiões. Durante horas percorrem o campo. Por fim se convencem: o violino está mesmo perdido. E se estragará, com a chuva que agora cai torrencialmente. Voltam para casa. Débora fecha-se no quarto, chorando, Mina me repreende por ser tão descuidado.

De madrugada, tento me matar.

Sozinho no porão, extraio de uma tábua podre um grande prego. Golpeio-me repetidamente o dorso, o ventre, as patas, o peito, mordendo os lábios para não gritar. O sangue brota, não paro, continuo a me ferir. Neste momento aparece Bernardo, que veio buscar uma ferramenta. Me vê: mas o que estás fazendo, pergunta, alarmado. Logo se dá conta, avança sobre mim, tenta desarmar-me. Resisto. Lutamos, ele acaba me tirando o prego. E corre a chamar Débora e Mina.

Elas vêm, me fazem curativos. E ficam comigo o resto do dia, contando histórias para me distrair. Histórias de dragões e de princesas, de duendes e de gigantes, de bruxas e feiticeiros. Não adianta, manas, digo, eu queria ser gente, gente como o pai, como o Bernardo. Confusas, não sabem o que dizer; recomendam-me que reze bastante. E eu rezo muito, penso em Deus antes de adormecer. Mas a figura que me aparece em sonhos não é Jeová; é o soturno cavalo alado.

Nas semanas que se seguem, fujo da família. Não quero conversa com ninguém. Galopo pelos campos, vou cada vez mais longe. É assim que encontro o indiozinho.

Ele vem saindo do mato, eu venho pela trilha. Nos encontramos de súbito, estacamos os dois. Surpresos, desconfiados, ficamos a nos olhar. Eu vejo um guri nu, bronzeado, segurando arco e flechas — um bugre; sei da existência deles pelas histórias que minhas irmãs contam. E ele? Dá-se conta da estranha criatura que sou? Difícil saber: me fita, impassível.

Hesito. Eu deveria fugir, deveria voltar para casa, como meu pai recomendou; mas não sinto vontade de fugir. Me aproximo do índio como os brancos das histórias de minhas irmãs — com a mão direita erguida, em sinal de paz, e repetindo: *amigo, amigo*. Ele continua imóvel, me olhando. Eu deveria oferecer um presente, mas que presente? Não tenho nada. Me ocorre uma ideia. Tiro o pulôver que visto, ofereço-lhe: *presente, amigo*. Não diz nada, mas sorri. Insisto: *pega, amigo! Pulôver bom! Mãe que fez!* Estamos agora muito próximos um do outro. Ele pega o pulôver, examina-o, curioso, cheira-o. Amarra-o à cintura. E me dá uma flecha. Depois recua lentamente, uns vinte passos; vira as costas e desaparece no mato.

Volto para casa, fecho-me no quarto. Meu pai vem me chamar para o jantar; digo que não vou, que estou sem fome. Não quero falar com ninguém. Deito-me, mas não consigo dormir, tão excitado estou. Achei um amigo, minha vida já não será a mesma. A flecha apertada contra o peito, faço planos. Ensinarei ao indiozinho (adivinho-lhe até o nome: Peri) a nossa língua, ele me ensinará a língua dele. Seremos grandes companheiros, Peri e eu. Juntos exploraremos o mato. Teremos esconderijos secretos, pactos, rituais. E nunca nos separaremos.

Mal posso esperar que amanheça. Corro para o lugar onde o encontrei, levando algumas preciosas oferendas: brinquedos que ganhei de aniversário; frutas da estação; e um colar da minha mãe, que surrupiei pela janela. Ela gosta muito do colar, eu sei. Mas por um amigo a gente deve fazer tudo, até roubar.

O indiozinho não está lá. Por que haveria de estar? Não sei: estava certo de encontrá-lo, não posso acreditar que não tenha vindo. Dou uma volta pelos arredores, galgo uma coxilha, sondo a distância; ninguém. Entro mato adentro:

— Peri! Sou eu! O amigo! Vem, Peri!

Não aparece. Espero-o horas. Nada. Desapontado, volto para casa, tranco-me no quarto, recuso de novo a comida. (Ronca, o meu ventre, o ventre do cavalo; mas a boca, seca, não quer saber de alimento.)

No dia seguinte volto ao local. E no outro dia também Peri não vem. Por fim, sou obrigado a concluir: o bugre me abandonou. Nem os índios querem nada comigo, penso amargurado.

Ainda desta vez é o carinho de minhas irmãs que me sustenta. Brincam comigo, me distraem. Graças a elas, volto a sorrir.

Mas não esqueço Peri. Quem sabe lhe aconteceu alguma coisa, penso, quem sabe ficou doente; quem sabe ainda vem me procurar. Os índios são mestres em seguir pistas, disso sei bem. E às vezes acordo no meio da noite com a sensação de que alguém está batendo à porta do quarto.

— Peri?

Não é Peri. É o vento; ou nosso cachorro, Faraó. Suspiro, apalpo a flecha que tenho guardada sob o colchão. E torno a adormecer.

Jogando ou não violinos no rio, tentando ou não me matar, encontrando e perdendo um amigo, vou vivendo.

É calma a vida na fazenda. Os dias da semana são de trabalho duro, no qual começo a ajudar. Meu pai se opõe, indignado, a que eu puxe o arado, mas agora cultivo minha própria horta, e planto milho também; as espigas crescendo, os grãos amarelos espiando pela casca verde, essas coisas me deixam extasiado.

Nas noites de sexta-feira, todos vestem suas melhores roupas. Nos reunimos em torno à mesa, onde os cristais trazidos da Europa refulgem sobre a toalha branca. Minha mãe acende as velas, meu pai faz a bênção do vinho e assim celebramos a chegada do Shabat. Comemoramos também a Páscoa e o Ano-Novo judaico. Jejuamos no Yom Kippur — quando então a família vai à sinagoga, na cidade. Nessas ocasiões meu pai e o *mohel* se olham fixo. Sem trocar palavra.

Na época adequada o trigo é plantado. Galinhas nascem,

põem ovos, são sacrificadas. As vacas geram bezerros. Uma vez — susto terrível — passa pela fazenda uma nuvem de gafanhotos; felizmente sem causar muito estrago. As estações se sucedem; são anos bons, segundo meu pai, sem muita seca nem muita chuva. Aprendo com ele as fases da lua e também canções em iídiche. Cantamos todos juntos, ao redor do grande fogão de lenha onde crepita um belo fogo. Tomamos chá com bolachas, muitas vezes há pipoca, pinhão quente, batata-doce assada. A família reunida, eis um quadro encantador, do qual é quase possível escamotear a visão do meio-cavalo (deitado no chão e parcialmente coberto com uma manta) que completa o meio-rapaz. É quase possível fixar-se só no meu rosto — aos onze anos sou um rapaz bonito, de cabelos castanhos, olhos vivos, boca enérgica — e no meu tórax, e esquecer o resto. Me é quase possível relaxar ao calor do fogo e deixar o tempo escoar, sem pensar em nada.

Mas meus pais não esquecem, nem relaxam, nem deixam de pensar; meu pai, principalmente. Muitas vezes se levanta à noite para me espiar dormindo. Me olha inquieto, cheio de maus presságios; meu sono é agitado, murmuro coisas, movo as patas. Fixa-se sobretudo no grande pênis — pênis circunciso, mas de cavalo. Que mulher (mulher; de nenhuma outra fêmea meu pai cogita. De égua, por exemplo, nem pensar. Para meu pai, sou homem; homem com apêndices anormais, mas homem) o aceitará, pergunta-se, que mulher deitará com ele? Uma prostituta, talvez; uma bêbada, uma louca, uma tarada. Mas uma moça de boa família judaica? Nunca, conclui meu pai, com um aperto no coração. Nunca: desmaiariam só de vê-lo.

No entanto, meu pai sabe, um dia seu filho Guedali sentirá tesão por mulher. Tesão irresistível. E o que acontecerá então? Meu pai não quer nem pensar no que poderá ocorrer numa noite de setembro.

Véspera do décimo segundo aniversário de Guedali.

Noite muito quente. Mesmo para setembro. Calor insuportável.

Nessa noite, o rapaz não conseguirá dormir. Inquieto, o rosto afogueado, rolará de um lado para outro no colchão de palha. (É a tesão: é o grande pênis ereto, latejante. Que fazer? Masturbar-se? Impossível: os dedos se recusam a tocar a pele do cavalo.) Não aguentando mais, Guedali sairá porta afora para o campo. Se esfregará em árvores, se atirará ao riacho, nada o acalmará. Galopará sem rumo, espantando as aves noturnas.

Numa fazenda vizinha, num tosco cercado feito de troncos, ele encontrará a manada. Cavalos e éguas, imóveis sob o luar, a olhá-lo.

O centauro se aproximará, devagar. O centauro verá uma égua, uma bela égua branca, de longas crinas. O centauro acariciará o pelo sedoso com as mãos trêmulas, o centauro murmurará palavrinhas carinhosas. O centauro: boca seca, olhos arregalados, o centauro de repente a montará. E o lugar virará um inferno, os animais correndo de um lado para outro, jogando-se contra os troncos da cerca, o centauro gritando:

— Agora vou! Merda! Agora vou de qualquer jeito!

Se satisfará — de qualquer jeito — bruscamente, como quem quer morrer. Depois correrá para o rio, tomará um banho purificador.

(A pata pisará algo enterrado no fundo lodoso. O violino?)

Voltará para casa; entrará em seu quarto, silencioso como um ladrão.

Não termina aí a história. Até aí meu pai pode ir, ao menos em alucinações. Mas há mais.

A égua passará a segui-lo sempre.

À noite Guedali acorda, inquieto, ouvindo os relinchos suplicantes: a égua está ali, junto à janela de seu quarto.

Guedali tapa a cabeça com o travesseiro. Inútil, continua a

ouvi-la. Levanta-se, tenta expulsá-la: vai-te daqui, infeliz! — rosna, a meia-voz. Mas a égua não se vai. Guedali atira-lhe pedras, bate-lhe com um cabo de enxada. Inútil.

Segue-o durante o dia também. O dono é obrigado a vir buscá-la. Não sei o que deu na Mimosa, diz intrigado a Leão, a toda hora foge para cá. Encilha-a — ela corcoveia, empina-se, não quer sair dali. O homem chicoteia-a, crava-lhe as esporas; por fim saem a galope, desaparecem numa nuvem de pó. De seu esconderijo, no porão, Guedali respira aliviado. Mas já à noite — relinchos. Lá pelas tantas, uma dúvida lhe ocorre: não estará prenhe a égua? A possibilidade o aterroriza. A imagem de um outro centauro, ou de um cavalo, ou — pior — de um monstro com o corpo de cavalo e uma cabeça de homem; ou cavalo com lábios de homem, ou uma orelha de homem; ou égua com seios de mulher; ou cavalo com pernas humanas — esta imagem não deixará Guedali em paz.

Nem Paxá. Paxá, o alazão, que era o macho da égua, e que ela agora despreza. Paxá o seguirá, querendo vingança. E Guedali não poderá evitar a luta final.

Uma noite, Paxá golpeará com os cascos a porta do quarto. Guedali gritará: agora chega! — e sairá para fora, para enfrentar o inimigo, sob o olhar excitado da égua branca.

Será casco contra casco, e os punhos do rapaz contra os dentes do cavalo — uma batalha terrível. Fisicamente, o alazão levará alguma vantagem: Guedali mordendo, sequer lhe arranhará o couro; seus socos são fortes, mas a mandíbula de Paxá é mais forte. E a inteligência? Será superior ao instinto, à fúria do animal lutando pela vida — e por sua fêmea? Terá Guedali a presença de espírito para se munir de um facão e recorrer a ele no momento oportuno? Não, a luta final não ocorre. Mas isso não impede que eu fique triste, deprimido. Eu habito a fronteira de dois mundos, dois mundos que me rechaçam, estou condenado a vagar pela vida como alma penada... Meu pai, alarmado com minha tristeza, confia suas preocupações à mulher. Que tem uma solução:

— Vamos embora daqui. Eu sempre te disse que a gente deveria ir para um lugar onde não houvesse tanto bicho, tanto cavalo. Vamos para a cidade, Leão. Lá tem muito recurso, hospitais, doutores bons — é capaz que eles saibam de algum tratamento para o nosso filho. Nós temos economias, tu podes abrir um negócio. E a gente vai morar num lugar mais retirado, onde ninguém descubra o Guedali.

Deixar a fazenda?, pergunta-se meu pai, andando pelo campo. A ideia o inquieta. Gosta do lugar. Gosta de arar, gosta de semear o trigo, gosta de sentir as espigas maduras entre os dedos. E deixar a terra não será trair a memória do Barão Hirsch, o santo? Meu pai hesita e hesitará por muitos dias — até que súbitos acontecimentos obrigam-no a decidir-se.

Me descobrem.

E logo quem: Pedro Bento, filho do dono da fazenda vizinha à nossa, rapaz de péssimo caráter. Perseguindo um bezerro fugido, entra em nossas terras, montando o veloz Paxá.

Meu pai e eu estamos no campo, longe de casa, semeando o trigo. Ele, aborrecido; vim contra sua vontade. E está justamente me dizendo que não gosta que eu fique tão à vista, quando Pedro Bento aparece. Foge, Guedali! — grita meu pai, mas é muito tarde; antes que eu possa me mover, Pedro Bento já está junto de nós. Salta do cavalo, se aproxima, me examina, maravilhado; tenta me tocar — recuo, assustado — enquanto meu pai, a angústia estampada no rosto, nos olha inquieto, sem saber o que fazer.

— Mas que animal é esse, seu Leão? — pergunta Pedro Bento. — Me diga, o que é isso? De onde é que vocês trouxeram essa coisa tão rara?

Meu pai gagueja uma confusa explicação; termina pedindo

a Pedro Bento que guarde segredo sobre o que viu. Oferece-lhe dinheiro. O rapaz pega o dinheiro, promete que não vai contar a ninguém, mas impõe uma condição: quer voltar todos os dias para me olhar. Meu pai não tem outro remédio senão concordar.

Pedro Bento volta mesmo, todos os dias. Puxa conversa comigo, respondo por monossílabos. Mas começo a gostar dele. É simpático, conta histórias interessantes. Será ele o meu primeiro amigo? Será para mim o que Peri não foi?

Um dia me convida para um passeio no campo.

Ele, como de hábito, montado no Paxá, saímos trotando. Me parece diferente; excitado, os olhos brilhantes, não responde às minhas perguntas. De vez em quando solta um longo assobio. E de repente, ao passarmos pelo bosquete, ele salta do cavalo, cai sobre meu lombo.

— Que história é esta? — grito, surpreso e irritado.

Ri e solta berros de triunfo, e logo vejo por quê: do bosquete saem três rapazotes — os irmãos de Pedro Bento.

— Viram? — ele grita. — Viram? Era mentira minha?

Chorando, apavorado, corcoveio, rodopio, tentando me livrar dele. Não consigo. Acostumado a domar cavalos chucros, Pedro Bento aferra-se a meu pescoço, quase me estrangulando. Finalmente, disparo para casa. Ele agora se assusta.

— Para, Guedali, para! Me deixa descer! Era brincadeira!

Não quero saber de nada: não paro enquanto não chego em casa. Atraído pelo barulho meu pai sai do estábulo. Ah, que filho da puta! — grita, fora de si. Arranca Pedro Bento do meu lombo, derruba-o com um murro, soqueia-o até deixá-lo desfalecido no chão, o rosto sangrando.

Naquela noite cai um temporal. E chove sem parar quinze dias. A plantação de trigo fica arruinada. A enxurrada abre verdadeiros grotões na terra vermelha. Coisas começam a aparecer: seixos de formas estranhas; pontas de flecha; vasos de argila. E o esqueleto de um cavalo. Um esqueleto completo, deitado de lado, a cabeça estendida, a queixada aberta, as órbitas cheias de barro.

Vamos embora, diz meu pai, vamos para a cidade.

É com dor que deixo a fazenda. Aos meus cascos a terra, o pasto, não são estranhos; aceitarão os cascos, as pedras da cidade? Troto pelo campo uma última vez, me despeço das árvores, dos pássaros, do riozinho. Murmuro um adeus às vacas e aos bezerros. No lugar onde encontrei Peri deixo um presente: uma camisa, enrolada numa folha de jornal.

Volto para o meu quarto, olho ao redor, suspiro: foi bom ali, apesar de tudo.

Não tendo caminhão, nem sabendo dirigir, meu pai aluga, para a mudança, dois enormes carroções. Num, guiado por meu irmão, vão algumas poucas coisas: móveis, roupas, os cristais trazidos da Europa, o retrato do Barão Hirsch. Noutro, que meu pai conduz, vou eu, bem oculto pela cobertura de lona. A mãe e as irmãs seguem de ônibus.

À despedida vem a parteira. Chorando, se abraça a mim, molha-me o pelo com suas lágrimas: que Deus te proteja, meu filho. Entrega-me um pacote mandado pelo doutor Oliveira. Contém os negativos das fotografias que ele me tirou. Junto um bilhete: que eu destrua os tais negativos, se for minha vontade, ou então que os guarde como lembrança para o dia em que, por obra de algum tratamento, eu me transformar numa pessoa normal.

O que me deixa angustiado, e, ao mesmo tempo, esperançoso: poderei eu transformar-me num ser humano igual aos outros? Existe essa possibilidade? Talvez exista: afinal, é um médico quem a menciona. Mas mesmo assim a resolução está tomada: não quero os negativos. Não quero nenhuma recordação desses tempos de sofrimento.

Pouco antes de sairmos, nova visita: desta vez é o *mohel*. Não diz nada, me entrega um livro de rezas em hebraico e um xale de oração, ricamente bordado, e se vai. E aí sim, partimos.

Dessa viagem guardarei confusas lembranças: o vulto do meu pai sentado na boleia, envolto na capa campeira, a chuva escorrendo do chapelão desabado; o dorso molhado dos cavalos reluzindo à pálida claridade da madrugada. A estrada estreita e lamacenta. As árvores desgalhadas. O crânio alvacento de um boi enfiado num mourão de cerca. Quero-queros pousados no campo.

Avançamos devagar, parando frequentemente. Preparamos nossa própria comida, dormimos à beira da estrada. À noite posso estender um pouco as patas, dormentes pela prolongada imobilidade. Troteio pelo campo, galgo uma coxilha, empino-me sobre as patas traseiras, bato com o punho fechado no peito, solto um grito selvagem. Bernardo me olha, reprovador; meu pai grita: volta, louco! Queres que nos descubram? Venho a galope, estaco diante dele, abraço-o. É um homem alto, mas eu, por causa das compridas patas, sou ainda mais alto, tenho de me curvar para lhe sussurrar ao ouvido: estou feliz, pai.

(É verdade: estou feliz.)

Voltamos para junto do fogo. Meu irmão, quieto, prepara um arroz de carreteiro, o rosto duro iluminado pelo clarão das chamas.

Por fim chegamos a Porto Alegre. Meu pai suspira: aqui estarás em paz, meu filho. Ninguém vai reparar em ti. Esta gente da cidade não dá bola para nada.

Casa no bairro de Teresópolis, Porto Alegre

1947 a 1953

Meus pais e irmãs, hospedados num hotel barato, procuravam casa. Tive de ficar no carroção, oculto nuns matos, nos arredores da cidade. Bernardo, alojado numa barraca, cuidava de mim: despistava os curiosos e preparava a comida, lacônico como sempre. Uma noite, porém, bebeu uma garrafa de vinho inteira — e pôs-se a falar. Contou tudo; a inveja que eu lhe dava, por ser o protegido da família; a raiva que tinha de nosso pai.

— Eu queria o relógio Patek Philipe que foi de nosso avô. Ah, isso ele não podia me dar. Mas o violino — esse a Débora teve à hora em que quis. A Débora e tu. Para mim, nada. Para vocês, tudo.

Falou de seus planos: quero fazer muito dinheiro, disse. Quero ir aos cabarés e trepar com duas, três mulheres.

— Acreditas que ainda não fui com mulher nenhuma, Guedali? — A voz cheia de ressentimento. — Já estou com dezoito anos e o velho nunca me deu dinheiro para eu ir a um chineiro.

A voz foi ficando engrolada; calou-se. Adormeceu, começou a roncar.

Tomei-o nos braços, levei-o para a barraca. No dia seguinte não se lembrava de nada. Mas continuava a me olhar com raiva.

Meus pais queriam uma casa num bairro afastado; não poderíamos viver no Bom Fim, o bairro das famílias judias, nem no centro. Teria de ser um lugar distante, um lugar mais para mato do que para cidade.

Compraram uma casa em Teresópolis, à época um local pouco habitado, de difícil acesso. Uma casa velha, de peças amplas, com um quintal enorme, cheio de árvores; no alto de um morro, era a única casa num raio de centenas de metros. Na divisa do terreno uma espécie de valão circunscrevia a casa, criando um obstáculo natural à aproximação de estranhos. E havia ainda um alto muro. Eu estaria protegido de olhares curiosos.

Nos fundos, o antigo dono, distribuidor de bebidas, construíra um depósito. Ali, onde ele guardara seus engradados, seria o meu quarto. No primeiro fim de semana, todos nos dedicamos a arrumá-lo; limpo, pintadas as paredes de verde-claro, o antigo depósito ficou muito acolhedor. Media uns dez metros de comprimento, o que me permitia até um pequeno galope bruscamente interrompido quando eu chegava à parede dos fundos. De largura, era bem menor. Nenhuma possibilidade de galope, na largura.

Na compra da casa meu pai gastou boa parte das economias. Com o restante, adquiriu um armazém no fim da linha do bonde. A freguesia prestigiava o estabelecimento, principalmente por causa da simpatia de minhas irmãs, que ajudavam no balcão. Minha mãe ficava em casa, cozinhando; quanto a Bernardo, resolveu trabalhar por conta própria, vendendo a prestações — apesar da oposição do meu pai, que o queria na caixa do armazém.

À noite, toda a família se reunia. Se o tempo estava bom, jantávamos fora, sob a latada; depois, eu trotava um pouco pelo quintal. Que bom era aquilo. Me espojava com gosto no capim viçoso, úmido de orvalho, respirava fundo, enchia os pulmões com o ar fino da noite. Sentados em cadeiras de palha, meus pais, minhas irmãs me olhavam com ternura. Meu irmão, tão logo terminava de comer, resmungava qualquer coisa e saía. Voltava tarde da noite, cheirando a bebida, e com manchas de batom no casaco do terno de linho branco — o que provocava censuras de meus pais.

Conversávamos. Meu pai contava histórias das aldeias russas, de seus primeiros tempos no Brasil. Sua voz se enchia de respeito quando mencionava o Barão Hirsch, santo homem. Minhas irmãs falavam de fregueses do armazém, dos bailes a que tinham sido convidadas. Bonitas, já tinham vários pretendentes. Abram o olho, dizia meu pai, vejam lá que genros vocês vão me trazer. Ríamos, depois ficávamos em silêncio.

Ficávamos em silêncio, e então minha mãe começava a cantar. Tinha uma bela voz; um pouco fraca, um pouco trêmula — mas era comovedor vê-la entoar antigas melodias judaicas. As lágrimas me vinham aos olhos. Bom, dizia meu pai, extraindo o grande relógio do bolso do colete, está na hora da gente se recolher. Amanhã é outro dia, queridos.

Durante o dia, eu tinha de ficar enclausurado — nem para o pátio o pai permitia que eu saísse — e sem nada para fazer. Dediquei-me a ler. O quarto foi pouco a pouco se enchendo de livros. Li tudo; desde as histórias de Monteiro Lobato ao *Talmud*. De 1947 a 1953 li ficção, poesia, filosofia, história, ciência — tudo. Em se tratando de livros meus pais não economizavam. Lê, meu filho, lê, dizia minha mãe, essas coisas que tu aprendes nunca ninguém vai poder te tirar; não importa que sejas defeituoso, o importante é ter cultura. Encorajado por eles, fiz cursos por correspondência: ciências contábeis e atuariais, desenho técnico, eletrônica, inglês, francês, alemão. Fiquei sabendo o nome do compositor da *Cavalaria Rusticana*; e descobri, encantado, o curioso dispositivo filosófico de Buridan, imaginado para unir os termos de um silogismo — ponte destinada a deixar passar, trotando, os asnos. (*Asno*: esta palavra não me incomodava, eu até ria dos asnos das fábulas. *Cavalo*, sim, aquilo era comigo. Minhas orelhas ficavam rubras quando encontrava a palavra num texto. Pior, se era ilustrado.)

Aprendi o manejo da tábua de logaritmos. Fiz exercícios de linguagem. Escreve uma frase com a palavra *crepúsculo*, ordenava o texto, e eu, obediente: ao crepúsculo, o pobre centauro morreu. Houve época em que o estudo era meu vício solitário.

Na parede, iam se enfileirando os diplomas emoldurados; até que um dia o carteiro, curioso, perguntou a meu pai quem era o Guedali, causando-lhe enorme pânico. Resolvi então suspender a correspondência. Mas a leitura não.

Passei a procurar nos livros respostas às dúvidas que me inquietavam. Devorava volume após volume, lendo até altas horas. Quando Bernardo voltava, eu ainda estava acordado; e estava acordado quando os galos de Teresópolis começavam a cantar. Meus olhos percorriam as páginas com impaciência. Parágrafos inteiros eu desprezava; mas palavras tais como *cauda*, *galope* e — principalmente — *centauro* me davam sobressaltos e então eu lia e relia o trecho. Nada. Não falavam ali sobre as misteriosas origens do jovem Guedali.

Decepcionado com textos contemporâneos, recuei no tempo. Fui à história dos judeus.

Os judeus, isso era um povo milenar. Descendentes de Abraão; donde, dizia um autor, a expressão *seio de Abraão* para designar o céu. (A imagem que eu me fazia era a de um velho gigantesco, de longas barbas brancas, suspenso entre planetas e estrelas, a túnica entreaberta deixando ver duas grandes mamas, entre as quais se aninhavam milhares, milhões de pequenas e diáfanas criaturas: almas dos seres humanos. E centauros? Centauros também, no seio de Abraão?) Abraão. Quase sacrifica o filho Isaac. Isaac: dois filhos, Esaú (lentilhas) e Jacob. Jacob, mediante luta com anjo, torna-se Israel.

Os judeus, escravos no Egito. Fogem, liderados por Moisés. Atravessam o mar Vermelho. Vagueiam no deserto. (E os centauros?) Eu me figurava essa gente, os judeus, bando imenso, movendo-se lento no Sinai. Da multidão conseguia individualizar, graças aos poderosos olhos da imaginação, dois homens: pai e filho, ou talvez irmãos. Um, o rosto empoeirado, os lábios gretados, ia à frente, fitando o horizonte; o outro, a mão debilmente apoiada sobre o ombro do primeiro, seguia-o, os ombros encurvados, a cabeça tombada sobre o peito; os pés de ambos, calçados em sandálias grosseiras, enterravam-se na areia. Eu apertava os olhos, as duas figuras se uniam, com mais um esforço eu as transformava numa espécie de quadrúpede — mas o resultado final era um jumento, um cavalo magro, ou, o máximo de exotismo que eu conseguia, um camelo. *Centauro*, não.

Tentava de novo, desta vez partindo do cavalo que já obtivera; tentava fazer brotar, de suas pupilas, dedinhos, e depois mãozinhas e bracinhos; tentava fazer com que o crânio rachasse e se abrisse em duas metades, revelando uma cabeça de criança; tentava, pelo processo de esgarçar o pescoço até rasgá-lo, expor o tórax do bebê que eu imaginava ali oculto. Tentava, em suma, destruir a imagem milenar do cavalo e recompô-la sob forma — esboço pelo menos — de centauro quando jovem. Mas nada. Cavalo, mesmo bíblico, era cavalo; dali não sairia *centauro*.

Mas então: povo judeu no deserto. Recepção, por Moisés, das Tábuas da Lei, de acordo, aliás, com relatos de meu pai. Destruição, ainda por Moisés, das referidas Tábuas, causa sendo indignação com indiferença, insensibilidade, insensatez, cupidez do Povo Eleito. Destruição do Bezerro de Ouro.

Chegada a Canaã. Conquista da terra. Reis, Juízes, Profetas.

(E os centauros?) Queda de um Templo, queda de outro Templo, Diáspora, Inquisição, *pogroms*. (E os centauros?) Barão Hirsch, América, Brasil, Quatro Irmãos. E os centauros? Na história do povo judeu ninguém falava neles, nenhum dos autores que eu, ansioso, compulsava. Mencionava-se um povo, os khazares, habitantes do sul da Rússia, convertidos ao judaísmo por volta do fim do primeiro milênio da era cristã. Meus pais, vindos da mesma região, eram talvez descendentes dos khazares; mas, eram os khazares centauros? A respeito, silêncio.

Fui à mitologia, li sobre os centauros propriamente ditos. Descendentes de Ixion e Nefele, moraram nas montanhas da Tessália e da Arcádia. Tentaram sequestrar Deidameia no dia de seu casamento com Peiritos, rei dos Lapitas e filho de Ixion; lutaram ferozmente contra os Lapitas.

Não há centauros, me dizia o livro. Há nuvens semelhantes a centauros, há tribos selvagens que, montando a cavalo, assemelham-se a centauros; mas centauros não há. Eu olhava desconsolado o desenho do centauro no meu livro. O artista representava ali uma criatura bruta, barbuda, cabeluda, de olhar feroz. Não era eu. E eu nada tinha a ver com Ixion, Nefele, Tessália, Arcádia. Nuvens? Sim, de nuvens eu gostava, embora temesse certos vultos ocultos atrás delas. Mas, nuvens?... Eu estava atrás de algo mais concreto.

Li Marx. Tomei conhecimento da luta de classes, uma constante ao longo da História — mas não vi que papel nela os centauros poderiam ter. Eu estava solidário com os escravos contra os senhores, com o proletariado contra os capitalistas. Mas, e daí? Fazer o quê? Dar coices nos reacionários?

Li Freud. Ficou patente para mim a existência do inconsciente, dos mecanismos de defesa, dos conflitos emocionais. A divisão da personalidade, eu a compreendi bem. Mas, e patas? E cauda? Onde é que entravam?

Na trilha da ficção, li as histórias de Scholem Aleichem. Fiquei conhecendo os pitorescos personagens das cidadezinhas judaicas da Rússia. Tevie, o Leiteiro, tinha um cavalo — mas de centauros, Scholem Aleichem nada dizia.

Madrugada, as palavras embaralhando-se diante de meus olhos, o livro me escorregava das mãos; mas eu ainda não estava dormindo, não; ainda não. Lutava por me orientar na espantosa confusão que reinava em minha cabeça; nomes, datas, lugares, tudo se misturava, e eu já não sabia mais quem tinha dito o que, nem por quê. Freud trocava ideias com Marx, o Barão Hirsch palestrava com Scholem Aleichem.

Por que pretendeis financiar-me, Barão Hirsch?, perguntava Marx, intrigado. Nunca se sabe o que vai acontecer no futuro, respondia o Barão, não posso ficar à mercê das forças do mercado; graças a elas enriqueci, mas não é por causa delas que vou me arriscar à pobreza. Tenho de diversificar meus investimentos; o socialismo me parece uma opção razoável. Com o Barão Hirsch, Freud aprendeu a cobrar dos pacientes; até então considerava o dinheiro apenas um símbolo, algo assim como as torres das catedrais góticas. Marx desprezava as histórias de Scholem Aleichem, classificando-as como uma espécie de ópio do povo. Mas falava isso da boca para fora. Secretamente admirava a ficção; passava tardes no Museu Britânico, inspirando-se nos Mármores de Elgin para escrever contos fantásticos (sobre centauros?). O judaísmo pesa sobre mim, queixava-se o Barão Hirsch. Pensava em adquirir, dos turcos que então dominavam a Palestina, o Muro das Lamentações; mandaria desmontá-lo e levá-lo, pedra por pedra, para o Brasil — para o interior do município de Quatro Irmãos. No mesmo local, instalaria um zoológico com animais bíblicos, camelos, por exemplo. (E centauros?) Scholem Aleichem pensava em escrever uma comédia musical, os personagens sendo ele próprio, e mais Freud, o Barão Hirsch, e Marx. Utilizaria no entrecho um dos contos de Marx, intitulado *O judeu engaiolado do tzar*. História impressionante: corcunda, cego e mudo — a língua lhe fora cortada por ordem do monarca —, o judeu passava os dias dormitando na gaiola, mal tocando na comida que lhe dava. Tão logo, porém, ondas de inquietação percorriam a plebe nas ruas, punha-se de pé, farejando o ar; angústia estampada no rosto, sacudia as grades da gaiola, atirava-se de um lado para outro, como possesso. O tzar então sabia que estava na hora de soltar os cossacos para o *pogrom*. Montados em cavalos negros os facínoras invadiam as aldeias judaicas, matando, pilhando, incendiando. Quem poderia enfrentá-los? O centauro? Mas onde estava o centauro, na noite do *pogrom*? Onde?

Psicanálise, materialismo dialético — nada; leis do mercado — nada, nada; ficção — nada; nada parecia aplicável ao meu caso. Centauro, irremediavelmente centauro. E nenhuma explicação plausível.

— Temos sorte de viver no Brasil — dizia meu pai, depois da guerra. — Na Europa mataram milhões de judeus.

Contava as experiências que os médicos nazistas faziam com os prisioneiros. Decepavam-lhes as cabeças, faziam-nas encolher — à maneira, li depois, dos índios Jivaros. Amputavam pernas e braços. Realizavam estranhos transplantes: uniam a metade superior de um homem à metade inferior de uma mulher, ou aos quartos traseiros de um bode. Felizmente morriam, essas atrozes quimeras; expiravam como seres humanos, não eram obrigadas a viver como monstros. (A essa altura eu tinha os olhos cheios de lágrimas. Meu pai pensava que a descrição das maldades nazistas me deixava comovido. Não sabia que eu chorava por mim próprio. Não chores por ti, centauro? Belo conselho. Mas não continha meu pranto.)

Em 1948 foi proclamado o Estado de Israel. Meu pai abriu uma garrafa de vinho — o melhor vinho do armazém —, brindamos ao acontecimento. E não saíamos de perto do rádio, acompanhando as notícias da guerra no Oriente Médio. Meu pai estava entusiasmado com o novo Estado: em Israel, explicava, vivem judeus de todo o mundo, judeus brancos da Europa, judeus pretos da África, judeus da Índia, isso sem falar nos beduínos com seus camelos: tipos muito esquisitos, Guedali.

Tipos esquisitos — aquilo me dava ideias.

Por que não ir para Israel? Num país de gente tão estranha — e, ainda por cima, em guerra — eu certamente não chamaria a atenção. Ainda menos como combatente, entre a poeira e a fumaça dos incêndios. Eu me via correndo pelas ruelas de uma aldeia, empunhando um revólver trinta e oito, atirando sem cessar; eu me via caindo, varado de balas. Aquela, sim, era a morte que eu almejava, morte heroica, esplêndida justificativa para uma vida miserável, de monstro encurralado. E, caso não morresse, poderia viver depois num kibutz. Eu, que conhecia tão bem a vida numa fazenda, teria muito a fazer ali. Trabalhador dedicado, os membros do kibutz terminariam por me aceitar; numa nova sociedade há lugar para todos, mesmo os de patas de cavalo.

O problema era chegar a Israel. Formulei um plano: meu pai me fecharia num grande caixão, com comida e água, e me despacharia por navio para Haifa. Do depósito do porto eu daria um jeito de escapar, rumando a galope para Jerusalém, onde mais acesa era a luta.

Mas meus pais não quiseram nem ouvir falar do assunto. Estás louco, disseram, nunca sairás de perto de nós. Quem é que vai cuidar de ti? Esquece essas ideias malucas.

Argumentei, briguei, chorei. Me recusei a comer; inútil, estavam inflexíveis. E um dia o rádio anunciou que um armistício fora negociado entre árabes e judeus. Papai exultou: meu plano já não tinha razão de ser. E sobre Israel não voltamos a falar.

Aos treze anos — a data de meu aniversário se aproximava — eu deveria passar pela cerimônia do bar mitzvah.

Impossível, disse minha mãe, quando meu pai lhe falou do assunto. Impossível nada, disse meu pai. Eu não consegui fazer a circuncisão nele? Pois agora vamos fazer o bar mitzvah. Mas — disse minha mãe, que já começava a se angustiar, o ar até lhe faltando — como é que vais levar o Guedali à sinagoga?

— E quem disse que precisa ser na sinagoga? — perguntou meu pai. — Vamos fazer a cerimônia aqui em casa. Só para a família.

Aquilo parecia mais razoável, e minha mãe concordou. Débora e Mina se entusiasmaram com a ideia. Bernardo não disse nada.

Durante semanas estudei, com meu pai, o trecho da Bíblia que devia recitar em hebraico. Dois dias antes da festa, minha mãe, Débora e Mina começaram a preparar os doces típicos. Papai mandou fazer um terno, as meninas corriam a toda hora à costureira.

Na véspera da festa não dormi, de excitação. De manhã cedo Débora e Mina entraram, alegres, me vendaram os olhos: é surpresa, disseram. Durante mais de uma hora fiquei ali, ouvindo os cochichos delas, os ruídos de copos e talheres. Finalmente, me tiraram a venda.

Ah, estava muito bonito, aquilo. A mesa coberta com uma toalha branca; garrafas de vinho, cálices de cristal e travessas fumegantes — os pratos judaicos tradicionais. Sobre o colchão, os presentes: livros, um toca-discos, discos (a *Cavalaria Rusticana* não estava entre eles), reproduções de quadros, uma máquina de escrever. E um violino; quase igual ao violino que eu tinha jogado no rio.

Abracei-as, chorando, elas choravam também, mas tentavam conter a emoção: vamos, Guedali, queremos começar a festa. Papai entrou, com a roupa que me comprara para a ocasião: paletó escuro, camisa branca, gravata, chapéu-coco. Vesti-me, coloquei sobre os ombros o xale ritual, o *talit* que o *mohel* havia me dado. Mamãe entrou, com um vestido de festa e penteado novo. Abraçou-se a mim, soluçando, não queria me largar. Vais amassar o casaco dele, dizia papai. Bernardo veio, me cumprimentou, sombrio.

Li o trecho da Bíblia; sem erros, a voz firme, as franjas do *talit* me caindo sobre o lombo e as ancas, a pata dianteira escarvando o chão — o que sempre me acontecia quando eu estava nervoso.

— Agora — disse meu pai, quando terminei —, és um verdadeiro judeu.

Minha mãe serviu bolinhos de peixe e vinho. Brindamos. Ao me voltar, derrubei com a cauda a garrafa de vinho de cima da mesa, manchando a toalha e a calça de Bernardo. Não é nada, apressou-se minha mãe a dizer, mas era sim, era uma coisa, era muita coisa, era a *minha* cauda, e as *minhas* patas, e os cascos; era um animal que estava ali. Em prantos, atirei-me ao chão: ai, mãe, ai, pai, eu queria tanto ser gente, eu queria tanto ser normal. Calma, dizia meu pai, calma, não te desespera, Deus há de te ajudar. Minhas irmãs ligaram o toca-discos, colocaram um disco de danças russas; a alegre melodia me fez sorrir, e logo estavam todos dançando a meu redor, eu batendo palmas, já esquecido do incidente.

Bernardo não esquecia. Cada vez me tolerava menos. Me dá azia, dizia a meus pais, só de pensar naquele monstro trotando no depósito. Vocês deviam é se livrar dele, mandá-lo para algum lugar bem longe; em vez disso, ficam lhe fazendo festinhas. Loucura completa.

Secretamente desejava que eu morresse; que me desse uma doença grave, das que atacam os cavalos do Rio Grande, era sua esperança. A cada febre, a cada resfriado meu, seus olhos luziam; quando me recuperava, mergulhava de novo na amargura. Queixava-se: nunca poderei usar o depósito para guardar minha mercadoria. Ou então: nunca poderei trazer em casa um cliente, um amigo, uma namorada, tudo por causa daquele bicho horroroso. Cala a boca, gritava minha mãe, não faz a vida do teu irmão mais difícil do que é.

— Irmão! — bufava Bernardo. — Irmão! Não é meu irmão, aquilo. Nem filho de vocês. Aquilo é um monstro, mãe!

Um dia tiveram uma discussão particularmente áspera; meu pai perdeu as estribeiras.

— O Guedali é meu filho, como tu! — gritou. — Vou cuidar dele enquanto puder. Se não estás satisfeito, pega tuas coisas e vai-te daqui.

Bernardo foi. Alugou um apartamento no centro da cidade, cortou relações com a família. Mas fazia questão de passar na frente do armazém em seu automóvel, uma mulher muito pintada — *gói*, decerto — ao lado.

Algum tempo depois Débora foi a um baile do Círculo e lá conheceu um viúvo, um advogado de Curitiba; se apaixonaram; decidiram casar imediatamente. Temendo me chocar, ela hesitava em me dar a notícia; quando o fez, foi da forma mais desastrada, gaguejando e por fim rompendo num choro convulso. Que é isso, Débora, eu disse, não chora, estou contente por ti. Mas não vais poder ir à festa, Guedali! — gemeu. — Ele nem sabe de ti, não tive coragem de contar. Acrescentou que ainda não o trouxera à nossa casa justamente por minha causa, não queria pedir que eu me escondesse, para não me ofender. Que bobagem, eu disse, sabes que estou acostumado, podes trazê-lo. De verdade? — disse, os olhos brilhando. De verdade que não te importas, Guedali? Claro que não, eu disse, me esforçando por sorrir, tanto eu gostava dela.

O advogado veio, jantou com a família. Era um homem de certa idade, simpático, falador; tomou muito vinho, acabou adormecendo numa poltrona.

Uma ideia ocorreu à Débora. Veio correndo ao meu quarto: Guedali, queres conhecer o meu noivo? Eu não estava entendendo, ela insistia, vem logo, ele está dormindo.

Segui-a até a janela da sala de jantar, espiei cautelosamente. O advogado ressonava, a boca aberta. Parece um bom homem, sussurrei.

— Não é? — ela, radiante. — Que bom, Guedali, que bom que gostas dele.

O advogado mexeu-se na poltrona, abriu os olhos. Corri para o quarto, tranquei a porta, o coração aos pulos. Ouvi o homem dizer: mas tenho certeza, Débora, que vi um homem a cavalo! Bobagem, ela respondia, bebeste demais.

Homem a cavalo! Não pude me conter: caí no colchão, rindo. Homem a cavalo, era demais! Eu ria, ria. Mina me ouviu, veio assustada, pedindo que eu ficasse quieto — mas começou a rir também. Eu não podia mais, me doía a barriga, a enorme barriga, de tanto rir; rolava pelo chão, rindo, enquanto Mina tentava lembrar uma história de campo de concentração, que nos fizesse ficar sérios. Inútil, só parei de rir quando perdi o fôlego. Já então Débora tinha saído com o advogado; por precaução não o trouxe mais. Na semana seguinte casaram e foram para Curitiba. A casa ficou grande demais, queixava-se minha mãe, que sentia falta da filha — e que agora censurava meu pai por ter mandado Bernardo embora. Tornou-se melancólica; começou a frequentar sessões espíritas, onde conversava com seus vizinhos da aldeia russa, mortos no *pogrom*. Mas continuava tomando conta da casa, cozinhava; e à noite nos sentávamos sob a latada para conversar, como sempre, as semanas, os meses escoando. Parecia que nada mais iria acontecer, que a vida seria aquilo mesmo, uma sucessão de dias e noites iguais, um que outro incidente quebrando a rotina, de outra forma inalterada. Eu me irritava comigo mesmo por desejar não sabia o quê. Que mais posso querer, eu me perguntava, que mais posso esperar, se estar vivo já é uma grande coisa?

Foi então que me apaixonei.

Durante anos me esforçara por não pensar em sexo. Sentia desejo, claro, mas, seguindo os conselhos de alguns livros, procurava sublimá-lo. À noite, antes de dormir, fazia ginástica: dezenas de flexões de patas e de tronco; levantava halteres pesadíssimos; flagelava o corpo com toalhas molhadas. Quando me deitava, estava exausto, mas mesmo assim não conseguia conciliar o sono; parecia-me ouvir suspiros de gozo, risinhos debochados. Pedi a meu pai que comprasse na farmácia pílulas para dormir. Com cinco delas finalmente adormecia, mas então eram os sonhos que me atormentavam, sonhos povoados por mulheres ou éguas, e neles eu era ora um homem normal, ora um cavalo completo, e, para cúmulo, nem sempre o homem deitava com as mulheres, nem sempre o cavalo cobria uma égua. Acordava exausto; desgostoso, mas aliviado, verificava que tinha ejaculado. A natureza fizera o que tinha de fazer. E eu estava conformado.

Mas acabei me apaixonando. Por acaso, como sempre ocorre com essas coisas.

Quando fiz vinte e um anos meu pai perguntou o que eu queria de aniversário. Eu estava então interessado em astronomia; pedi um telescópio. Contava fazer algumas observações de planetas e estrelas.

Veio o telescópio, um belo instrumento, com boas lentes. Li o manual de instruções e passei imediatamente a explorar os céus. À noite eu ia de Vênus para Saturno, estudava as constelações (a do Centauro por razões óbvias) — meio decepcionado, porque não via nada de muito sensacional. (O que esperava ver? Abraão e seu seio? O cavalo alado?) De dia, o telescópio oculto pelas cortinas do quarto, espiava os morros das redondezas. Foi assim que avistei a moça da mansão colonial.

A mansão, muito bonita, ficava a uns dois quilômetros de nossa casa, mas eu podia observá-la bem. De início, me surpreendeu a quantidade de empregadas, todas de touca e avental brancos. Depois de alguns dias notei a presença da moça de cabelos cor de cobre.

Vinha todas as manhãs ao terraço. Tirava o roupão e ficava deitada — nua, completamente nua — tomando banho de sol. Da mesa a seu lado, pegava um binóculo e ficava examinando os arredores, aliás desertos, da casa. Ela olhava pelo binóculo, eu a espreitava pelo telescópio. O rosto eu não via bem, mas imaginava um narizinho delicado, uns lábios cheios, dentes perfeitos. Os olhos, sim. Os olhos eu via bem, pelas lentes do telescópio — e do binóculo. Me deslumbravam. O olho direito, luminosamente azul. O esquerdo, ainda mais azul. O coração me batia forte. A pata escarvava o chão, mais nervosa que nunca. Em nenhum livro, e eu tinha livros com belas ilustrações, em nenhuma revista, eu vira uma moça tão bonita. Me fascinava, ela. Não podia parar de olhá-la.

Será que me via, de seu terraço? Será que divisava o meu rosto, por trás das cortinas? Teria gostado de me ver? Eu corria ao espelho. Não, não era feio. Belos cabelos revoltos, belos olhos, nariz reto, boca bem traçada. Algumas espinhas na testa, só. Eu era mesmo um adolescente bonito. Até a cintura, naturalmente. Daí para baixo — centauro, centauro, irremediavelmente centauro.

Centauro, deveria me conformar tão somente com espiá-la. Com sonhar. Com suspirar. Mas não: de repente eu já não me contentava com olhá-la de longe. Queria falar-lhe, queria tocar-lhe o rosto, as mãos.

(Nos meus sonhos eu ia além. Em sonhos eu galopava até a mansão, eu entrava pela grande porta, eu subia a escada do terraço, eu a tomava nos braços — meu amor, ela murmurava, até que enfim vieste —, ia com ela para longe, para as montanhas. Lá ficávamos vivendo, ocultos numa caverna, nos alimentando de frutos silvestres, fazendo vasos de argila, passeando, ela sobre o meu lombo, os braços macios me rodeando o peito. Nesses sonhos, ela deitava nua no chão, me estendia os braços: vem, querido, vem, meu centauro adorado.)

Sonhos, naturalmente. Mas eu queria vê-la, ao menos uma vez. Como fazer isso, porém? Como evitar que ela percebesse patas, e cascos, e cauda? Como proceder para que ela não fugisse horrorizada gritando monstro, monstro?

E se eu lhe escrevesse?

Por que não? Eu escrevia bem, tinha uma bela letra, uma letra capaz de impressionar uma mulher. Só que eu não sabia o endereço dela. Nem o nome (que imaginava ser Magali; Magali, a sensual heroína do romance *Férias no Caribe*). Não; pelo correio convencional não poderia ser. Pensei no *Correio do Coração* das revistas de amor que Mina colecionava. Cartas apaixonadas apareciam ali, assinadas com pseudônimos tais como *Pássaro Solitário*, *Tigre Agonizante*, *Fauno Triste*. Entre estes, *Centauro Apaixonado* não chamaria a atenção. Mas como me dirigir a ela? *Querida desconhecida da mansão de Teresópolis, Porto Alegre?* Se reconheceria, ela, nessa denominação carinhosa? E, dúvida mais cruel, será que lia revistas de amor? Pelas minhas observações, não lia nada. Tomava banho de sol e olhava pelo binóculo. Só.

Contudo, a ideia da carta me parecia boa. O problema continuava sendo fazê-la chegar às mãos da moça.

Foi aí que me ocorreu usar um pombo-correio. Engenhoso, só que eu não tinha o pombo. Mas não seria impossível arranjar um.

Gostaria de ter um pombal, disse a meu pai, naquela noite. Não entendeu: um quê? Um pombal, repeti, uma casinha para pombos. Ele estava perplexo: pombal? A troco de que um pombal, Guedali? Não tenho nada que fazer, eu disse, criar pombos sempre distrai. Ele relutava, temia que um pombal atraísse moleques como Pedro Bento. Minha mãe entrou em cena: faz o que o Guedali está te pedindo, Leão, ele é bom menino, nunca pede nada.

No dia seguinte papai trouxe madeira e ferramentas. Construímos o pombal, segundo o desenho de um livro especializado. Quando ficou pronto, meu pai comprou seis pombos de raça.

Escolhi o que me pareceu mais inteligente — Colombo, foi o nome que lhe dei — e comecei a treiná-lo. Primeiro, ensinei-o a ir de um lugar a outro no jardim, o que não foi difícil: milho no ponto de partida, milho no ponto de chegada. O passo seguinte foi fazer com que Colombo associasse pátio e mansão com partida e chegada. Para isso, eu mantinha o pombo voltado para a mansão, durante alguns minutos, várias vezes por noite (os exercícios eram sempre noturnos); depois lhe dava milho.

Durou semanas o treinamento, e nessa longa convivência nasceu em mim uma cálida afeição pelo branco Colombo. Segurando-o entre as mãos, sentia seu corpo palpitar; tu me compreendes, pombinho, eu murmurava, tu sentes a intensidade de minha paixão. Nenhum sinal de emoção nos olhinhos pretos, duros como contas; mas eu estava certo de que ele me compreendia — e que cumpriria sua missão.

Finalmente, chegou o momento. Cheio de emoção, atei à pata de Colombo o bilhete que tinha escrito, endereçado à *Adorável Desconhecida da Mansão*. Nele, contava de minha admiração e propunha correspondência, a fim de que nos conhecêssemos melhor. Motivos imperiosos, dizia, impedem-me de revelar minha identidade, mas isso acontecerá no momento oportuno.

Terminava pedindo que ela usasse o mesmo pombo para mandar sua mensagem.

Beijei a cabecinha de Colombo, atirei-o para o ar. Voejou sobre o pátio, descreveu três ou quatro voltas, e partiu. Em direção oposta à da mansão. O cretino. O ingrato.

Enxotei os outros pombos, derrubei o pombal, queimei-o — para surpresa de meu pai: mas não era o que tanto querias, Guedali? Não respondi. Olhava em silêncio as tábuas brancas sendo consumidas pelo fogo.

Nunca mais, pensei. Não quero mais amar, nunca, nunca mais.

Pensei que era uma coisa definitiva, mas não: passados alguns dias fui tomado de um súbito otimismo. Faria nova tentativa e dessa vez Deus me ajudaria — seria bem-sucedido. Usaria uma catapulta para mandar a mensagem. Seriam necessárias muitas tentativas, naturalmente, até que eu conseguisse fazer com que o bilhete, enrolado numa pedra, caísse no terraço. Mas não me importava: tinha muito tempo pela frente.

Não cheguei sequer a montar a máquina. Não foi preciso.

Uma manhã ela estava no terraço, nua como sempre, e olhando pelo binóculo, quando um homem entrou. Um homem alto e bronzeado, de cabelos brancos, óculos escuros. É o pai, foi a primeira coisa que me ocorreu. Mas ele se aproximou por trás dela, abraçou-a, tomou-lhe os seios nas conchas das mãos — não, não era o pai —, beijou-lhe demoradamente o pescoço. Ela deixou o binóculo cair. Ela não pousou o binóculo na mesa do terraço; não, deixou-o cair. Pouco lhe importava que as lentes se quebrassem, já estava fechando os olhos, já estava dilatando as narinas, já estava — eu vendo tudo pelo telescópio — deitando e recebendo o homem sobre si.

Adoeci. Houvesse ou não relação de causa e efeito, o certo é que fui acometido de uma febre misteriosa. Durante seis dias fiquei deitado no colchão, quase sem me alimentar, tomando apenas água.

Meus pais não saíam de perto de mim. Até então eu nunca tinha necessitado de médico; agora, porém, eles se perguntavam se não seria o caso de me levar para o hospital, mesmo que isso significasse revelar ao mundo a minha existência. Melhor eu vivo, ainda que perseguido por jornalistas e curiosos, do que morto por falta de recursos. Discutiam essas coisas a meia-voz, perto de mim. Abrindo os olhos, eu os via a me fitar, ansiosos. O que é que tu tens, Guedali?, perguntava a mãe. Nada, mãe, eu murmurava, deve ser alguma coisa que comi, sinto um pouco de dor na barriga. Estendia a mão vacilante, tocava-me o ventre: pobre mão, perdida na imensidão daquela barriga, entre uma mancha marrom e outra branca. Que raça de cavalo será a minha, eu me interrogava, meio dormindo, meio acordado. Palomino? Árabe? Mestiço? Percherão?

No sétimo dia a febre cedeu.

Convalescente, eu ficava deitado no colchão, pensando. O que é que eu vou fazer, eu me perguntava. O que é que eu vou fazer agora?

Decidi partir.

Iria para longe, para o mato, para junto das codornas e dos tamanduás, dos sátiros e dos sacis, dos índios e dos pássaros solitários.

Doía-me deixar minha família. Mas não poderia continuar ali, preso no meu quarto, o tempo passando, eu me tornando um velho centauro, desdentado e de pelo grisalho — e por fim morrendo sem ter sequer tentado escapar à minha sina. E tentar – ao menos tentar — era uma coisa que eu tinha obrigação de fazer. Talvez no mato descobrisse o jeito de ser feliz.

Na noite que precedeu a partida não dormi. Fiquei andando de um lado para outro. De madrugada, escrevi uma carta dirigida à família. Contava que ia embora, mas não se preocupassem comigo — acharia meu caminho. Saí. Cautelosamente, espiei pela janela do quarto dos meus pais. Dormiam, abraçados. A vontade que eu tinha era de me deitar entre os dois, de ficar ali no quentinho, para sempre. Mas, um centauro?...

Entrei na cozinha, tirei algum dinheiro da lata onde minha mãe guardava as economias. O que é mesmo que eu vou fazer com isto, perguntei-me, olhando as notas amarrotadas. Mas guardei o dinheiro no pacote e saí para o pátio.

Fazia frio, uma névoa espessa ocultava a mansão — o que foi um alívio — e me garantia uma fuga tranquila. Respirei fundo, cerrei os dentes, empreendi um curto galope, armei o salto prodigioso. Na fração de segundo que antecedeu o pulo, eu ainda hesitei, me dando conta do que deixava para trás: a casa que me protegia da intempérie, a comida à hora certa, e sobretudo o carinho dos meus. Mas já então não era eu quem decidia, as patas me conduziam, eu já estava no ar, em pleno pulo, transpondo o muro, o terror coincidindo com a excitação e a alegria — estava livre! Continuei a galopar, perseguido por um cão que latia sem cessar. Pulei uma cerca e caí num quintal. Outra cerca — um galinheiro, galinhas cacarejando assustadas e voando para todos os lados; outra cerca — uma mulher que lavava roupa deu um berro e fugiu; ainda outra cerca — uma estradinha de terra, e no fim dessa estradinha o mato, o desconhecido.

Galopando à noite e me escondendo de dia percorri enorme distância. Meu destino eu não sabia bem qual era: a fronteira talvez; talvez o Uruguai, a Argentina. Eu ia indo. O polo Sul era o meu limite.

Circo
1953 a 1954

(Me imaginava vagueando, não no deserto, como os judeus, mas numa planície coberta de neve, na qual meus cascos afundavam; as patas enregeladas quase não me obedecendo, mas, de cabeça erguida, eu prosseguia — arriscando tudo. E conseguia: de súbito, toda a parte posterior do corpo se destacava e ficava, pelas patas, encravada na neve, enquanto a metade anterior, agora aliviada da carga, avançava, sumia no horizonte.)

Galopava à noite e me ocultava de dia. Quando o farnel terminou, comecei a roubar para comer. Entrava em hortas, saía com os braços cheios de pés de alface. Dos galinheiros tirava ovos; na calada da noite ordenhei vacas desgarradas. Não poucas vezes tive de enfrentar, a patadas, cães ferozes. Em duas ou três ocasiões atiraram em mim; felizmente, gente de péssima pontaria. Fiquei um dia inteiro submerso num banhado, só a cabeça de fora, enquanto chacareiros me procuravam, dispostos a me linchar. Em outra ocasião, para escapar aos meus perseguidores, subi a um vagão de gado. Metido entre os bois, as patas da frente fletidas, o tórax curvado para a frente, só o lombo à mostra, eu procurava me confundir com os animais. Levei um susto quando o trem começou a andar: já me via sendo conduzido para o matadouro. Saltei a tempo, porém. E — segundo verifiquei pelas estrelas — tinha avançado na direção do sul. Meu caminho.

Vi muitos lugares, muita gente. Negros, por exemplo. Nunca tinha visto um negro. Sabia, de livros, que existiam tais criaturas, mas não fazia ideia de como seria um negro real, um negro caminhando, rindo. Essa curiosidade foi satisfeita: uma noite avistei na estrada quatro negros caminhando, rindo. (E centauros negros? Existiriam?)

Vi emas no campo. Vi uma casa queimando. Vi uma procissão noturna: gente rezando, pedindo chuva.

O livre, decidido galope, me fazia bem. Eu deixava para trás uma lembrança dolorosa, a saber: um amor frustrado. Mas sentia muitas saudades: da família, do meu quarto, dos livros, dos discos e até do telescópio. Uma época rezei muito; ao cair da tarde me voltava para leste, para a distante Jerusalém, e murmurava as preces que meu pai me ensinara. Não era a Jeová que eu me dirigia; não era bem religião aquilo, era antes uma forma de nostalgia. Era a minha infância que eu evocava.

Rezava e prosseguia. Para o sul.

Uma madrugada, o cansaço me venceu — nos arredores de uma pequena cidade. Era um lugar perigoso para ficar, mas eu não aguentava mais: estava coberto de suor, as patas se vergavam ao peso do corpo. O pior é que a região era totalmente plana, um descampado. Mas achei um fosso; deitei-me ali, cobri-me com uns arbustos e adormeci.

Acordei, sobressaltado, em meio a uma barulheira espantosa: rufar de tambores, o som estridente de uma corneta, gritos, marteladas. De um salto, pus-me de pé, tremendo todo. Ao meu redor havia uma incrível confusão: jaulas com animais ferozes, caminhões, caixões, gente armando um enorme toldo.

Um circo.

Dois anões, de pijama, me olhavam, muito interessados. É isso aí o número novo?, um perguntou, numa vozinha fina, esganiçada. Acho que é, respondeu o outro. Dirigiu-se a mim: tu és o número novo, companheiro? É o que vamos ver, respondi cauteloso, ao mesmo tempo que me perguntava, entre atemorizado e divertido: por que não? Olhando um dromedário que passava: por que não?, o elefante preso por uma corrente a uma estaca: por que não?

Gostaria de falar com o dono, acrescentei. O anão encolheu os ombros: o dono tinha sido hospitalizado; a mulher dele, que normalmente o substituía, fugira com o equilibrista. Parece que a pessoa mais responsável ali era a domadora.

Fui encontrá-la junto à jaula do tigre, olhando com ar pesaroso o felino que estava estirado, com jeito de doente. Sou o novo número, eu disse.

Voltou-se, me olhou — espantada e desconfiada. Mais desconfiada que espantada; estaria já habituada a seres exóticos.

— Mas que diabo é isso? — perguntou.

Era uma mulher alta, robusta, de meia-idade. Ainda bonita: um rosto de traços bem marcados, como o de Greta Garbo — cuja foto eu tinha num livro. Usava óculos escuros, blusa com galões, culote e botas, o que lhe acentuava o aspecto autoritário. Sou o novo número, repeti, um pouco inseguro, represento um centauro. Franziu a testa: representa o quê? Um centauro, eu disse, um ser mitológico, metade homem, metade cavalo. Ah, sim, ela disse, já ouvi falar disso.

Tirou os óculos — tinha olhos claros, frios —, examinou-me atentamente, mandou que eu desse uma volta. Bem feitinha, a fantasia, observou. É couro? Couro de cavalo legítimo, respondi, esperançado com o interesse dela. Continuou a me examinar.

— E quem está aí dentro? — perguntou, de repente.

Meu irmão, eu disse, e ajuntei rápido: ele não gosta de aparecer, é surdo-mudo, e ainda por cima tem a cara toda queimada, uma mulher jogou ácido nele.

— Não é nada com a polícia? — indagou, suspeitosa. — Olha que não quero encrencas.

Não, eu disse, não é nada com a polícia, ele não quer aparecer, só isso.

Olhava-me fixo, suspeitosa. A história não lhe cheirava bem, via-se. Mas eu me mantive firme; devolvia-lhe o olhar, impassível.

E o que é que vocês fazem, ela perguntou. Corremos em torno da pista, respondi, saltamos obstáculos; e eu, posso declamar poesias, contar histórias, tocar violino, mas não acho que seja preciso: o público morre de rir quando entramos no picadeiro. Não é para menos, ela disse, a fantasia é mesmo engraçada.

Tirou do bolso da blusa um maço de cigarros.

— Fuma?

Eu nunca tinha fumado, mas aceitei. Sufoquei-me com a primeira tragada, tossi. Cigarro não é para centauro, eu disse. Ela riu.

— Está tudo bem — ela disse. — Mas tem um problema. Um problema sério. Não sei o que o antigo dono tratou contigo. Só sei que o circo está quebrado e não tenho como te pagar.

— Não faz mal — interpus, rápido. — Posso trabalhar por comida, ao menos por uns tempos. Depois a gente se acerta.

— Bom, se é assim, vocês podem começar hoje mesmo. Como é o teu nome mesmo?

— Silva — respondi. — Tanto eu como meu irmão atendemos por esse nome.

Me estendeu a mão.

— Você é simpático, Silva. — A mão dela se demorava na minha. — Acho que vamos nos entender bem.

Olhou o relógio, grande, de homem:

— Agora tenho de ver como estão as coisas por aí. Estreamos hoje à noite. Teu número é o segundo.

* * *

Por um buraco da cortina rasgada eu espiava o público que lotava as arquibancadas. Gente pobre: peões das estâncias vizinhas, operários, soldados, empregadinhas; mulheres de tetas caídas, crianças desdentadas. (E Pedro Bento? Não estaria ali, por acaso?) Bugres. (Peri?)

Desconhecidos. *Góim*, como diria meu pai, que trazia em si a ancestral desconfiança judaica em relação ao gentio. Alguns mal-encarados, com cara de bandidos. A vontade que eu tinha era de fugir, de voltar para casa, para junto dos meus pais. O que me dava raiva. Fica aí, eu me repetia, aguenta a mão, covarde.

Os anões vieram correndo do picadeiro. É tua vez, disse uma voz atrás de mim. Voltei-me: era a domadora, toda paramentada para a apresentação: cartola, fraque, um chicote numa mão, um bastão na outra. Sorriu, piscou o olho: vai firme, Silva, estou aqui torcendo por ti. O tambor rufou, soou um toque desafinado de corneta. Felicidades, ela disse, ajeitando o pano dourado que eu levava sobre o lombo. Lá vou eu, murmurei, e entrei num galope vacilante.

As luzes me ofuscaram, a gritaria que se ergueu foi ensurdecedora. O pavor se apossou de mim, pensei que ia desfalecer, mas continuei a galopar, eram as patas que me levavam, tal como quando eu era bebê, três, quatro, cinco voltas em torno da pista. Finalmente, como fora combinado, me dirigi para o centro do picadeiro, me pus de pé nas patas traseiras, cumprimentei: boa noite, minha gente! — numa voz esganiçada, esquisita, mas à qual responderam com aplausos. E então, surpreendentemente, dei por mim dizendo, agora com segurança e bem alto:

— Não ouvi, minha gente. Vamos repetir: boa noite!

Boa noite, gritaram, e fiquei ali, sorridente, enquanto o mestre de cerimônias explicava quem eu era: um centauro das montanhas da Tunísia, último exemplar de uma raça em extinção. Voltou-se para mim:

— Centauro, meu amigo! Mostra aqui para o pessoal o que tu sabes fazer.

Dei mais umas voltas pela pista, saltei obstáculos. E quando, acompanhado pelo sanfoneiro, dancei uma polca — as patas se atrapalhando todas —, o circo quase veio abaixo: berravam, endoidecidos. Tive de repetir o número duas, três vezes. Por fim saí, exausto, suarento. A domadora me esperava, sorrindo: eu não te disse, Silva, que seria um sucesso? O pessoal do circo me rodeava, me cumprimentando. Até que enfim as coisas vão melhorar, a gente vai tirar a barriga da miséria, diziam os anões. Se ofereceram para entrar no picadeiro montados no meu lombo; o trapezista também queria fazer um número comigo: *o centauro voador*. Aquilo tudo estava muito bem, aquelas homenagens, mas tantas mãos me tocando, me apalpando — comecei a ficar nervoso, não fossem eles se dar conta, em meio à alegria geral, que não era fantasia o que eu usava, que eu era assim mesmo, que por dentro do couro não havia nenhum Silva surdo-mudo e de cara queimada, mas sim vísceras, fígado, rins, intestinos de cavalo. Voltei-me para o meu lombo: vamos, mano, disse em voz alta, vamos para o banho. Riram: banho? Centauro toma banho? Mas eu já me afastava a galope.

O circo agora estava sempre lotado. Eu era a principal atração. Não me contentei com os êxitos obtidos; introduzi variações no meu número. Disputava uma corrida com o camelo — o que fazia o público delirar. Aprendi também a fazer malabarismos e saltava por um aro em chamas: aplausos, aplausos.

Claro, nem sempre as coisas corriam bem. Engraçadinhos puxavam minha cauda, duas ou três vezes bêbados tentaram me cavalgar — a tentação de escoicear sendo então muito forte. Não te aborrece, diziam os anões, isso é gente grossa, do interior.

O pessoal do circo gostava muito de mim, e os anões, principalmente, não me largavam. O que me inquietava: quanto mais só eu estivesse, melhor. Pedi um trailler só para mim, no que a domadora prontamente me atendeu: tu mandas, não pedes, disse, piscando o olho.

O trailler, de luxo, era muito bom — para pessoas, não para um centauro. Eu ali mal podia ficar de pé; além disso não havia um colchão grande, como o de minha casa, mas sim duas camas — para mim e para o meu irmão, supunha-se. De qualquer modo eu passava ali a maior parte do tempo lendo. Quando saía, cobria o lombo com uma grande lona, que me descia até os cascos. Explicando que não queria estragar a fantasia de centauro, muito cara, eu na verdade estava me protegendo de mãos indiscretas.

Me deixavam em paz. Me achavam um pouco estranho, mas eu não era ali o mais esquisito: o atirador de facas falava sozinho, o palhaço não se dava com ninguém, o trapezista gostava de colocar aranhas e baratas nos bolsos dos anões.

Estou bem, escrevi a meus pais. Estou comendo bastante e me divertindo, não tive mais febre. Por enquanto não posso dizer onde moro, mas não se preocupem, está tudo bem.

Estava tudo bem mesmo, eu me sentia até feliz. Começava a achar que, afinal de contas, havia um lugar para mim entre os seres humanos — patas ou não patas, cauda ou não cauda. O riso da plateia e a amizade do pessoal do circo me confortavam. E havia o olhar da domadora.

Os anões falavam dela com um misto de admiração e temor: uma tirana, diziam, controla o circo com mão de ferro. E fogosa: não havia homem que a satisfizesse. O trapezista, o atirador de facas, o palhaço, todos tinham passado pela cama dela e a todos ela rejeitara com desprezo pelo fraco desempenho: não são machos bastante para mim, dizia. De momento, estava sem ninguém, o que deixava inquieto o pessoal do circo: a falta de macho tornava-a irascível, insuportável.

Me olhava, ela. Me olhava muito. Me olhava da jaula do leão; deitada junto ao felino, abraçava-o amorosamente, beijava-lhe a boca. Quem me dera, exclamava, encontrar um homem que fosse como este bicho! E me piscava o olho. Eu sorria e me afastava, perturbado. Mas a verdade é que só pensava nela. Já não dormia; o enorme pênis ereto, eu me revolvia no chão, inquieto. Se leão, por que não centauro?

As moças que vinham ao circo me olhavam com admiração: como é bonito! Pediam para me tocar. O que deixava a domadora furiosa e a mim ainda mais inquieto.

Pressinto o que vai acontecer.

Uma noite, não posso dormir. Faz calor, dentro do trailler, um calor sufocante, opressivo. Mergulho o rosto na bacia de água, me envolvo em toalhas molhadas — inútil. Acabo por sair.

Ando, a passo, entre as jaulas das feras. Me fitam os animais, quietos, os olhos luzindo no escuro. O elefante, de pé, oscila de um lado para outro. Pobres bestas. Compreendo-as bem. Minhas vísceras são suas vísceras, embora meu destino já não seja seu destino.

— Onde é que vai, moço?

Volto-me, sobressaltado. É a domadora. Encostada à jaula do tigre, olha-me, com um sorriso safado.

— Passeando?

— Arejando um pouco — digo, a voz soando esquisita.

Olha para os lados. Ninguém, todos dormem. Vem cá, murmura. Aproximo-me. Vejo-lhe o desejo nos olhos, nos lábios entreabertos. Eu — eu tenho a garganta seca, estou assustado, mas já não posso me aguentar, abraço-a.

Espera, ela diz. Aqui não.

Tomo-a nos braços. Entramos no trailler, beijo-a com fúria, a boca, os olhos, o pescoço. Calma, meu amor, ela diz, deixa eu tirar a roupa. Solto-a. Trêmulo de desejo, vejo-a desabotoar a blusa, tirar as botas.

E o teu irmão, ela pergunta, não vai ficar chateado? Ocorre-lhe uma ideia: se vocês quiserem, podem vir os dois juntos. Não! — digo, quase gritando, e num tom mais baixo. Ele... O mano... Não gosta dessas coisas. Mas não se importa... que eu faça.

Ah, bom, ela diz. Termina de tirar a roupa — mesmo na semiobscuridade vejo que tem um belo corpo — e deita-se na cama.

— Vem, amor — sussurra. — Vem, centauro querido.

As patas fletidas, inclino-me sobre ela e beijo-a, beijo-a como um doido — a boca, os seios, as coxas. Ai, tu me deixas louca, geme, louca, louquinha! Anda, amor, vem logo. Sai desse couro e vem.

E então — avalanche descendo a montanha, torrente rompendo as comportas — atiro-me sobre ela e já não vejo mais nada. Confusamente percebo que grita por socorro — me acudam, ele está me atacando, é um monstro — subjugo-a, tapo-lhe a boca, tento penetrar, não consigo, ejaculo em suas coxas, tombo para o lado, exausto. Ela pula da cama e foge, gritando sempre: é um cavalo! Um cavalo de verdade!

Levanto-me, ainda aturdido. Saio para fora. Vozes exaltadas ressoam na noite, luzes se acendem. Os leões urram, os macacos guincham. Não há tempo a perder. Saio a galope.

(Este galope. Este galope no meio da noite, por descampados, por banhados que espelham uma pálida lua, este galope me ficará na memória durante muito tempo. Hoje relembro saudoso os tempos em que podia livremente galopar; ainda que — como naquela noite — amedrontado, ainda que esmagando rãs com as patas, ainda que me arranhando na galharia das árvores baixas do pampa.

Correr é bom. Meus amigos correm todos os dias de manhã, dão pelo menos seis voltas em torno ao parque, dizem que é para evitar o enfarte. Dizem também que a corrida clareia a mente, que o cérebro, agitado dentro do crânio, libera todas as preocupações, as obsessões — pode-se ver até uma nuvenzinha de vapor se elevando da cabeça de grandes corredores.

Mas eu sei que não é só por isso que correm. Correm por correr, porque é bom; não fossem as limitações de tempo e de espaço, e os compromissos assumidos, e as famílias, e tudo o mais, correriam em linha reta, iriam para bem longe, para o paraíso dos risonhos corredores, o lugar cujos limites a gente, por mais que corra, jamais ultrapassa; o lugar onde todos só fazem correr — uns de abrigo azul-marinho, outros de calção branco, uns de tênis, e outros de pés descalços, uns correndo sós, outros em bando; correndo e conversando, correndo e comendo sanduíches, correndo e cagando, correndo sem parar, como eu corria naquela noite — mas felizes, sem o medo que eu tinha.)

De manhã já estou longe. Pela posição do sol constato que estou indo, como sempre pretendera, para o sul. Hei de encontrar — embora esteja indo em direção oposta à da Tessália e da Arcádia — o lendário país dos centauros, dos reis centauros, dos súditos centauros, dos lavradores centauros, dos escritores centauros. E das centauras.

Ou vou para o polo Sul; para os gelos eternos que preservam, intactas, as carcaças dos quadrúpedes ancestrais. E se o frio aos poucos for paralisando meus membros e minha circulação, se eu afundar da neve sem dela poder sair, se a Morte, enfim, se aproximar, dizendo, este é teu destino final, daqui não passarás — bem, que seja isso, que eu morra, sozinho, como deve morrer um centauro num mundo de humanos bípedes. E que, ao menos, eu descanse em paz.

Galopo durante a noite, como antes. Roubo frutas e verduras, como antes — e também gêneros alimentícios de caminhões estacionados à beira da estrada. Como antes, durmo durante o dia — mas agora só em lugares seguros, bem oculto.

Percorro léguas.

Uma estância no Rio Grande do Sul
1954 a 1959

Rumo à fronteira.

(Devo ter passado por São Borja mais ou menos à época em que lá enterravam Getúlio Vargas. Naquele tempo eu nada sabia de tais assuntos. Não sabia que o ex-ditador, agora presidente, tinha se suicidado, deixando uma carta de protesto contra seus inimigos. Eu não sabia de imperialismo, de política, eu não sabia dessas coisas. Eu simplesmente galopava.)

Numa madrugada chuvosa busquei abrigo num rancho abandonado, uma tapera situada no meio de um campo imenso. O barulho da chuva e o coaxar dos sapos me embalaram o sono; um sono aliás bruto, oriundo, acredito, de músculos muito fatigados, de tendões doloridos. Sono muar.

De manhã, acordo assustado, com estranhos pressentimentos. Ponho-me de pé, espreito pela janelinha do rancho.

O céu ainda está toldado, mas parou de chover. Ovelhas pastam, plácidas. Ninguém à vista. Por que então o susto?

Mas *há* alguma coisa. É no ventre que o sinto; dentro de mim ressoa, ainda remoto, o tropel de cavalos. Firmo a vista; diviso qualquer coisa no horizonte.

Um cavaleiro. Não, dois cavaleiros. E vêm a toda, se aproximam velozmente.

O da frente parece uma mulher... *É* uma mulher: dá para distinguir os longos cabelos, agitados pelo vento. O cavalo é estranho. Onde está a cabeça? A *cabeça do cavalo?*

Não há cabeça. Não há cavalo. O perseguidor sim, um velho, vem a cavalo; mas a figura da frente é mulher e cavalo, é uma mulher-cavalo, é — será verdade o que estou vendo? — uma *centaura*.

Uma (mas então não sou o único, então somos muitos, talvez muitos mais) centaura! E de onde (é uma moça e parece muito linda) terá vindo? De Quatro (ah, se meus pais) Irmãos, da Argentina, do polo (se Débora e Mina) Sul? Não é o momento para perguntas, a moça, a centaura, está em perigo, vê-se, está exausta e apavorada, o perseguidor diminui a distância que os separa, é preciso fazer alguma coisa, mas o quê, Jeová, o quê? Se eu fosse o cavalo alado...

— Para, diaba! Para! — o velho, possesso.

...eu a arrebataria do chão, subiria com ela às nuvens, mas não, sou apenas um centauro assustado e enraivecido, o que fazer? Sair do meu esconderijo, atacar o homem?

— Para, que te mato!

Tem um revólver na mão, está a menos de cem metros da centaura, faz pontaria, os dois galopando loucamente, vão passar pelo rancho, agora, AGORA.

Lanço-me contra a frágil porta, derrubo-a, precipito-me para fora, corro para o homem, sofreia o cavalo, arregala os olhos, solta um berro de terror, o cavalo empina — no momento em que ele disparava —, cai, o cavalo foge.

Cautelosamente me aproximo. O homem está caído de borco, imóvel. Ajoelho-me junto a ele, viro-o. Evitando mirar seus olhos muito abertos, ponho-lhe a mão no peito. O coração não bate.

— Está morto? — é a moça, a centaura, junto a mim.

Nos olhamos.

É bonita. Não tanto como a moça da mansão, mas muito bonita; rosto miúdo, traços indiáticos, olhos escuros.

— Bem morto — digo, e me levanto.

Põe-se a chorar. Ainda está abalada, vê-se. Quero consolá-la, acariciar-lhe os longos cabelos pretos, dizer que não foi nada, que agora está tudo bem. E é o que faço: acaricio-lhe os cabelos, digo que não foi nada, que agora está tudo bem. Reconheço-a como minha, reconhece-me como seu. Somos da mesma aberrante estirpe, o pelo dela é até um pouco parecido com o meu, alazão.

(Malhado, pensei uma vez, me olhando com desgosto. Já não me bastava ser centauro, ainda precisava ser alazão! Mas agora — agora estou contente por ser alazão. É mais uma coisa que temos em comum.)

Enxuga os olhos na manga da longa túnica branca, me olha. Só agora, passado o pânico, parece se dar conta de que também tenho patas, que também sou meio equino. Espanto transparece-lhe no rosto; espanto e temor.

Meu nome é Guedali, digo para tranquilizá-la. Não entende: como é? — pergunta, franzindo a testa, numa expressão quase cômica. Guedali, repito. Ah, ela diz, pois a mim me chamam de Tita.

De repente me dou conta de que estamos no meio do campo, expostos. Oculto o corpo do homem entre uns arbustos, tomo-a pela mão, conduzo-a para o rancho, faço-a sentar-se junto de mim. Ainda soluçando, me conta a história do morto, o fazendeiro Zeca Fagundes.

Zeca Fagundes, o dono de todas aquelas terras.

Dedicara-se à criação de ovelhas a um tempo em que o preço da lã alcançava altas cotações no mercado internacional. Enriquecera.

Vivia com a mulher, dona Cotinha, numa casa enorme — imitação de um castelo medieval, com ponte levadiça, muralhas, torreões, tudo. As portas dos quartos e dos amplos salões eram guarnecidas por armaduras medievais, autênticas, adquiridas de um antiquário de respeito. O chão era de pedra; as janelas, pequenas, eram protegidas por pesadas grades. A iluminação vinha de archotes. No subsolo havia uma masmorra; e uma sala de torturas, de cujo teto pendia uma gaiola de ferro com um esqueleto decapitado. Foi um peão metido a besta, dizia Zeca Fagundes, mas todos sabiam que era brincadeira — a ossada pertencia a um bugre, um pajé falecido de morte natural.

Dona Cotinha, mulher pequena, magra e silenciosa, sempre vestida de preto, não saía de casa. Dedicava-se à arte da tecelagem. Trabalhando com antigos teares que herdara da avó — também mulher de fazendeiro —, tecia, com a lã das ovelhas, tapetes de belos desenhos: símbolos heráldicos, animais da região (a ema era presença constante) ou mitológicos — o unicórnio, o grifo —, figuras de lendas gaúchas, como a Salamanca do Jarau. Esses tapetes eram fixados às paredes de pedras úmidas por meio de ganchos; a visão deles alegrava um pouco dona Cotinha, mulher triste e solitária. O único filho não se dava bem com o pai; morava em Porto Alegre, onde cursava Direito — há anos; não terminava nunca a faculdade. Cartas anônimas diziam horrores desse rapaz, denunciando-o como alcoólatra, tarado, e não contribuindo em nada para melhorar o estado de espírito da pobre senhora.

Zeca Fagundes, homem irascível, detestava — animais estúpidos, covardes — as ovelhas, apesar de ter enriquecido graças a elas. E detestava os peões da estância também. Pensam que eu não sei que vocês trepam com as ovelhas, dizia, entre terno e zombeteiro, entre irritado e compreensivo. Que é isso, seu Zeca, diziam os homens, baixando os olhos; ovelha, seu Zeca, onde é que já se viu.

Zeca Fagundes gostava mesmo era de seus cavalos. Poucos — seus vizinhos tinham dezenas de animais —, mas selecionados: puros-sangues, velozes corredores. Zeca Fagundes tratava-os com carinho, não deixava peão aproximar-se das cavalariças. Ele mesmo alimentava e escovava cada cavalo.

Sultão, o tordilho, era o seu predileto. Nele Zeca Fagundes saía a galopar pelos campos, camisa aberta ao peito, os cabelos brancos esvoaçando ao vento. Avistando um rebanho de ovelhas, metia por cima. Ah, metia. Se deliciava com ver os animais fugir, balindo.

Cavalos. Cavalos e mulheres. Não a dona Cotinha, feia e sem graça, embora companheira leal; outras. Trazia-as de Bagé, do Alegrete: caixeirinhas safadas; separadas; putas também. Dava jeito de instalá-las na estância, umas como cozinheiras, outras como arrumadeiras, terceiras como encarregadas da correspondência, da contabilidade. Estavam todas alojadas num grande salão abobadado, no subsolo do castelo. A qualquer hora do dia ou da noite ele entrava, apontava uma delas — tu, vem! — e a levava para um aposento secreto, um quarto cuja chave só ele tinha, e que ficava numa torre, isolado do resto da casa.

As mulheres não estavam presas. Poderiam ir embora, se quisessem. Mas não se atreviam. Sabiam que Zeca Fagundes iria buscá-las, onde quer que se escondessem; e que o castigo seria terrível — a masmorra estava ali, bem do lado, a sala de torturas (de açoites, de ferro em brasa se falava, isso sem mencionar o esqueleto na gaiola) também. Preferiam ficar. Inclusive porque tinham comida, bons vestidos e perfumes, que nisso Zeca Fagundes não economizava. Quero ver minhas potrancas bem bonitas e cheirosas, dizia. Satisfazia-as a todas. Apesar da idade.

(Uma vez apareceu na estância uma forasteira. Jovem,

bonita, loira — coisa rara por ali — com sotaque de paulista. Dizia-se admiradora de cavalos; viera especialmente para conhecer o haras de Zeca Fagundes. O estancieiro recebeu-a com desconfiança; não lhe pareceu boa coisa, aquela mulher, de vestido muito decotado, muito pintada, cheia de joias. Durante a conversa ela contou que era separada do marido e que estava desiludida com os homens do centro do país, uns brochas.

Zeca Fagundes considerou-a em silêncio uns instantes, e então convidou-a a acompanhá-lo ao quarto da torre. Ela foi; na cama, não se revelou grande coisa; contudo, ele propôs-lhe que ficasse na estância, talvez por ser ela uma figura diferente. Ela aceitou por uns tempos, segundo declarou. Zeca Fagundes disse, seco, que ali quem fixava prazos era ele.

Desde logo ficou claro que não era igual às outras a loira. Não se restringia só ao alojamento; andava por toda a casa, se metia em tudo, fazia perguntas embaraçosas, tomava notas numa caderneta. E tentava convencer as mulheres a se rebelar contra Zeca Fagundes: vocês são escravas, bradava, esse homem domina vocês! Numa visita de surpresa, o estancieiro pegou-a rabiscando suas notas. Arrebatou-lhe a caderneta; ela tentou resistir — me dá isso aqui, seu velho sujo! —, ele derrubou-a com um soco. O que leu deixou-o mais possesso ainda: mas é coisa de jornal, isto aqui! Coisa de jornal! É jornalista, a ordinária!

O castigo: despiu-a, amarrou-a ao poste da sala de torturas, chicoteou-a na frente de todas as mulheres. Depois colocou-a no lombo de um cavalo, despachou-a para a cidade:

— Não me volta mais aqui! — gritava. — E pode ficar com o cavalo, ordinária!)

É no castelo de Zeca Fagundes que nasce a centaurinha. De uma cabocla feia, bronca e silenciosa, chamada Chica, uma mulher cuja presença no harém era um mistério: ninguém sabe o que o estancieiro vê nela.

A cabocla fica grávida e não conta a ninguém. Ou porque disfarça, ou porque não reparam nela mesmo, o certo é que chega ao dia do parto sem que lhe notem o ventre enorme.

No meio da noite ela vai ao banheiro. Ali, de cócoras, na antiga posição em que as índias davam à luz, ela geme e faz força. Uma das mulheres, atraída pelo barulho, descobre-a, e então é aquele corre-corre, aquela gritaria. Finalmente, ela começa a parir, as mulheres ajudando-a como podem; e aí surge uma pata — gritos de horror — e logo outra, e outra, e a centaurinha nasce, umas mulheres berrando, outras desmaiando, a cabocla, ela própria, parecendo não ter se dado conta do que está ocorrendo.

Mais calmas, as mulheres examinam a criatura, que choraminga e se agita sobre um lençol. Como terá se gerado uma coisa tão esquisita, perguntam-se, e uma lembra a paixão de Chica pelos cavalos de Zeca Fagundes. Mas o que é que tu andaste fazendo? — perguntam-lhe. Ela, de olhos fechados, prostrada, não responde. E continua assim; até que sobrevém febre — do parto, sem dúvida, e então ela fica dias delirando. Dias em que, por coincidência, Zeca Fagundes e a mulher estão viajando, para uma estação de águas. As mulheres não sabem o que fazer; não se atrevem a chamar médico, o estancieiro não quer estranhos na casa. Tratam a cabocla com chás, que ela mal engole. Finalmente, morre, deixando-as diante do fato consumado: terão de cuidar da centaurinha. Não lhes ocorre, como à parteira de Quatro Irmãos, dar um fim à criatura. Cuidarão dela. Tal como meus pais, optam por guardar segredo. Mas de alguma ajuda precisam, por isso resolvem contar o ocorrido à dona Cotinha, que sempre lhes foi hostil, mas que agora, acreditam, se sensibilizará à visão da patética criaturinha. E não se enganam. Dona Cotinha a princípio não quer saber de nada, não quer nem falar do assunto: vocês fazem as sacanagens, vocês parem monstros, depois vêm pedir socorro, eu não tenho nada a ver com esse troço, isso é coisa das sifilíticas que vocês são. Quando lhe apresentam o bebê, porém, muda completamente; a princípio se assusta, mas acaba por se comover — é mãe também —, chega às lágrimas. A partir daí uma cálida amizade, uma espécie de silenciosa solidariedade nascerá entre a esposa legítima e as concubinas.

A conselho de dona Cotinha, as mulheres ocultam a centaurinha (Marta é o nome que lhe dão; Marta, Martita, Tita) num antigo depósito de lenha, agora vazio, contíguo ao alojamento. Alimentam-na com mamadeira, a centaurinha se desenvolve bem. Sempre escondida, mas cercada do carinho das mulheres. Muito esperta, começa a falar logo; e logo faz perguntas. Mães (todas são mães para ela), por que sou assim? Por que tenho essas patas, esse rabo? Por que não sou igual a vocês? Pelo pai não pergunta — não sabe o que é um homem, nem sequer imagina que existe tal coisa.

Não se conforma em viver presa, andando só no depósito, ou no máximo (mas isso só quando Zeca Fagundes não está) trotando pelo alojamento. Quer sol, ar livre; quer conhecer o mundo lá fora. Não, repetem-lhe as mulheres, não podes sair, é muito perigoso, vão te matar. Dia a dia, porém, ela fica mais irrequieta (e o que é pior, mais bonita), as mulheres pressentem que não conseguirão segurá-la muito tempo.

De fato: na madrugada do dia em que completa dezesseis anos, abre a porta e sai de mansinho, sem que as mulheres percebam. Ainda está escuro, é inverno; pouco dá para ver, mas mesmo assim a sensação de liberdade provoca-lhe uma espécie de vertigem gostosa, ela resolve trotar um pouco pelos arredores, que mal fará? É cedo, todos dormem.

Engana-se. Nem todos dormem: Zeca Fagundes já está de pé, encilhando o cavalo. Vê passar a centaura, fica aturdido, esfrega os olhos: será sonho? Ou foi uma mulher-cavalo que ele viu? Mas, se existe tal criatura, ela tem de ser sua, foi Deus quem a mandou! Monta, e mais que depressa vai atrás da fantástica visão.

* * *

O resto tu já sabes, diz, enxugando as lágrimas.

Olho-a, olha-me.

Puxo-a para mim, abraço-a. Contra o meu peito nu sinto seus seios, durinhos sob a túnica. Beijo-a, nos beijamos, desajeitados, mas sôfregos. O que é isso, Guedali? — pergunta, num sussurro. — O que estás fazendo? Não precisas ter medo, digo, vai ser bom, Tita, muito bom.

Quero fazer amor como as pessoas fazem, como vi em meus livros; mas não nos é possível, é muito volume, muito corpo; muita pata. Termino por montá-la — nesse movimento bato com a cabeça no teto do rancho, chego a furar a palha — me inclino para a frente, abraço-a por trás, tomo-lhe os seios nas mãos, murmuro-lhe palavrinhas ternas aos ouvidos; e, suavemente, penetro-a. É bom, ela geme, é muito bom — os grandes corpos estremecendo de prazer.

Quando anoitece, saímos. Coloco o corpo de Zeca Fagundes sobre o lombo,

(estivesse vivo, o estancieiro sem dúvida me empregaria como peão; eu seria soberbo, no amarrar uma tropilha; imbatível, nas carreiras de cancha reta; e, quando estivesse velho, poderia puxar uma charrete — e não precisaria de ninguém às rédeas: boleias vazias, tais como as das carruagens fantasmas que deslizam, silenciosas, em meio ao nevoeiro)

e rumamos para a estância. Nossa chegada provoca tremenda confusão entre as mulheres: mais um centauro! E Tita, que reaparece! E o estancieiro morto! É muita emoção gritam, desmaiam. Finalmente, Tita consegue acalmá-las e narra o sucedido.

À morte do estancieiro reagem com emoções mistas: tristezas, sim; mas alegria também. Estavam cansadas da tirania do velho, de suas manias e perversões — trepá-las de esporas sendo das mais benignas. Consolam dona Cotinha, que chora, abraçada ao corpo do marido: que é que se vai fazer, foi a vontade de Deus. Obrigada, meninas, soluça a viúva, vocês são boas para mim, não vou me esquecer de vocês, estejam certas.

As mulheres voltam-se então para mim. Me rodeiam, me examinam, curiosas. Que coisa, diz uma, eu pensei que a Tita fosse um caso único. Sorte que ele é bonito, diz outra, fará um belo par com a nossa filha. Todas concordam. O que podem fazer um centauro e uma centaura que se encontram, a não ser viver juntos? (O instinto lhes adverte de que algo já aconteceu entre Tita e mim; o olhar da moça agora é diferente, seu andar mudou, sorri, misteriosa; tornou-se mulher, a centaurinha. Centaura-mulher.) Mas vocês vão casar, adverte uma terceira, não tem nada dessa sacanagem de se juntar, vão casar na igreja. Riem, imaginando a cara do padre, Tita ri, eu também. Não posso casar na igreja, digo, ainda rindo, sou judeu.

Param de rir, se olham, desconfiadas. Judeu, isso será boa coisa? Os judeus mataram Cristo, os judeus são gananciosos — é para um desses que vão entregar a Tita? Mas há uma que foi amante de um judeu, um caixeiro-viajante; afirma que não é gente ruim, é questão de saber levar, como todos. Aliviadas, voltam a rir — desta vez do meu nome, que acham engraçado: Guedali, isto é nome de gente?

E ficamos conversando o resto do dia, e noite adentro.

Ao amanhecer, as mulheres lembram que é preciso providenciar o velório, ao qual deverão comparecer os fazendeiros da região. Não devem ser vistas ali; o morto pertence à viúva, só a ela. Arrumam as coisas — e ainda brigam por vestidos, por perfumes —, despedem-se de nós com lágrimas nos olhos. Me fazem prometer que vou cuidar de Tita e de dona Cotinha, sou agora o macho da casa. E se vão.

Durante uma semana a viúva fica encerrada no quarto, curtindo sua dor (sozinha: o filho nem aparece).

A casa nos pertence, a Tita e a mim; andamos pelos grandes salões, descemos ao subsolo, subimos — com muita dificuldade, pois as escadas são estreitas — à torre; nos amamos ali, no quarto cheio de espelhos; e na masmorra, à luz de tochas; e no depósito de lenha, onde compartilho o colchão — parecido ao que eu usava — de Tita.

Dona Cotinha reaparece, surpreendentemente bem-disposta, toma providências com energia insuspeitada. A primeira coisa que faz é eliminar os vestígios da presença do marido: queima os papéis dele, distribui suas roupas pelos peões. Manda pregar a porta do quarto que ocupavam, muda-se para um aposento menor.

Quanto a nós, Tita e eu, quais serão seus planos? Ela não fala nada, começo a alimentar suspeitas: que não me tolera, que me acha um depravado. Resolvo procurá-la para uma conversa. Tita e eu nos amamos, digo, queremos viver juntos, e se a senhora não se opõe continuaremos morando aqui. Ou então nos dê um prazo e iremos embora.

Absolutamente, ela diz, surpresa. Tita é como filha; e de mim também já começa a gostar — pode ser que eu não demonstre, acrescenta, mas é que sou um pouco seca; tantos anos vivendo com aquele animal...

Tira o lenço da manga do vestido, enxuga os olhos. Vocês podem ocupar o antigo aposento das mulheres, diz. E acrescenta: não se preocupem com essa bobagem de casamento. Eu me casei de véu e grinalda, e o que é que deu? Fiquem, meus filhos, se amem à vontade, à moda de vocês. A companhia de vocês já me basta.

De 1954 a 1959 vivemos na estância, com dona Cotinha. Só ela e o capataz — homem esquisito, silencioso, mas de inteira confiança — sabem de nós.

É uma existência feliz, sem cuidados.

Durante o dia, naturalmente, temos de ficar em casa, ocultos, mas não nos falta ocupação. Tita ajuda dona Cotinha nas lides domésticas ou na tecelagem de tapetes, eu leio ou estudo (administração de empresas é um tema que muito me interessa) ou toco violino. (O violino, que achei num armário, pertenceu ao avô de dona Cotinha; um instrumento sem grandes qualidades, rudimentar mesmo, mas as melodias que tiro dele! Tita e dona Cotinha se comovem até as lágrimas.)

À noite — mas isso bem tarde, a horas mortas —, vamos passear no campo, Tita e eu. Lado a lado, mãos dadas, galopamos, o vento nos zunindo aos ouvidos. Paramos, nos olhamos, rindo ofegantes. Lentamente o sorriso desaparece no rosto dela; estou te querendo, murmura. Eu também, digo.

Tita e Guedali, Guedali e Tita, os amantes do pampa. Suas peles se atraem, seu pelame, suas mucosas; quando fazem amor, é como se fosse um balé, os dois corpanzis se elevando lentamente no ar, braços e patas se enlaçando, e eles tombando sem ruído sobre o capim úmido.

É pouco mais que uma criança, ela. Ainda há pouco brincava com as bonecas que as mulheres lhe davam. Mas é inteligente, e curiosa; quer saber tudo sobre mim, sobre minha família. Conto-lhe, me dá prazer contar. Falo da fazenda no interior de Quatro Irmãos, falo de meus pais e irmãos, do violino, do indiozinho Peri, de Pedro Bento. E da casa de Teresópolis, e da minha paixão pela moça da mansão (o que lhe dá ciúmes; fica amuada, tenho de consolá-la, dizendo que foi tudo uma bobagem). Falo do circo, dos anões, da domadora (lhe dá ciúmes de novo, consolo-a de novo), do meu galope pelo campo. Mas há coisas que não falo: do cavalo alado — cujas asas há muito não ouço ruflar, não falo, não posso falar. E há o que ela não entende bem: judeu, o que é isso de ser judeu? Tento explicar, falo de

Abraão e seu seio, de Moisés, do Barão Hirsch. Conto-lhe as histórias de Scholem Aleichem, falo de Israel, de Jerusalém, do kibutz, Marx e Freud entrando também no assunto.

Calo-me. É que está me dando muitas saudades: dos meus pais, de Débora, de Mina, e até do Bernardo. Continuo a escrever-lhes longas cartas que o capataz leva ao correio, na cidade. Digo que estou bem, que não se preocupem — mas, devo contar-lhes a respeito de Tita? Concluo que não, ainda não é tempo.

Dona Cotinha cada vez nos aprecia mais. Diz que somos tudo para ela (meus bichinhos queridos, é como nos trata), somos mais importantes que o filho que nem sequer lhe escreve. Apesar de suas declarações anticasamento, incomoda-a um pouco o fato de sermos amantes; não nos diz nada, mas sabemos que no fundo considera nossa ligação uma coisa grotesca, e até pecaminosa. Se nos abraçamos diante dela, desvia os olhos, constrangida. Afora essa restrição, é muito carinhosa conosco, nos dá presentes: pulôveres para mim, colares para Tita. O que nos deixa felizes.

Felizes, Tita e eu. Felizes de 1954 a 1959.

Convivíamos todos os dias, todos os minutos de cada dia. Um aprendia do outro o significado de cada gesto, de cada olhar. Fomos adquirindo hábitos comuns, e o nosso próprio código: eu passei a ser Guê; ela, Ti. Guê e Ti, Ti e Guê, não nos separávamos. Eu sabia que ela gostava de ser beijada no lóbulo da orelha, ela sabia que eu gostava que deitasse a cabeça no meu peito. Mas, sobretudo, sabíamos quando nos desejávamos. E o desejo brotava em nós a qualquer hora — de noite, de madrugada, ao meio-dia —, estivéssemos trabalhando, ou comendo, ou dormindo. Nos abraçávamos, vibrando de tesão. E sempre era bom.

Felizes, de 1954 a 1959. De 1954 a 1959? Bem, talvez não. Talvez de 1954 a 1958, ou mesmo 1957, fins de 1957. O certo é que os dias felizes foram terminando. Por causa de uma certa inquietação que foi se introduzindo, insidiosamente, na Tita.

Provinda, talvez, de certas revistas coloridas que folheava, de novelas de rádio que ouvia. Por que não podemos casar e morar na capital? — perguntava. Por que não posso ir ao mercado ou às lojas como todas as mulheres, por que não posso comprar verduras, queijo, ovos, toalhas de mesa, essas coisas? Por que não posso conhecer meus sogros e almoçar com eles aos domingos? Por que não me deixas ter filhos?

(Eu usava com ela o método da tabela, felizmente bem-sucedido. Que outra providência poderia tomar? Pedra no útero, à maneira das índias? Grosseiro. Da pílula, eu nada sabia; e mesmo que soubesse — pílulas para centauras? Condom talvez funcionasse, mas onde é que eu ia arranjar um condom gigante?)

Perguntas reveladoras de uma profunda ingenuidade, as dela, e mesmo de uma certa esquisitice (teria puxado à mãe?). O que fazia era escamotear sua parte equina que, na imaginação dela, se desprendia da Tita mulher, galopava para longe, para não mais voltar.

Esquecia que era centaura. Por que não posso ser como as outras?, insistia. Porque não, eu deveria responder; porque tens rabo, tens lombo, cascos e até um pouco de crina. Mas eu não queria ser brutal com ela, não queria chocá-la, nem desiludi-la. E, mesmo, suas perguntas me comoviam, até me arrancavam furtivas lágrimas. Eu também queria levar uma vida normal. Também eu gostaria de morar em Porto Alegre num apartamento de três dormitórios, living amplo, garagem. Eu também queria ter minha família. E o meu negócio (já que não pudera me formar em nada). E amigos com os quais pudesse jogar futebol nos domingos. Mas, futebol, um quadrúpede? Impossível. Polo, talvez. Futebol nunca.

E se a gente tentasse alguma coisa, um tratamento? A ciência tinha progredido muito, naqueles últimos anos. Tita me mostrava numa revista uma reportagem sobre um cirurgião marroquino que fazia maravilhas, transformando mulheres em homens, e vice-versa — e por que não, ela perguntava, centauros em pessoas normais?

A mim me parecia empreendimento impossível. Eu não acreditava que pudéssemos sobreviver a tal operação. Mas, admitindo que o médico quisesse nos operar, que houvesse chances de êxito — como chegar ao Marrocos? Como pagar as despesas de tal cirurgia, sem dúvida elevadíssimas?

Aquilo já estava me tirando o sono — pensar que a solução do nosso problema talvez existisse, e não poder chegar a ela.

Uma noite dona Cotinha me chamou:

— Guedali, quero um particular contigo.

Olhei para Tita. Parecia absorta num ponto complicado de tricô. Acompanhei dona Cotinha ao escritório. Fechou a porta, voltou-se para mim.

— A Tita me disse que existe um médico no Marrocos capaz de resolver o problema de vocês. Que é só questão de dinheiro.

— Não é bem assim, dona Cotinha — comecei a dizer, mas ela me interrompeu:

— Pois fica sabendo que todas as despesas correm por minha conta. — Tentei interrompê-la, cortou-me com um gesto: — Estou velha, não preciso mais do dinheiro, nem das terras, de nada. Vocês são jovens, têm a vida pela frente. Vão, meus filhos, vão para o Marrocos, se operem, voltem normais.

Me comoveu aquele desprendimento. A senhora é uma verdadeira mãe para nós, eu disse. Saí dali emocionado, naquela noite chorei muito, e não eram só saudades de meus pais e de minhas irmãs, era pela imensa bondade de dona Cotinha.

Mesmo assim eu ainda não podia me decidir.

Não era só o medo da cirurgia, não. Era a sensação de estar violando a obra da Natureza, talvez resultado de uma disposição superior — divina, quem sabe. Tita percebeu o conflito em que eu me debatia. Deixou de falar sobre o assunto; esperava que eu tomasse uma iniciativa. Eu andava pelos campos. Pensava, pensava muito, mas não estava seguro de que a operação fosse a melhor coisa para nós.

Talvez por causa da tensão daqueles dias, caí doente.

Começou com uma leve dor de cabeça, que foi aumentando de intensidade até se transformar numa dor poderosa, avassaladora, uma dor que me fazia o crânio estalar. Eu quase não enxergava, não ouvia; tão intensa era a dor, que me fazia vomitar. Tita e dona Cotinha me levaram para a cama, faziam o que era possível: compressas frias, rodelas de batata na fronte.

Passei quatro dias sem atinar com nada, possuído por sensações estranhas: às vezes me parecia que as patas se me transformavam em pernas humanas; outras vezes elas se multiplicavam fantasticamente, ao mesmo tempo que o corpo espichava, dando-me um aspecto de centopeia-centauro. Eu caminhava num longo salão, esforçando-me — um-dois, um-dois — por manter um ritmo coerente entre aquelas dezenas de patas. Tentativa que se revelava inútil: novas patas não cessavam de brotar, cada vez mais grotescas e desajeitadas. Por fim eu estava escoiceando-me a mim próprio, ferindo-me cruelmente. O corpo todo dolorido, o sangue jorrando de uma dezena de feridas, eu olhava aterrorizado duas patas que se golpeavam, travando uma luta mortal. Depois essas visões se tornaram embaralhadas e sumiram. Eu agora parecia estar num barco ou coisa parecida; em alto-mar, ao sabor das ondas, ondulava suavemente, olhando uma paisagem calma e repousante: a costa de um país estranho, palmeiras, o casario branco de uma cidade.

Quando me recuperei, ainda muito fraco, estava decidido:

— Vamos para o Marrocos — eu disse.

Tita e dona Cotinha se abraçaram a mim chorando. Eu sabia, dizia dona Cotinha, eu sabia que Deus ia te inspirar, Guedali.

Duas semanas depois viajávamos para o norte da África.

Marrocos
Junho a dezembro de 1959

O horror que foi aquela viagem para o Marrocos.

Não poderíamos ir de avião, evidentemente; nem mesmo em navio de passageiros. Dona Cotinha foi a Rio Grande, falou com o comandante de um cargueiro, parente distante. Esse homem, um velho marujo, não quis acreditar na história, pensou que fosse brincadeira. Dona Cotinha mostrou uma foto nossa — tirada (apesar da minha relutância) exatamente para convencer o homem. Impressionado, concordou em nos levar, desde que nos ocultássemos no porão, onde ele mandaria fazer um compartimento especial. Dona Cotinha deu-lhe dinheiro — muito dinheiro —, ele providenciou algumas comodidades, colchões de espuma, ventiladores, geladeira, uma privada química. Mesmo assim, porém, o alojamento era precário. Não nos importávamos. Queríamos seguir logo para o Marrocos, onde o cirurgião, com quem havíamos acertado tudo por carta, nos esperava.

Antes disso precisávamos chegar ao porto de Rio Grande, a cerca de trezentos quilômetros de distância. Dona Cotinha alugou um caminhão para o transporte de animais; o capataz iria dirigindo. Para não chamar a atenção, o caminhão levaria também os cavalos de Zeca Fagundes. Assim me livro deles, disse dona Cotinha, que odiava os animais. Tudo seria feito à noite.

Nos despedimos de dona Cotinha, ela muito emocionada, Tita chorando, e embarcamos na traseira do caminhão, onde já se encontravam os cavalos. O capataz deu a partida e lá nos fomos.

Íamos tensos. Era a primeira vez que Tita saía da estância, mas aquilo não era passeio, não lhe dava nenhum prazer; estava quase em pânico, a custo se continha. A luz dos faróis dos carros que vinham pela estrada em sentido contrário, introduzindo-se pelas frestas da carroçaria, iluminava-lhe o rosto pálido, os olhos arregalados.

Os cavalos, quietos. Eu temia ali um estouro da manada, os animais se atirando de um lado para outro, tentando nos pisotear; havia razões para esse medo: um dos cavalos era Sultão, um outro me parecia Paxá — velho, mas ainda vigoroso. Sultão e Paxá, dupla temível; poderíamos enfrentá-los? Eles e seus aliados cavalos? Impossível. Felizmente, porém, os animais conservavam-se calmos.

Chegamos a Rio Grande de madrugada. Fomos introduzidos clandestinamente a bordo do cargueiro. Apenas o capitão, o imediato e um marinheiro — este encarregado de cuidar de nós — sabiam de nossa presença. Tão logo nos instalamos o navio levantou ferros.

Que viagem. O calor era sufocante, o porão fedia; o mar, sempre agitado. Tita começou a enjoar tão logo o navio deixou o porto; tinha pesadelos, sonhava com monstros marinhos a golpearem o casco do navio. Eu ficava acordado, lutando com os ratos que tentavam nos devorar as caudas. Um combate desigual. Eram muitos; ágeis e atrevidos, dotados de uma astúcia acumulada através de décadas no mar. Corriam pelo porão com desenvoltura, escalavam os cabos que pendiam das pilastras de aço, saltavam sobre nós quando estávamos distraídos ou adormecidos. Contra eles meus cascos eram quase sempre impotentes; mas nas raras vezes que conseguia esmagar um a patada, vibrava: te peguei, bandido!

Procurava manter Tita animada. Faremos de novo esta viagem, eu dizia, mas de avião; ou num transatlântico de primeira classe, com piscina e tudo. Sorria debilmente: piscina, Guedali? Centauros em piscina? Daqui a uns tempos já não seremos mais centauros, eu dizia, tentando acreditar nas minhas próprias palavras.

Finalmente chegamos. Pela escotilha víamos a África, a costa africana, uma cidade, o casario branco refulgindo ao sol. O que nos aguardava ali?

À noite, desembarcamos. Fomos recebidos por um auxiliar do médico, homem alto, embuçado num manto. Conduziu-nos a um furgão preto, fechado, desagradavelmente parecido a um carro de necrotério: é para que ninguém desconfie, disse o homem, num mau espanhol. Introduziu-nos na parte traseira. As portas de metal se fecharam com estrépito, o carro partiu a toda velocidade, Tita abraçando-se a mim. Meia hora depois chegávamos à clínica, situada nos arredores da cidade: um conjunto de edifícios brancos, cercados por um alto muro e vigiados por um guarda armado.

O médico marroquino não inspirava nenhuma confiança: um homenzinho moreno, de idade indefinida, vestido como um dândi; cabelos cuidadosamente penteados para trás, óculos escuros, unhas manicuradas, um sorriso levemente irônico nos lábios cheios. Falava espanhol e francês. Bem-vindos a meu hospital, disse, mirando-nos com interesse: tal como eu imaginava, acrescentou, vocês são tal como eu imaginava que fossem; muito, muito curioso, isso.

Era tarde, e estávamos exaustos, mas ele fez questão de nos examinar: trabalho melhor à noite, explicou. Levou-nos para uma espécie de estúdio, acendeu refletores, apanhou uma máquina fotográfica e me fotografou em várias posições. Quando chegou a vez de Tita, mandou que ela tirasse a túnica; recusou-se, envergonhada, mas o médico insistiu, dizendo que era para o arquivo. Faz o que ele manda, Tita, eu disse.

Feitas as fotos, levou-nos ao nosso alojamento, um pequeno pavilhão separado dos outros edifícios. Aqui ninguém os incomodará, assegurou-nos, abrindo a porta. Um aposento amplo, quase vazio: uns colchões no chão, dois pequenos armários. Ali terminou de nos examinar, auscultando-nos e palpando-nos; interessante, repetia, muito interessante; já observei casos interessantes, mas, em matéria de exótico, vocês ultrapassam tudo que vi. Disse qualquer coisa para o auxiliar, voltou-se para nós: estou pedindo uma série de radiografias, são muito importantes para decidir o tipo de cirurgia.

Já ia saindo, segurei-o pelo braço: dará certo, doutor, a operação? Sorriu: ah, sem dúvida, todas as minhas operações dão certo. Deu-me uma palmadinha no lombo: caso muito, muito interessante. Vai dar certo, sim.

Não gosto desse homem, disse Tita, quando ficamos sós. E estou com muito medo, Guedali, dessa operação. Procurei tranquilizá-la; mas a verdade é que também me sentia apreensivo. Resolvi, naquele momento, que eu seria operado primeiro. Se morresse, Tita voltaria para a estância; centaura, mas viva.

Morte. A ideia não me deveria ser estranha. Qual a diferença entre meio-cavalo e meio-morto? A verdade, porém, é que eu me apegava à vida: esquisita vida, miserável vida, mas minha vida. E agora eu tinha Tita. Olhando-a deitada sobre os colchões, adormecida, eu pensava que não, não queria morrer. De súbito fui invadido por uma onda de otimismo: morrer? Que bobagem era aquela de morrer? Não íamos morrer coisa alguma. A operação daria certo, o médico nos tiraria aquelas excrescências — caudas, patas — como se fossem verrugas; verrugas gigantescas, mas nem por isso menos extirpáveis.

E então experimentei um sentimento curioso: uma terna melancolia, uma espécie de nostalgia antecipada. Não, não eram verrugas o que tínhamos em nosso corpo. Eram extensões do nosso ser; no íntimo, também somos centauros, eu pensava, tomando minha cauda na mão e deixando os fios escorrerem entre os dedos. Bela, farta cauda. O uso de xampu tornara-a macia e sedosa. Quanto às patas, nunca tinham fraquejado, nunca tinham me traído no galope. Sim, terminavam em cascos — mas, e o atirador de facas do circo, que deixava crescer a unha do mínimo, uma coisa horrenda? Cauda, patas, cascos eram coisas tão minhas quanto o meu *id* ou o meu *ego*. Contudo, tinha tomado uma resolução, não voltaria atrás: adeus, cascos — suspirei. — Adeus, fortes patas, adeus, bela cauda. Pelame do ventre, de belo colorido, adeus. Breve aquilo tudo já não faria parte de mim. O médico marroquino já tinha me fotografado; nas próximas fotos eu deveria aparecer de calças, sorridente. Antes e depois, como nos anúncios.

Muitas outras coisas pensei naquela noite, tristes, alegres. O resultado final, porém, não foi nem tristeza, nem alegria, nem desespero, nem choro, nem risos, nem gritos, nada. O resultado final foi um sono — bruto, poderoso, um sono espesso que tragou, como areia movediça, cascos, patas, cauda, boca, olhos, tudo.

Passávamos os dias no alojamento, por recomendação do médico; não é bom que os outros pacientes os vejam, dizia.

Nós também não víamos outros pacientes; olhando pela janelinha que dava para os jardins — belos jardins, com canteiros de rosas e uma fonte marulhando docemente — víamos aleias vazias, um que outro empregado de avental branco passando apressado. Gente importante ali, dizia o auxiliar do médico, no seu espanhol capenga, apontando os outros pavilhões. Gente muito importante, não pode aparecer. Não apareciam mesmo.

Os exames se sucediam. Exames de sangue e urina, eletrocardiogramas, e principalmente radiografias. A clínica era fantasticamente bem aparelhada. Nos submeteram aos mais diferentes tipos de radiografias. Preciso saber o que vou encontrar dentro de vocês, dizia o médico. Quatro rins ou dois rins? Um fígado ou dois fígados? Fígado humano, fígado de cavalo? Revelou-nos que durante a cirurgia contaria com a assistência de dois veterinários. Franceses, disse, orgulhoso. Minha equipe é da melhor qualidade.

À noite, exaustos de tanta manipulação, voltávamos para o quarto. Nos deitávamos, apagávamos a luz. Mas não conseguíamos dormir. Ouvíamos, quase mascarado pelo ruído da água correndo na fonte do pátio, o ressoar de longínquos tambores: a África. Além dos muros brancos, o deserto pedregoso; homens escuros, embuçados, correndo velozes e silenciosos em seus camelos; macacos sobre palmeiras; esfinges. O Zambeze. O Kilimandjaro. Zulus. Feiticeiros com máscaras tribais. A noite povoada de monstros criados pela imaginação dos pobres centauros insones.

Não recordo bem a noite que antecedeu à operação. Sei que veio o auxiliar do médico e me aplicou uma injeção — para dormir, explicou. Mais tarde percebi confusamente que me levantavam do colchão, vários homens, e me colocavam numa espécie de vagonete: estava na hora. Tita estava de pé junto a mim. Quis me despedir dela, quis dizer que não se preocupasse, que tudo correria bem, mas a voz não me saiu. Inclinou-se sobre mim, me beijou. Num relance vi seu olho, a esclerótica branca de seu olho; e depois, a porta se abrindo, e o céu cinzento da madrugada, um corredor, a sala de cirurgia. Me deitaram sobre uma grande mesa, me amarraram braços, patas, cauda. A luz de uma potente lâmpada me ofuscou. O médico marroquino se aproximou, já de avental, gorro e máscara. Murmurou qualquer coisa. Senti uma picada no braço. E não vi mais nada.

Já na sala de recuperação, mas ainda não bem acordado. Confusas visões; rostos que se inclinavam sobre o meu; nuvens atormentadas, e entre elas — o cavalo alado, a bater as grandes asas.

Dor. Dor espantosa, descomunal, dor de carne dilacerada. Ai, mãezinha, eu gemia, ai, paizinho, me acudam.

Deitado de lado, o braço direito torcido sob o corpo me doía tanto quanto a ferida operatória. Tentei chamar alguém; inútil, a voz não me saía da garganta. Estendi o braço esquerdo, consegui agarrar o gradil da cama e com enorme esforço me virei. Foi como se milhares de pontas aguçadas me penetrassem no dorso — mas me dei conta de que naquele momento, pela primeira vez em minha vida, eu estava deitado *de costas*. De costas. Tal como meus pais, em sua cama de casal, nos sábados de manhã. Tal como Débora, e Mina, e Bernardo, e Pedro Bento, e a moça da mansão, e os anões, e a domadora, e dona Cotinha, e todo mundo: de costas. Eu fitava o teto, que coisa boa era olhar aquele teto, não tinha nada de mais, um teto branco, mas eu o fitava com enorme ternura, aquele teto. Me deu vontade de rir, eu não podia rir, por causa da dor, mas bem que queria rir, era a alegria de estar vivo, de ter escapado à operação — mas, sobretudo, de poder deitar de costas. Estendi cuidadosamente a mão, tateei-me. Senti o pelo das patas, o que me deu algum desgosto; mas logo acima, na raiz da coxa, senti a textura da gaze. Daí para cima eu estava envolto em gaze, muita gaze. Gaze, mas não patas traseiras; gaze, mas não cauda; gaze, mas não enorme ventre. Que bom era estar envolto em gaze, em camadas e mais camadas de gaze. Devo estar parecendo uma múmia do Egito, pensei, e de novo me deu vontade de rir.

Buenos dias!

O médico marroquino entrando, sorridente. Levantou o lençol, examinou-me, achou tudo muito bem. Descreveu-me a operação, recorrendo à mímica quando as palavras lhe faltavam; e as palavras lhe faltavam a toda hora, tão excitado estava. Pelo que pude entender, encontrara, à cirurgia, órgãos duplos — de ser humano e de cavalo — de modo que pudera, sem risco, retirar (com exceção das patas dianteiras) toda a parte equina.

E o que foi feito dela, perguntei.

A pergunta atrapalhou-o. Primeiro respondeu que tinha mandado jogar tudo — patas, cauda, couro, vísceras — ao mar; depois se contradisse: não, não tinha mandado jogar os restos ao mar, mandara queimá-los.

Acabou confessando que vendera os despojos aos nativos. Carne de cavalo aqui é disputada, disse, e você estava bem nutrido. Aliás, continuou, do cavalo os nativos aproveitam tudo: do couro fazem tambores para as danças rituais; dos ossos tiram adubo; com os cascos fazem cinzeiros e outros objetos de artesanato; com a cauda confeccionam uma espécie de espanta-moscas para os altos dignitários. Espero que você não se importe, acrescentou. Não, murmurei, não me importo.

Fez-se um pequeno silêncio. Eu fitava o teto, uma grande mosca pousada no teto branco: a tsé-tsé? Ah, disse ele de repente, eu ia me esquecendo de contar a coisa mais importante.

O rosto iluminado, passou a descrever a transposição do pênis para o lugar equivalente ao dos seres humanos, entre as patas dianteiras. Ficou ótimo, exclamou. Riu: e que pênis, hein? Que belo pênis! Piscou o olho: invejo-o, meu amigo; de verdade que o invejo.

Levantou-se:

— Vou dar notícias à sua, ahn, esposa, da operação. Naturalmente ela não poderá vir. Mas lhe direi que está tudo bem.

Naquela noite não pude dormir. Fiquei escutando os tambores que ressoavam ao longe, no deserto. Tambores feitos do meu couro, e nos quais grandes mãos batucavam, o som surdo me ecoando implacável na cabeça. Só ao amanhecer foi que, exausto, consegui adormecer.

A operação de Tita, realizada dias mais tarde, também correu bem. A esta altura eu já estava sentado numa cadeira de rodas, ainda sentindo dores, mas já mais disposto. À noite, o médico marroquino veio ao quarto. Quero lhe mostrar uma coisa, disse. Levou-me até a cozinha da clínica, deserta àquela hora, abriu as portas da câmara frigorífica:

— Tive de guardar aqui, não havia outro lugar.

Ali estavam os quartos traseiros de Tita, ensanguentados, suspensos de um gancho. De outros ganchos pendiam as vísceras.

— O que quer que eu faça com isso aí? — perguntou, de maus modos. Não estava satisfeito, via-se, por eu ter expressado desaprovação quanto ao destino dado a meus restos; mas reconhecia, ainda que de má vontade, meus direitos de proprietário sobre os despojos conservados no refrigerador.

Cremação, foi o que exigi. Cremação, e lançamento das cinzas ao mar. Operação que, realizada na calada da noite, eu próprio supervisionei — impassível, apesar do olhar zombeteiro do auxiliar do médico, encarregado das providências.

O médico nos anunciou que seríamos transferidos do pavilhão para um quarto da clínica: já não precisávamos ficar escondidos.

A mudança foi feita naquele mesmo dia. Em nossas cadeiras de rodas, dirigimo-nos ao novo quarto. A primeira coisa que nos chamou a atenção foi a cama — de casal. Uma cama bem larga, coberta com uma colcha de desenhos alegres, semelhantes aos das tapeçarias de dona Cotinha. Nos olhamos, Tita e eu, e sorrimos: era a nossa primeira cama.

Ajudados pelas enfermeiras nos despimos e nos deitamos, de frente um para o outro, nos olhando e sorrindo sempre. Tita disse que estava com sono, voltou-se para o outro lado. Abracei-a por trás, tomei-lhe os seios nas mãos, beijei-lhe a nuca.

(Lá embaixo, continuávamos patas: quatro, como as de um

centauro; mas a área de pele — mãos, seios, nuca — começava a predominar sobre a área do couro. Chegaria a invadi-la, um dia?)

Suspirei. Estava tudo bem, tudo muito bem. A única coisa que me incomodava era o som dos tambores, mas esse mesmo cada vez mais distante. Quanto ao ruflar de asas, nada.

Cicatrizadas as feridas da cirurgia, fomos entregues a uma equipe de fisioterapeutas, encarregados de nos ensinar a caminhar como pessoas normais.

Não foi tarefa fácil. Primeiro confeccionaram calçados especiais: botas de cano alto, com largos solados, capazes de nos dar uma boa base. Dentro havia encaixes aos quais os cascos se adaptavam.

Durante semanas nos exercitamos, primeiro nas paralelas, depois com muletas e bengalas. Levávamos tombos frequentes, que me desencorajavam e faziam Tita chorar. O médico marroquino, porém, não cessava de nos estimular; finalmente, veio o dia em que, de mãos dadas, conseguimos dar os primeiros passos. Enorme alegria; só superada pela da primeira valsa, dançada sob os aplausos do pessoal da clínica.

Me vendo caminhar cada vez mais seguro, o médico dizia: você ainda será campeão de futebol em seu país. Tinha muita curiosidade pelo Brasil: dizem que lá se faz dinheiro rápido, verdade? Mais ou menos, eu respondia, tentando desconversar — o que só fazia lhe aguçar o interesse (e a cobiça, via-se). Um dia levou-me a seu escritório na cidade; apresentou-me a vários cavalheiros bem-vestidos, uns marroquinos, outros europeus, todos de óculos escuros. São homens de negócio, disse, estão interessados no Brasil.

Queriam investir, exportar e importar, precisavam de informações; disse-lhes o que sabia, e que não era muito. Por alguma razão, contudo, ficaram impressionados comigo. Me deram cartões, pediram que escrevesse.

Em dezembro de 1959 estávamos prontos para voltar ao Brasil. Recebemos então uma carta do capataz da estância contando que dona Cotinha falecera subitamente. Aquilo nos entristeceu profundamente; até então havíamos nos correspondido, e a mantínhamos informada de nossos progressos, inclusive com fotos, nós no jardim da clínica, nós num mercado árabe, nós com o médico. Pobre dona Cotinha, não nos veria andando como pessoas normais — seu maior desejo. (Muito comovidos ficaríamos mais tarde, ao saber que nos destinara parte da herança, o resto ficando para o filho, o capataz, os peões, as mulheres.)

Nossos planos tiveram de ser alterados. Viver na estância, sem dona Cotinha e com o filho dela que para lá se mudara, não nos atraía. E se fôssemos para Porto Alegre?

Escrevi a meus pais. Era a primeira vez que o fazia, depois de muito tempo. Contei sobre a operação, sobre Tita; anunciei nossa disposição de morar em Porto Alegre. Venham, responderam, venham logo, estamos esperando vocês de braços abertos.

E assim, na véspera do Natal de 1959, tomamos o avião de volta para o Brasil. No aeroporto, chamávamos a atenção, mas sobretudo pela altura e pela elegância. Eu, de calças de veludo e camisa estampada, Tita com uma blusa de seda e jeans, o que daí por diante seria sua roupa característica. E as botas, naturalmente, que teríamos de usar muito tempo, talvez para sempre. Mas o que importa, dizia Tita, radiante, espiando pela janela do avião que decolava.

Reclinei-me na poltrona, fechei os olhos. O avião deslizava entre as nuvens, eu me sentia bem. Era bom viajar de avião. Nunca mais precisaríamos ser transportados em caminhão ou carroça. Nunca mais teríamos de ficar ocultos, nem no porão de um navio, nem em qualquer outra parte. Nunca mais galoparíamos.

De repente fui tomado por uma estranha sensação, um sobressalto. Abri os olhos, espiei pela janela. Não: não havia nenhum cavalo alado acompanhando o avião.

Nuvens, sim, e algumas de formas estranhas, lembrando animais. Mas cavalo alado, não.

Porto Alegre

25 de dezembro de 1959
a 25 de setembro de 1960

Mas não deu para ficar morando em Porto Alegre.

Nos receberam muito bem, meus pais — e Mina, e Débora e o marido, com as duas filhas; e Bernardo, que, depois de se reconciliar com a família, casara com uma moça judia e tinha agora um filho. Nos abraçamos, todos, chorando; nos separávamos, nos olhávamos, e tornávamos a nos abraçar.

Meus pais tinham envelhecido. Minha mãe estava com os cabelos completamente brancos, meu pai já não era aquela figura de homem vigoroso, tinha os ombros encurvados. Débora, um pouco matrona, mas ainda bonita; seu marido, o advogado curitibano, continuava risonho. Mina, achei amargurada; continuo solteiríssima, Guedali, sussurrou-me, ao me abraçar. E o que é que tem, Mina, eu disse, um dia aparece o teu príncipe encantado. Bernardo, fechado como sempre; a mulher dele, pelo contrário, falava constantemente e soltava gritinhos histéricos. O guri, um demônio, insistia em me levantar as pernas das calças (imaginei as conversas que teria ouvido), aliás, sem resultado, porque nossas calças eram presas por dentro às botas — uma precaução contra situações desse tipo.

A todas essas, Tita ficara um pouco à margem, coisa natural. Mas então a família voltou-se para ela, e ficaram a olhá-la e a elogiá-la, dizendo que era bonita; eu a sentia insegura, procurava ampará-la, abraçando-a, mas notei que vacilava, tive medo que não se aguentasse em pé. E de repente percebi que a minha própria bota, a direita, escarvava o chão: a ponta da bota raspava rítmica o chão polido do aeroporto. O marido de Débora salvou a situação: quem sabe a gente vai indo, disse, o jantar está à nossa espera — a dona Rosa preparou um banquete.

Era um banquete, mesmo, comida como só mamãe sabia fazer, abundante, gostosa: uma rica sopa, macios bolinhos de carne e — embora já não fosse mais necessário — uma enorme travessa de alface e couve. Sentado entre meus pais, eu contava histórias do Marrocos, falava sobre camelos e árabes envoltos em albornozes. Tita, muito quieta, quase não tocava na comida.

Depois do jantar, andamos pela casa; era a mesma velha casa, pouco tinha mudado.

— Eu já disse para os velhos saírem daqui — disse Débora, num tom de censura. — Eles podiam morar no Bom Fim, num bom apartamento, perto do Bernardo. Mas não, parece que criaram raízes neste casarão.

Ora, Débora, disse meu pai, a casa é boa, é grande — onde é que eu poderia hospedar a ti, teu marido e tuas filhas, quando vocês viessem de Curitiba? Num apartamento? Nunca. Estou bem aqui nesta casa. Sou um homem do campo, gosto de espaço, de árvores.

Sugeriu que fôssemos sentar sob a latada, como antigamente. Estremeci: eu não queria rever a mansão, não queria lembrar a moça nua, nem o traidor Colombo. Está muito frio, pai, eu disse, vamos ficar aqui dentro.

— Frio? — estranhou meu pai. — Trinta graus é frio? Olha

aqui, Guedali, estou suando! Tu pensas que está frio porque vieste da África. Vem, vamos lá fora.

Tomou-me o braço e me arrastou. A mansão, porém, não estava à vista, conforme constatei, aliviado e melancólico: ocultava-a um edifício de apartamentos. Aliás, o bairro estava irreconhecível, cheio de casas novas. Isto aqui ficou muito barulhento, queixou-se minha mãe. Além disso, não me dou com os vizinhos. A Débora tem razão, deveríamos ir para o Bom Fim, para perto dos conhecidos. Sou um homem do campo, repetiu meu pai. Já que não posso cultivar a terra, pelo menos cuido das árvores no quintal, planto umas verduras. É o mínimo que posso fazer pela memória do Barão Hirsch.

Mostrei a Tita o meu antigo quarto, agora transformado em depósito das mercadorias de Bernardo: caixas de sapatos e de camisas se empilhavam até o teto. Como é que vão os negócios, perguntei a Bernardo. Encolheu os ombros: só podem ir mal, a inflação só ajuda os vivos, os trouxas como eu se ralam; e ainda por cima fui me casar — já vês como estou. Despediu-se e se foi, com a mulher e o filho, que me fazia caretas. Débora, o marido e as filhas também se recolheram.

Venham, disse minha mãe, arrumei o quarto para vocês. Era o antigo quarto de Bernardo; além do guarda-roupa de pinho amarelo e da cama patente, ela mandara colocar mais uma cama e poltronas — para vocês descansarem bem, disse. Sobre a mesa, havia um vaso de flores que ela retirou; flores à noite fazem mal, explicou. Despediu-se e saiu.

Tita sentou-se na beira da cama, imóvel; escondeu o rosto entre as mãos. Soluçava. Sentei-me junto dela, consolei-a: sei que não estás gostando daqui, eu disse, mas é provisório, vamos achar uma casa para nós. Não respondeu; enxugou os olhos, começou a se despir. Aproximei-me, abracei-a. Me deixa, Guedali, murmurou, estou cansada, quero dormir. Está bem, suspirei, e tirei a roupa. Tínhamos acabado a complicada operação de desencaixar os cascos das botas, e estávamos nus ainda, quando a porta se abriu: era minha mãe. Olhou-nos, olhou nossas patas: tristeza e dor, mas também curiosidade, naquele olhar. Desculpe, disse, pensei que vocês tinham chamado. E tornou a fechar a porta.

Que merda, disse Tita, por que não fechaste a porta a chave? Não respondi. Mas estava claro que não poderíamos ficar morando ali.

Mesmo assim, passou-se quase um ano antes que nos mudássemos. Meu pai adoeceu pouco tempo depois de nossa chegada; teve um ataque do coração, ficou meses acamado. Durante esse tempo, tivemos de ajudá-los. Eu ia para o armazém, Tita dava uma mão na cozinha. Eu poderia, com o dinheiro da herança de dona Cotinha, ter contratado empregadas e alguém para tomar conta do armazém; mas meu pai, orgulhoso, não aceitaria jamais. Esmolas? — diria. Nunca, o Barão Hirsch era contra a caridade.

Minha mãe não se dava bem com Tita.

— Ela não é da nossa gente — me dizia, quando estávamos sós. — Nunca vou me acostumar com ela.

Mas também sou diferente, mamãe, eu ponderava, sou um centauro. Fazia um gesto de desprezo: ah, bobagem, Guedali. Tu *eras* diferente. Agora, depois da operação, ficaste igual a todo mundo. Mas tenho patas, mãe, bradava, já angustiado; queres coisa mais esquisita que um homem com patas de cavalo, mãe? E os que têm perna de pau, retrucava, não são gente? Não me vem com desculpas, Guedali. Podias ter arranjado uma moça judia. Patas ou não patas, uma tu acharias. Chegado a esse ponto, eu desistia: era inútil tentar convencê-la.

Mina tratava Tita melhor. Convidava-a para sair, comprava-lhe roupas. Mas de vez em quando passava por crises de depressão, durante as quais se trancava no quarto e não falava com ninguém. Estava em tratamento psiquiátrico. Preciso me olhar por dentro, dizia, durante uns cinco anos não contem comigo. Quanto a Bernardo, pouco aparecia; Débora fazia o possível para nos animar, quando vinha de Curitiba. O que era raro.

Resolvi que sairíamos de Porto Alegre tão logo meu pai melhorasse. Eu estava pensando em São Paulo; numa cidade grande, raciocinava, passaremos despercebidos. Além disso, pretendia começar um negócio; com o dinheiro da herança, montaria uma firma de exportação e importação — e São Paulo era o lugar ideal para um empreendimento desse tipo, sobre o qual eu já escrevera aos empresários que conhecera no Marrocos. Acertara um bom esquema com eles.

O inverno terminou, meu pai começou a melhorar. No dia do meu aniversário ofereci uma festa à família: um esplêndido jantar, com vinhos finos servidos por garçons vestidos a rigor. Sob o prato de cada um havia um presente: um colar de pérolas para a minha mãe, uma caneta de ouro para meu pai, brincos para Mina, um bracelete para Débora, um relógio para Bernardo, uma carteira para o marido de Débora, um anel para a mulher de Bernardo (que comentou, o suficiente alto para que eu ouvisse, que gostaria de saber de onde havia saído o dinheiro para tantos presentes); e brinquedos para as crianças, enfim todo mundo ganhou alguma coisa.

No dia seguinte estávamos de novo no aeroporto, e de novo veio toda a família, mas desta vez para a despedida. Minha mãe chorava, pedia que ficássemos, ou que voltássemos logo. Mas eu estava convencido de que era melhor para todos a nossa partida.

Os alto-falantes anunciaram o embarque, Tita e eu demo-nos as mãos, e, calmos, sorridentes, subimos a escada do avião. No almoço a bordo serviram vinho; brindamos à nossa nova vida. Adormeci e só acordei quando pousávamos em Congonhas. Se o cavalo alado nos seguiu ou não — não sei. Nem uma só vez olhei para fora.

São Paulo
25 de setembro de 1960
a 15 de julho de 1968

Em São Paulo, resolvi fazer as coisas devagar, com prudência. O dinheiro da herança seria suficiente para instalar a firma e ainda para vivermos confortavelmente um bom tempo; mas eu queria estar preparado para imprevisto; não poderia, portanto, exagerar nos gastos.

Comprei uma boa casa, pequena mas confortável, próxima ao Ibirapuera. (De apartamento, com suas escadas e seus vizinhos abelhudos, eu não queria saber.) Beneficiei-me da expansão da indústria automobilística brasileira: comprei um carro. Em Porto Alegre aprendera a dirigir, e agora precisaria disto, de mobilidade para meus contatos.

Tita encarregou-se de mobiliar a casa, o que fez com extremo bom gosto; coisa surpreendente, considerando-se que nunca saíra da estância. Juntos, percorremos as lojas de móveis e de objetos decorativos, ela escolheu tudo.

— Quero que a casa fique bem bonita — dizia — como as casas das revistas. É o nosso lar, Guedali.

Estava feliz, me contagiava com seu riso. Nos amávamos muito. Mais que o comum das pessoas, acho. Por quê? Por causa da nossa natureza fogosa? Do grande pênis, da funda vagina? Talvez. O coito nos exauria; era como se fosse demasiado prazer para os nossos corpos agora quase humanos. Mas era bom, tão bom que me era difícil separar-me dela. Naqueles primeiros tempos em São Paulo eu pouco saía; ia à cidade para algumas providências — estava registrando a firma e procurando uma sala para alugar — e voltava em seguida para junto de Tita. Ficávamos deitados no macio tapete do living, abraçados, simplesmente; simplesmente gozando a satisfação de estar ali. Quando anoitecia ela ia preparar o jantar enquanto eu ficava lendo o jornal, fumando meu cachimbo. Depois do jantar — um banquete, ela cozinhava muito bem — ficávamos olhando TV até a hora de dormir. Era uma vida boa aquela, vida calma, para quem passara madrugadas galopando. Parecia que nada viria perturbar a nossa paz.

Uma noite assaltaram a casa.

Foi por causa de um descuido de Tita: muito distraída, esquecera de fechar a porta dos fundos. Quando acordamos, de manhã, constatamos que os ladrões tinham carregado os relógios, rádio, toca-discos, a máquina fotográfica. E nossas roupas.

Resolvi ir à delegacia. Vesti a camisa e o único par de calças que me restava — mas não achei as botas. Onde é que estão as botas, perguntei a Tita. Ela não sabia. Inquietos, reviramos o quarto, procuramos por toda a casa — movendo-nos com extrema dificuldade, na maior parte do tempo rastejando — e por fim tivemos de aceitar o fato: os ladrões tinham levado nossas botas.

— Mas por quê? — gritou Tita, desesperada. — Para que querem as botas, se elas só servem para nós? Eles não têm cascos, Guedali! Ninguém tem cascos, Guedali, só nós!

Atirou-se à cama, chorando. Tomei-a nos braços, tentei acalmá-la. Por que temos de sofrer tanto, Guedali? — ela gemia. — Por que Deus não tem pena de nós?

Calma, Tita, eu dizia, a gente dá um jeito, não é um bicho de sete cabeças. Mas *era* um bicho de sete cabeças; era, por causa dos cascos. Sem as botas ficávamos desamparados, frágeis como fetos. Tita soluçava, eu pensava desesperadamente numa solução. Não é possível, eu me repetia, não é possível que tudo desmorone justamente agora, quando as coisas estavam indo tão bem.

De repente me ocorreu uma ideia.

Peguei o telefone, pedi uma ligação para o Marrocos, para a clínica. Tive sorte: atendeu-me o próprio médico. Contei-lhe o ocorrido, supliquei que mandasse logo botas novas. Vou providenciar, disse; e lembrou que a encomenda feita assim, em caráter de urgência, sairia muito mais cara. Não importa, gritei, pago o que custar. OK, ele disse, tão logo fiquem prontas mando de avião.

Durante três dias ficamos trancados em casa, quase sempre sentados ou deitados; só podíamos caminhar nos agarrando aos móveis, às paredes. A comida, eu a pedia por telefone a um restaurante que fazia entregas em domicílio; recebia a bandeja por uma fresta da porta, não queria que o empregado nos visse.

No terceiro dia, Tita sentiu-se subitamente mal; queixava-se de uma dor de cabeça intensa, enlouquecedora. Faz alguma coisa, gemia, chama um médico.

Médico? Não. Nem cogitar. Pelo menos enquanto eu não encontrasse um doutor de confiança a quem pudesse contar nossa história. Não. Médico, não.

Optei por outra solução. Desmanchei o lastro da cama e com os sarrafos confeccionei um par de muletas, rudimentares, mas sólidas. Envolvi os cascos com várias camadas de gaze, cuidando para que ficassem com a forma de pés: pés pequenos, mas pés.

Pelas dez da noite saí, dirigi-me à farmácia mais próxima. Contei ao farmacêutico o que Tita estava sentindo. Não se preocupe, ele disse, tenho um remédio muito bom para esses casos.

— O que é que houve com os pés? — perguntou, curioso, enquanto fazia o pacote.

Um acidente, eu disse. Fui fazer um escalda-pés e me queimei. Escalda-pés, ele disse, isso não se usa mais. Pois foi o que eu descobri, eu disse, e nós dois rimos. Rimos muito: escalda-pés, ele dizia, me apontando; caía na gargalhada. Escalda-pés, eu repetia, e ria, ria. Finalmente, enxugando os olhos, despedi-me e voltei para casa. Tita tomou o remédio, sentiu-se melhor, adormeceu.

No dia seguinte, bem cedo, bateram à porta. Adivinhei que seriam as botas e fui abrir, apoiado nas muletas. De fato, era um rapaz com um grande pacote, que Tita abriu sôfrega. Ali estavam as botas, três pares de cada. Graças a Deus, ela disse. Graças a Deus.

As botas. Eram de cano alto, não tão alto como cano de bota de lavrador; alto o suficiente para que os garrões não aparecessem. Couro macio, mas não macio demais; precisávamos de apoio, não só de conforto — daí também a razão dos contrafortes internos. A cor era neutra, um bronze muito discreto. Saltinhos davam-lhes um ar elegante, mas sua altura não chegava a nos desequilibrar (os saltos de Tita — uma concessão do sapateiro à vaidade feminina — eram um pouco mais altos). Bico fino; bico falso, *proforma*, recheado de espuma de borracha. Um que nos pisasse propositadamente os pés teria uma surpresa! Pisaria macio e não ouviria gemidos nem protestos.

Por fora, então, as botas tinham uma aparência comum, convencional. Mas por dentro! Por dentro eram um verdadeiro prodígio de engenhosidade: suportes de metal, molas, pequenos cabos de aço, de tensão regulável por minúsculos parafusos — enfim, uma obra capaz de rivalizar, em termos de tecnologia, com uma ponte pênsil ou com uma cápsula espacial. E tudo concebido pelo talento de um artífice marroquino.

Com aquelas botas eu estava pronto para enfrentar as ruas da cidade. Com aquelas botas eu estava apto à luta pela vida.

Reinava grande euforia nos meios comerciais e industriais quando a eles cheguei. A economia estava hiperaquecida; é verdade que a inflação era galopante, mas — não posso resistir à imagem — isso não era problema para quem tinha cascos e estava habituado ao galope.

Abri um escritório no centro, num bom edifício. Tradicional, mas não arcaico. Feio, mas sólido. Faltavam-lhe certos requisitos; não tinha portaria, por exemplo. Os elevadores, parecendo grandes gaiolas, eram lentos demais para quem, como eu, tinha pressa em subir. Mas as firmas ali estabelecidas gozavam de bom conceito na praça. Claro, havia salas fechadas... E desvãos escuros... E o cheiro de mofo... E o grande rato que eu esmaguei com o tacão da bota. Contudo, para começar, me parecia bem. Minha sala era pequena, mas tinha telefone. Além disso, eu não tencionava ficar ali o dia inteiro, à espera de clientes. Era nas ruas que eu pretendia brigar. Nas ruas, em escritórios situados em edifícios melhores ou piores que o meu. Em cafés. Em clubes. Onde quer que se encontrassem homens de negócio, lá estaria eu, fazendo contatos, oferecendo meus produtos.

Era preciso caminhar, caminhar muito. Mas o que era caminhar nas ruas de São Paulo para quem tinha galopado os campos do Rio Grande? Para quem tinha, além da férrea disposição, automóvel e telefone a multiplicar possibilidades? Contudo, logo descobri, os guichês não são cercas que se vencem com saltos arrojados. Deparei com obstáculos a que não estava acostumado: apatia de funcionários, safadeza de gerentes, arrogância de jovens executivos. Lamaçais, areias movediças a me dificultar a trajetória. É verdade que me faltava alguma habilidade. Eu era um pouco impaciente, um pouco desabrido. Quando se tratava de liberação de papéis, não raro perdia as estribeiras, até que — sempre usando imagens equinas — aprendi a usar açúcar para adoçar as bocas. Rapidez, era meu lema. Precisava recuperar o tempo que perdera — numa pequena fazenda no interior de Quatro Irmãos, num circo, numa estância da fronteira, numa clínica do Marrocos;

experiências válidas, de certa maneira, mas não diretamente conectadas com o que eu agora me propunha a fazer.

De repente, naquelas idas e vindas, um perigo imprevisto.

Uma noite, tomei um táxi para ir para casa. Dei o endereço ao motorista, me recostei no banco traseiro, olhando as manchetes do jornal.

Lá pelas tantas tive uma sensação estranha. Espiei o rosto do motorista no espelho retrovisor; parecia-me conhecido. Aquele olhar — maligno; aquele sorriso — alvar; mas era o Pedro Bento! Pedro Bento em pessoa! O que fazia ali, em São Paulo, no volante de um táxi? O que fazia longe do Paxá, longe do Rio Grande? A custo consegui disfarçar a perturbação, escondi-me atrás do jornal. E se ele me reconhecer, eu me perguntava. Não me deixará em paz. Vai me chantagear, ameaçando revelar a minha história aos jornais. Vai me infernizar a vida.

Olhando a nuca que emergia da camisa suja, me ocorreu matá-lo. A arma, eu a tinha na pasta: uma comprida tesoura que Tita me pedira para comprar. A ocasião era boa: passávamos no momento por uma rua escura, deserta. Um golpe naquela nuca...

Pode parar aqui, eu disse, numa voz surda, numa voz que não era a minha. Mas — ponderou — não foi esse o endereço que o senhor me deu. Eu não queria saber; já estava pagando, já estava descendo, sumindo num beco; me encostando numa parede, ainda abalado — e amargurado: mas já não basta, Senhor? O que mais vai me acontecer?

Cheguei em casa arrasado; não jantei, meti-me direto na cama. Tita, inquieta, me perguntava o que tinha acontecido. Nada, eu respondia, não houve nada, está tudo bem.

Na manhã seguinte, indisposto, não quis sair. Nos dias que se seguiram, porém, fui absorvendo o incidente. Cheguei a ter dúvidas: fora o Pedro Bento mesmo que eu vira? Pouco provável, concluí. E esqueci o caso. Mesmo porque eu tinha outros problemas: não havia jeito de entrar dinheiro. Em princípio, eu tinha acertadas muitas operações de importação. Nada de concreto, porém — o que me deixava desanimado. No fim da tarde me sentia fatigado, a boca amarga. Os cascos, antes insensíveis, agora me doíam. Lá dentro: no germe, no miolo, no núcleo mesmo da coisa, uma dor profunda, latejante, como se aquele conteúdo já não coubesse no invólucro córneo, tornado ainda mais restrito pelo encaixe metálico da bota. Comecei a ter dor de cabeça, como a Tita. Parecia que me ressoavam no crânio os longínquos tambores tribais dos africanos. E dos charruas, tapes e tapuias.

Fiz então a primeira venda: uma carga, ainda pequena, de fosfato marroquino. O comerciante que a comprou, um circunspecto alemão, pagou-me à vista, em dinheiro.

Aquele era o alento de que eu precisava! Senti-me renascer. Fiquei tão feliz que mandei emoldurar uma das notas. E convidei Tita para jantar fora. Foi então que descobrimos o restaurante tunisino, o *Jardim das Delícias*. Não é marroquino, disse Tita, mas é quase.

O restaurante ficava num local retirado, numa casa decorada em estilo mourisco, com pátio, e palmeiras, e uma fonte — lugar perfeito. O garçom, envolto num albornoz, nos conduziu a uma mesa ao ar livre, apresentou-nos o cardápio. Escolhemos os pratos, rindo muito dos nomes esquisitos. E, enquanto o homem se afastava com os pedidos, tomei a pequena, delicada mão de Tita entre as minhas mãos e perguntei-lhe, baixinho, se queria casar comigo. Sorriu: ora, Guedali, que conversa é essa agora? Eu então tirei do bolso a aliança que tinha comprado naquela tarde, enfiei-lhe no dedo. Vieram-lhe lágrimas aos olhos.

— Não era preciso, Guedali — murmurou. — O importante é estarmos juntos.

Mas bem que ficou contente, não parava de olhar a aliança.

Lembrou-se de dona Cotinha: gostaria que ela estivesse aqui, disse. Ela, as mulheres da estância. A minha mãe...

Interrompeu-se. Era-lhe doloroso, eu sabia, falar da mãe. Mãe? A criatura bruta, indiferente, de que dona Cotinha me falava, aquilo era imagem de mãe? Era: *mãe*, gemia Tita em seu sono agitado. E às vezes chamava pelo pai, também. Pai? Quem era esse pai? Zeca Fagundes? O capataz? Um peão troncudo e silencioso, que às vezes rondava a casa, na estância?

Enxugou as lágrimas, fez um esforço, conseguiu sorrir. A cada dia ficas mais bonita, eu disse, e era verdade; perdia o ar de menina e se transformava numa mulher, numa linda mulher, de estranha beleza. Fisicamente éramos muito diferentes.

Fez um movimento, o bico de sua bota raspou-me o joelho. Como se fosse uma mensagem, uma advertência das patas, dos cascos: não nos esqueçam, estamos ocultos, disfarçados, mas continuamos aqui.

Acima da mesa, Guedali e Tita eram os clientes de um simpático restaurante; conversavam e eram atendidos pelo amável garçom. Abaixo, eram as patas que comandavam, patas inquietas, doidas para galopar, nem que fosse no pátio do *Jardim das Delícias*, mas tendo de se restringir ao escasso metro quadrado que lhes era concedido no momento.

De volta à casa conversamos sobre o casamento. Quanto ao civil, não haveria problemas; naturalmente teríamos de providenciar papéis para ela, os meus eu já havia feito para o registro da minha empresa. Tita só dispunha do passaporte falsificado que o médico marroquino arranjara para embarcarmos.

Quanto ao casamento religioso, eu disse, escolhendo as palavras, será um pouco mais complicado, porque terás de te converter. Ela protestou, disse que não queria se tornar judia, que não tinha religião alguma, até esquecera as orações que dona Cotinha lhe ensinara. Mas ponderei que meus pais só a aceitariam de fato se se tornasse judia. Simplifica muito as coisas, eu disse. E além disso é muito fácil.

Muito bem, ela disse, tirando a roupa. E o que é que eu tenho de fazer? Comecei a explicar-lhe o processo da conversão, mas me detive: eu ia justamente falar no banho ritual, na *mikvah* — e, agora que a via nua, me ocorria: como é que ela ia entrar na *mikvah*, sem que as outras mulheres lhe vissem as patas?

Deixa comigo, eu disse, vou resolver o problema de outra maneira.

E resolvi mesmo: falei com um rabino que estava saindo do país, depois de ter se desentendido com a comunidade. Ele deu algumas aulas a Tita — cobrou caríssimo — e, antes de ir embora, me forneceu o atestado de conversão.

Casamo-nos em Porto Alegre. Estavam presentes só a família e alguns amigos de meus pais; mas a festa foi muito bonita. Tita estava linda, no vestido de noiva que fora de Débora, e que arrastava no chão, não deixando as botas aparecerem. (Minha mãe e minhas irmãs haviam se oferecido para ajudá-la a se vestir. Recusara; tímida, não queria que lhe vissem as patas. Lá na minha terra, dissera, é costume a noiva se vestir sozinha. Minha mãe abanava a cabeça, desgostosa. Pois faz como tens vontade, dissera, e as três saíram do quarto onde Tita se arrumava. Depois do casamento, contudo, abraçou-a e beijou-a, confessou que a princípio não gostara da ideia de a ver vivendo com o filho. Agora sim, disse, agora está tudo certo, tenho certeza de que vocês serão felizes.)

De volta a São Paulo, retomei meus negócios, que agora iam muito bem. Quanto a Tita, passava o dia todo em casa. Encarregava-se das tarefas domésticas — não queríamos empregadas bisbilhotando — mas mesmo assim tinha muito tempo livre. Ficava olhando TV, sentada numa poltrona, as botas sobre uma banqueta, uma caixa de bombons ao lado (com o que já começava a engordar). Dormia mal; à noite ficava andando de um lado para outro, sem roupa, só com as botas. Eu não gostava de ver aquilo, as patas, a enorme cicatriz da operação. Que é, Guedali? — dizia, zombaria e amargura na voz — já esqueceste que fomos centauros? Não faz muito, a gente andava galopando.

Sentava-se, suspirava: ai, Guedali, que saudade da estância. Pelo menos lá a gente tinha o campo para galopar e os tapetes da dona Cotinha para se distrair.

Contratei-lhe uma professora. Mal sabia ler e escrever, eu queria que se instruísse um pouco; mais tarde, quem sabe, poderíamos os dois cursar a universidade. Por outro lado, eu era obrigado a recusar convites para coquetéis e jantares porque Tita não tinha condições de conversar com ninguém: a rigor, era uma grossa do campo. Grossa, mas inteligente; fez progressos notáveis nos estudos. A professora, uma senhora discreta, silenciosa, mostrava-se surpresa: sua esposa é muito capaz, senhor Guedali.

Começamos a frequentar teatros e boates, agora que tínhamos amigos: jovens empresários e suas esposas, na maioria judeus. Tal como eu pensara, nos aceitavam sem dificuldade. Estranhavam que nunca fôssemos à praia nem à piscina, que Tita andasse sempre de calças compridas. Mas em nosso círculo havia um engenheiro argentino que escrevia estranhos poemas, e um executivo carioca que vivia com duas mulheres — não éramos, de forma alguma, os mais esquisitos.

Mas Tita não se sentia feliz, eu notava. Quem sabe consultas um psicólogo, eu sugeria. Irritava-se: psicólogo! Que psicólogo vai entender o nosso caso? Não amola, Guedali! Eu me calava, voltava para os jornais.

O ano de 1962, aquele foi um ano muito agitado: greves e comícios e o dólar disparando. Isso não vai longe, dizia Paulo, mastigando uma azeitona. Gerente de uma grande empresa, era meu (Peri?) melhor amigo. Costumávamos nos encontrar no fim da tarde, num bar calmo do centro da cidade. Tomávamos chope e conversávamos longamente; sobre negócios, e sobre a situação do país, naturalmente: mas também sobre outros assuntos. Me contava tudo, seus problemas com a esposa, mulher muito difícil, inteligente, bonita, mas cheia de frustrações, uma neurótica; e com a filha, retardada. Eu, mais que falar, ouvia. Quando perguntava sobre minha vida, respondia com generalidades, contava alguma coisa da família, de nossa fazenda em Quatro Irmãos, da casa em Teresópolis. Mais além não poderia ir sem cair em reminiscências de centauro. Aliás, já era bastante perigosa aquela convivência íntima, porque às vezes lembrando uma boa anedota ele ria e me dava uma palmada na coxa. Não acredito que sentisse couro sob o resistente tecido da calça; mas era um risco. Um risco entre outros: e se um dia eu tivesse de ser operado com urgência? E se fosse atropelado? E se alguém espiasse para dentro de minha casa com um binóculo? (Quanto a isso, já tinha tomado precauções: cortinas espessas.) E se minha calça rasgasse? Riscos. Necessários para que eu levasse uma vida normal.

Esse negócio vai explodir, resmungava Paulo, já meio bêbado. *Esse negócio* era o Brasil: tinha certeza de que uma revolução violenta estava para ocorrer, com mudança radical de regime. Esse sujeito lá do Rio Grande, dizia, esse Brizola é louco, o país não está preparado para o socialismo. Vai haver briga — inclinava-se para a frente — e nós, judeus, pagaremos o pato. Eu deveria ter ido para Israel, Guedali. Poderia estar agora num kibutz, tranquilo, ordenhando vacas. Mas não, banquei o esperto, resolvi ganhar dinheiro, pensando em ir para Israel com uma boa reserva.

Esvaziava o copo de chope: idiotice minha, Guedali. Nunca irei para Israel. Você vê, minha mulher é muito complicada, uma burguesona neurótica: só quer passar bem e me encher o saco.

Ficava um instante em silêncio, voltava à carga: eu faço tudo errado, Guedali. Pensava no socialismo quando meus colegas ganhavam bom dinheiro. Agora que resolvi faturar, a mamata vai acabar, virá o socialismo. E casei com a mulher errada, e tenho uma filha doente... Sou todo ruim, Guedali.

Eu tentava consolá-lo: as coisas não estão assim tão más, Paulo. Citava como exemplo nossos amigos — Joel, gerente de uma cadeia de lojas; Armando, diretor da filial de uma companhia norte-americana; Júlio, grande incorporador — todos ganhando bom dinheiro, despreocupados quanto ao futuro, satisfeitos.

Na realidade não era bem assim: Joel tinha úlcera e sofria de pressão alta; Armando entrava em pânico cada vez que a matriz mandava alguém para supervisioná-lo: o que é que esses gringos querem de novo, recém o mês passado estiveram dois aqui. Júlio respondia a um processo na Justiça: construíra um edifício num terreno que não era seu. Mas, Paulo bêbado e deprimido, não era o momento de estar falando em coisas desagradáveis. Eu então levava o assunto para outro lado. Falávamos sobre o esporte predileto dele: corrida de resistência. Paulo se considerava um excelente fundista, capaz de vencer maratonas. Descobrira essa vocação por acaso.

— Nunca gostei muito de futebol, vôlei, essas coisas.

Ao contrário, era um tipo mais introspectivo. Por causa disso fizera vestibular para ciências sociais:

— As inquietações, você sabe como é. Você tem problemas, pessoais e outros, você não pode dormir, você pensa que a coisa é com a sociedade, aí você resolve estudar achando que assim alivia a angústia. Alivia nada, rapaz. Estudar medicina livra a gente das doenças? Não livra. E eu estava passando uma fase difícil com a Fernanda, já te contei... Mas, enfim, obtive um diploma e arranjei emprego quase em seguida, numa fundação governamental que estava desenvolvendo um plano de habitações populares. Isso foi logo depois que se confirmou o diagnóstico da nossa filha, e eu me atirei ao trabalho como uma forma de consolo, entendes, Guedali?

Seus companheiros de fundação, quase todos jovens esquerdistas, viam no plano um verdadeiro passo para o socialismo. Primeiro casa para todos, diziam, depois comida para todos, depois transporte para todos, depois os meios de produção para todos. Que as casas devessem ser construídas por empreiteiros privados não lhes importava muito; a verdade haveria de prevalecer no choque dialético entre o individual e o coletivo, entre o egoísmo e o altruísmo, entre o custo das casas e os preços cobrados pelos empreiteiros, entre a boa qualidade apregoada para a argamassa e as fendas que mais cedo ou mais tarde apareceriam nas paredes: fendas enormes, ramificadas em caprichosos desenhos (galhadas de cervos, árvores de decisão ou mesmo letras como as que o profeta Daniel interpretou para o rei). Tanto mais que o plano incluía, de acordo com as ideias do socialista francês Louis Blanc (1811-1882), a criação, no setor público da economia, de verdadeiras *oficinas sociais* autoadministradas em moldes empresariais. O lucro dessas oficinas seria em parte distribuído aos trabalhadores, em parte destinado à assistência médica e à previdência social, e em parte reinvestido. Operários investindo, aí estava a coisa: as armas do capitalismo usadas contra o próprio capitalismo!

Quanto às fendas, ninguém no grupo — que incluía arquitetos, sociólogos, economistas — tinha dúvidas quanto ao seu aparecimento; e ninguém duvidava do papel delas como sinais premonitores do advento do socialismo; o que se discutia apenas era o momento em que surgiriam. Uns achavam que a coisa seria imediata, outros lembravam que a reação tinha reservas insuspeitadas de poder. De qualquer maneira o máximo que se falava era em um ano, um ano e meio. O jornal mural da fundação estava cheio de artigos a respeito. Ali também se viam caricaturas e faixas com consignas: *Casa e pão — trabalho sem patrão!*

Paulo se emocionava com essa efervescência toda. Por vezes chegava a ficar todo arrepiado.

— E o kibutz? — gritava então. — Por que não fazermos uma rede de kibutzim?

Alguns achavam a ideia boa, mas outros olhavam-no desconfiados: tinham sérias restrições quanto a Israel e, em parte, quanto aos judeus, sob cuja pele, suspeitavam, ocultavam-se os sionistas.

Outro tipo de restrição faziam seus pais e os pais de Fernanda. Não te metas nisso, diziam, essa coisa ainda vai acabar mal, você não pode se arriscar, Paulo, você é pai de família, tem uma criança doente.

Mas eu não lhes dava bola. É a paranoia judaica, eu pensava: eles enxergam tribunais da Inquisição e fornos crematórios por toda parte.

Contudo, os pais tinham razão. Mudou o governo, assumiu a direção da fundação um homem chamado Honório, um personagem misterioso e intimidante. Impassível: uma face talhada em pedra — e não havia rachas naquela pedra, a menos que se quisesse considerar como tal as cicatrizes de uma antiga acne. Andava sempre vestido de cinza, com uma gravata preta e óculos de armação de metal, antiga, com lentes escuras. Nunca podia se saber por onde andava o olhar do homem. Aliás, dele se sabia pouca coisa: que era engenheiro, e solteirão. E também se dizia que fazia parte de uma organização anticomunista. Em seu discurso de posse, curto e seco, disse que dali por diante os funcionários da fundação teriam de andar na linha, e que ele agiria com o maior rigor contra os contestadores. Que não se preocupassem, porém, seus subordinados: ele era como um pai, justo, mas não cruel. Quem estivesse limpo nada teria a temer.

— A questão era saber quem estava limpo, quem não. Ninguém se sentia inteiramente limpo. Mesmo os mais limpos podiam ter alguma coisa, uma minúscula sujeirinha em seu passado — uma frase imprudente, um punho cerrado, um brado. Eu, por exemplo, tinha escrito um artigo para o jornal mural.

O que era aquilo? Uma manchinha? Uma barra muito suja? Eu não sabia.

A primeira providência que o novo chefe tomou foi mandar retirar todas as paredes divisórias, transformando o andar que a fundação ocupava num edifício no centro de São Paulo num grande salão, no qual as mesas de trabalho dos técnicos foram dispostas em fileiras, como carteiras de estudantes. Para si mesmo o chefe mandou fazer uma sala envidraçada, ao lado da porta de entrada. Daquele lugar ele podia controlar todos os funcionários.

A seguir, emitiu uma série de ordens de serviço, dispondo minuciosamente sobre o que era permitido e o que era proibido.

— E isto que estávamos numa democracia: era a época do Jânio, dos bilhetinhos, sim, mas não dos atos institucionais.

Paulo agora tinha muito pouco o que fazer. A construção das casas populares fora suspensa; às vezes recebia um ou outro processo para dar parecer, coisas que já vinham tramitando havia tempo. Nessas ocasiões se inquietava; redigia vários rascunhos, escolhendo cuidadosamente as palavras, recorrendo com frequência ao dicionário e consultando (embora pouco pudessem ajudá-lo) os colegas.

O chefe estava sempre presente — embora nem sempre visível. Às vezes corria as cortinas de sua sala; outras vezes era a fumaça dos cigarros que ele fumava um atrás do outro que tornavam sua figura imprecisa. Nesses momentos, imóvel, parecia ausente, distante. Mas então movia imperceptivelmente a cabeça e a luz fazia faiscar a armação dos óculos. Estava ali, sim. Observando e anotando tudo numa caderneta de capa verde-escura.

Por essa época Paulo começou a notar uma coisa estranha: sua mesa vibrava. A princípio pensou que fosse do tráfego pesado na rua, lá embaixo; depois se deu conta de que era ele mesmo quem fazia a mesa tremer.

— Era a minha perna, rapaz. A minha perna que balançava, de nervoso. Eu estava uma pilha de nervos.

Decidiu que estava na hora de cair fora dali. Estava difícil de arranjar emprego, as despesas com a criança eram grandes, mas ele sentiu que não podia continuar.

— Eu olhava pela janela e via as crianças correndo na praça. Aquilo me dava inveja. Aquela liberdade, aquela despreocupação.

Um dia o servente entregou-lhe um memorando do diretor. Que comparecesse à sala da direção naquele mesmo dia, às três horas. Paulo sobressaltou-se, imaginou logo o pior: que tinham descoberto alguma coisa, alguma sujeira em seu passado, algo de que ele talvez nem se lembrasse mais, ou de que não tivesse conhecimento.

Não conseguiu almoçar. Ficou sentado na praça da República pensando no que dizer ao diretor caso fosse acusado. Resolveu: negaria tudo. Me envolveram, diria. Me envolveram contra minha vontade.

Às três em ponto bateu à porta envidraçada. O diretor o fez entrar, correu as cortinas. Sente, ele disse, num tom surpreendentemente gentil, e estendeu a Paulo uma folha datilografada. Sei que o senhor é um homem culto, disse. Quero sua opinião sobre isto.

Era um soneto. Um péssimo soneto falando, em rimas muito pobres, das desventuras de um pássaro ferido.

Foi um amigo meu quem fez, disse o diretor, olhando fixo para Paulo. Um bom amigo... Ele tem muitos como esse. Diz que dá um livro. E estou pensando em publicar a obra, com verbas da fundação. Mas quero sua opinião a respeito. Por escrito, naturalmente. Não precisa ser já: o senhor tem dez dias úteis para esse fim.

Paulo voltou para sua mesa, mais ansioso e perturbado do que nunca, em todo aquele período. A coisa era ilegal, evidentemente, aquele negócio de publicar os sonetos; mas o que fazer?

Denunciar o diretor? A quem? Por outro lado, repugnava-lhe compactuar. Mas não queria perder o emprego. Não naquele momento, em que não tinha nada em vista.

Os dias foram passando, e ele cada vez mais inquieto. Já não dormia à noite; e não tinha para quem desabafar. Fernanda estava cada vez mais ocupada com o nenê. E se consultasse um advogado? E se fugisse?

— Mas aí fui salvo, Guedali. Pelo gongo, posso dizer... Uma tarde aconteceu uma coisa estranha: o expediente chegou ao fim e o diretor continuou sentado na cadeira. Era estranho, porque ele costumava sair pontualmente às seis — e nós, naturalmente, saíamos atrás dele. Mas naquele dia passou das seis e nada. Seis e quinze, seis e meia — o homem sentado, imóvel, na sua cadeira de espaldar alto. Nos olhávamos sem saber o que fazer. Finalmente o servente criou coragem e bateu na porta. O diretor nem se mexeu. O servente então pediu licença, entrou, pedindo licença para ir embora. Nada, nenhuma resposta. O senhor está se sentindo mal, perguntou o servente. O diretor, quieto. O servente criou coragem, bateu no ombro dele. O diretor caiu de borco na mesa: estava morto.

Paulo acendia um cigarro.

— Infarto — disse o médico da fundação. E ainda nos chamou a atenção: — Isso é uma lição para vocês, sedentários; eu conhecia este homem: não fazia exercícios, fumava demais e se preocupava muito.

Na semana seguinte, arrematava Paulo, pedi demissão da fundação. Resolvi trabalhar por conta própria: jurei a mim mesmo que não teria mais diretor, nem patrão, nem nada. E comecei a praticar judô num clube lá perto de casa. Depois optei por correr. Corro até hoje. Às vezes encho o saco, me dá vontade de parar; mas então me lembro do diretor caído sobre a mesa, morto, e isso me dá ânimo para continuar correndo. Eu te diria, Guedali, que correr é a coisa mais importante da minha vida. Depois da família, claro. E dos amigos.

Paulo e Fernanda, Júlio e Bela, Armando e Beatriz, Joel e Tânia. Saíamos juntos todas as semanas para jantar. Joel, que conhecia todos os restaurantes de São Paulo, nos servia de guia. Apesar de estar em dieta por causa da úlcera, tinha prazer em nos ver comer: não é uma maravilha, esse *gulash*? — perguntava, os olhos úmidos, enquanto sorvia seu copo de leite.

Nos reuníamos na casa de um, na casa de outro. E, se era sábado, ficávamos até a madrugada falando sobre tudo: sobre negócios, evidentemente; mas também sobre filmes, e política, e empregadas, e carros. E a educação sexual nas escolas. E psicanálise. E o último desquite. E viagens.

Íamos juntos ao cinema, ao teatro. Às vezes jogávamos cartas, ou mesmo palavras cruzadas, ou Banco Imobiliário.

No Carnaval combinamos uma brincadeira. Júlio e Bela se disfarçariam, sem que os outros soubessem de quê, e andariam pelo centro da cidade, num trajeto que delimitaríamos, entre dez e meia-noite. O casal que os encontrasse primeiro ganharia um jantar.

Às dez horas fomos para o centro da cidade, Tita e eu. Armando e Beatriz, Joel e Tânia já estavam lá, em plena caça. Tita e eu, fantasiados de piratas, nos movíamos entre a multidão de foliões, muitos mascarados. Entre esses arlequins, esses palhaços, procurávamos um casal de arlequins, de palhaços. Ou árabes? Ou fantasmas? Não tínhamos a menor ideia de como estariam vestidos. E procurávamos, Tita e eu, rindo dos enganos que cometíamos: eu pegava um lobisomem pelo braço pensando que fosse Júlio, ela gritava para uma odalisca: te peguei, Bela! — e não era Bela coisa nenhuma. De repente avistei o centauro.

Estava parado, esse centauro, olhando um bloco passar, mas ele mesmo chamava mais a atenção que os índios no meio da rua: uma pequena multidão se concentrava a seu redor, rindo e fazendo comentários. Alguns lhe davam tapas no traseiro, ao que o centauro reagia com coices desferidos a esmo.

Tita agarrou-se ao meu braço. Meu primeiro impulso foi de fugir dali com ela; era como se tivessem descoberto nosso segredo, como se estivessem nos dizendo, não adianta vocês esconderem a verdade, sabemos de tudo, sabemos como você era. E quem dizia isso? Júlio e Bela? Eram Júlio e Bela que estavam ali?

A custo me controlando, segurando a mão de Tita, nos aproximamos do centauro.

Era uma fantasia muito malfeita, confeccionada com um tecido felpudo, marrom, que em nada se assemelhava ao couro de um cavalo. A cauda era feita de corda, desfiada e tingida. Os cascos, muito grandes, desproporcionais ao corpo, eram de celuloide preto. Olhando aqueles cascos me ocorreu uma dúvida intempestiva: como pudera o pessoal do circo confundir um centauro real com uma dupla fantasiada de centauro? Meus antigos cascos, embora bastante volumosos (talvez devido a um componente percherão em minha linhagem), eram bem menores que aqueles falsos cascos. Talvez uma pessoa com pés pequenos... E andando na ponta dos pés... Talvez.

Ali estávamos, imóveis, sem saber o que fazer. Vamos embora, sussurrou Tita. Olhei-a. Estava pálida, terrivelmente assustada — e foi aquilo que me decidiu. Resolvi esclarecer logo o assunto. Se eram Júlio e Bela que estavam ali, se a fantasia de centauro era um recado para nós, então estava na hora de botar a coisa em pratos limpos. Fica aqui, eu disse a Tita, e, empurrando as pessoas, cheguei até o centauro, coloquei-me diante dele.

O rosto do homem eu não podia ver: estava oculto atrás de uma máscara de papelão, uma cara de diabo (centauro com cara de diabo!). O peito, peludo, e o ventre, saliente, podiam ser de Júlio.

— Que é que há, porra? — gritou. — Nunca viu um cara fantasiado, palhaço?

Pedro Bento!

Recuei, espantado — e assustado. Era Pedro Bento, sim. A voz que eu ouvira no táxi.

— O que é que há, Pedro Bento? Vais arranjar uma briga? — a voz, de mulher, saía da barriga do centauro, e aquela voz eu também conhecia. Era a da domadora do circo!

Discutiam os dois, agora, a mulher queixando-se de ter de ficar numa posição incômoda, suando dentro daquela fantasia.

— E sentindo o fedor dos teus peidos, Pedro Bento! Tu não paras de peidar, desgraçado! E agora estás aí arranjando briga!

Os foliões, ao redor, também ouviam — e estavam se divertindo a valer. Pedro Bento agora soqueava os traseiros, isto é, a mulher; e ela, aparentemente, lhe retribuía as pancadas dentro da fantasia, que finalmente se rasgou, ela aparecendo, descabelada, assustada — era mesmo a domadora.

Vamos embora, eu disse a Tita. Tomei-a pela cintura e arrastei-a dali. Levei-a para um bar. Nos sentamos, eu ainda muito abalado, mas mais impressionado com o olhar esgazeado dela. Tomei-lhe as mãos: estavam geladas. Pedi um conhaque ao garçom, fiz com que ela o tomasse. Quando se acalmou um pouco, revelei-lhe quem era o casal do centauro. Me olhava, sem dizer nada, e eu sabia que não era ciúme da domadora que ela estava sentindo. Estava aterrorizada. Felizmente, nossos amigos nos avistaram dentro do bar e vieram ao nosso encontro. Vamos jantar! — gritavam Júlio e Bela, vibrando por não terem sido descobertos em suas fantasias de astronautas. Tita e eu fazíamos o possível para acompanhar a animação geral. A custo o conseguíamos. Uma ameaça — outra — agora pesava sobre nós. E o que Tita se perguntava era o que eu também me perguntava: até quando poderíamos manter o segredo?

Os dias que se seguiram foram de grande inquietação. Eu temia, a cada momento, encontrar Pedro Bento. Andava sempre de óculos escuros; cada vez que um táxi parava perto de mim virava-me rapidamente. Quanto à domadora... Sim, também tinha medo de encontrá-la, mas era diferente, era uma ideia que me deixava alarmado e excitado ao mesmo tempo. Eu me imaginava — passado o susto inicial dela — convidando-a para um drinque, e depois levando-a para um motel, e depois, já na cama, perguntando-lhe: então, quem era o cavalo, hein? Quem era o cavalo?, e ela me sussurrando, garanhão, garanhão.

Quanto a Tita, andava cada vez mais silenciosa. Desistira de estudar; nem sequer olhava TV. Passava os dias sentada, o olhar parado.

Eu pensava que era por causa do falso centauro, da presença de Pedro Bento e da domadora em São Paulo. Tentava acalmá-la: ora, Tita, eles jamais me reconhecerão, a criatura que estavam acostumados a ver tinha corpo de cavalo, patas e cauda.

A verdade é que isso não a preocupava. Isto é, não a preocupava mais. Tinha outra coisa em que pensar, algo que, se a deixava ansiosa, também a fazia sorrir misteriosamente às vezes.

— Mas o que é que tu tens? — eu perguntava, intrigado. Não dizia nada. Uma noite, quando saímos da casa de Júlio, contou: estava grávida.

Eu não quis acreditar. O médico marroquino me garantira que, tomando anticoncepcionais, ela não engravidaria. Acontece, ela disse, que faz meses que não tomo as pílulas. Mas tu és louca, eu disse. Estávamos sentados no carro, eu com a mão na chave da ignição, imóvel, paralisado. Ela não disse nada. Acendeu um cigarro.

Liguei o carro, toquei à toda para casa. Fui direto ao telefone, pedi uma ligação com o médico marroquino. Me atendeu; sonolento ou bêbado, não entendia o que eu falava. Por fim, consegui fazê-lo compreender que Tita estava grávida. Me assegurou que não haveria problemas: é um útero de mulher, normal. Mas que filho nascerá dali? — gritei. Ah, disse, isso não sei. Se vocês estão preocupados, venham para cá que eu faço o aborto.

Desliguei. Tita me olhava. Quero ter meu filho, disse, seja ele o que for, gente, centauro, cavalo. Quero o meu filho. Foram inúteis minhas ponderações: quero o meu filho, repetia.

Desde então não tive descanso. No escritório, no carro, em sonhos, as mesmas visões me perseguiam: monstros com elementos humanos — braços, pernas, lábios, olhos — e equinos — patas, cauda, crinas, pênis — combinados em variadas proporções, resultando sempre, sempre, sempre em figuras horrendas.

A data do parto se aproximava, a barriga dela crescia assustadoramente, eu implorava que fôssemos para o Marrocos, ao menos para consultar o médico. Mostrava-se irredutível: não é preciso, sei que está tudo bem — tranquila, alegre até. E o parto, eu perguntava, como faremos com o parto? Será como Deus quiser, dizia. Terei o filho como as índias — por acaso elas precisam de médico, de hospital? Louca, me parecia, completamente louca.

Às vezes eu acordava de madrugada, sobressaltado. Ela dormindo, eu ficava a lhe olhar o ventre, que avultava à luz cinzenta da madrugada. Sentimentos predominantes: temor, ansiedade e surda revolta — não só contra Tita, contra mim mesmo e, principalmente, contra a entidade divina, Jeová ou qualquer que fosse o nome, responsável por tanto sofrimento.

Às vezes, contudo, eu conseguia reverter essas expectativas negativas, desmontar o esquema de rancor montado qual bomba de tempo dentro de mim. A suave claridade refletida pela tensa pele do ventre me invadia, apaziguadora. E se eu notava um movimento — talvez produzido pelo gesto brusco de um bracinho ou de uma cabecinha — ficava subitamente comovido e me sentia, como Schiller, capaz de abraçar milhões. Milhões, incluindo aí pelo menos umas dezenas de negros, de índios, de terroristas palestinos, de seres disformes diversos (ciclope com catarata no olho único, o caapora com suas pernas voltadas para trás e lesões de pé de atleta entre os dedos, sem falar nos corcundas e nos de cara queimada de ácido) — e um centaurinho, que fosse. Sim, eu era capaz de amar até um centaurinho, e aquele sentimento só poderia ter sido inspirado em mim pelo instinto da paternidade. Então, eu não tinha medo? Então, eu estava disposto a correr o risco? Eu não sabia, realmente não sabia. De qualquer modo, ondas de amor subindo, maré de ódio refluindo, o resultado final era uma praia ampla e deserta, uma calma paisagem cuja visão tinha a propriedade de me fazer adormecer em paz. Até que o despertador tocasse: mas não era a trombeta do anjo vingador, era apenas um mecanismo de relojoaria me chamando para uma realidade que poderia não ser de todo cruel, desde que eu a enfrentasse.

A primeira coisa a fazer era tomar providências para que o parto fosse realizado em boas condições. Mas como? Tive uma inspiração: a parteira que me trouxera ao mundo. Estaria viva ainda? Telefonei a Mina, rezando para que não estivesse num período de depressão. Tive sorte: mostrou-se eufórica — acabara de noivar com o seu psiquiatra.

Contei-lhe que Tita estava grávida, me deu os parabéns, mas, quando lhe falei de meus temores, ficou preocupada, disse que já estava entrando na fossa de novo.

— Nada disso! — gritei. — Vais me ajudar.

Não me falhou: pegou o carro, enveredou pelas poeirentas estradas do interior, foi achar a velha parteira num rancho no meio do mato, tomando chimarrão. Estava quase cega, a pobre. Lembravam-se de mim. Claro que se lembrava: o judeuzinho que era metade potrilho. Ah, já vai ser pai, ele? Como passa o tempo, dona.

Ficou lisonjeada ao saber que eu a tinha escolhido para fazer o parto de minha mulher. Contudo, não queria saber de viajar:

estou muito velha, dona, para sair da minha casinha. Daqui não arredo pé. Eles, se quiserem, que venham para cá. Mina custou a convencê-la; teve de prometer muitos presentes, vestidos, louça, rádio, móveis — por fim concordou. Mina levou-a a Porto Alegre, meteu-a num avião.

Eu a esperava no aeroporto. A visão da velhinha, vestida de preto, segurando um pacote (com comida, descobri depois), atarantada entre os apressados paulistas, me confrangeu o coração. Seria capaz de fazer o parto, ela? Já em casa, porém, tive outra impressão. Tão logo apresentei-a à Tita, pôs o pacote de lado, arregaçou as mangas: tira a roupa, filha, e te deita. Um pouco assustada com as patas (eu já tinha esquecido como vocês eram), examinou-a com habilidade e segurança. Não é para já, disse. É para daqui a uma semana. E é normal, a criança, perguntei. Não disse nada, fez como se não tivesse ouvido. Seja o que Deus quiser, suspirei.

Paulo debochava de mim: nunca se viu um futuro papai tão preocupado, dizia. De fato: instalei a velha parteira no quarto ao lado do nosso, a qualquer gemido de Tita corria a buscá-la. Calma, Guedali, me dizia a velha, sonolenta — passava o tempo todo dormindo. Não é para agora, te disse.

Uma noite Tita acordou sentindo dores fortes, rítmicas. Fui chamar a velha. Já a encontrei de pé, vestida e alerta: agora, sim, Guedali, agora chegou a hora. Vamos lá. Vais me ajudar.

A custo dominando minha ansiedade, vi aparecer a cabeça da criança; e depois o corpo; e depois as pernas. *Normais*. Normais. É normal, dona Hortênsia, eu perguntava, é normal o bebê? Claro que é normal, resmungava a velha, cortando o cordão umbilical, um guri bem normal. Por que não havia de ser normal? Pensa que todo mundo nasce de patas?

Interrompeu-se, me olhou intrigada: mas tu tinhas quatro patas, Guedali, onde estão as outras duas? Me operei, eu disse, depois lhe conto, agora cuide da criança, pelo amor de Deus.

Era um lindo bebê, aquele que ela me deu para segurar. Tita me olhava e sorria, exausta, mas feliz. A parteira olhou para o ventre. Continuava grande. Ué, ela disse, ainda tem coisa aí dentro.

Coisa? Olhei-a, alarmado. Que coisa? Que coisa vinha descendo dali? As patas? O corpo do cavalo?

(A cena: Tita deitada na cama, sobre os lençóis sujos de sangue, as patas afastadas, a parteira palpando-lhe o ventre, a testa franzida, murmurando coisas ininteligíveis; eu, apoiado na parede, quase caindo, quase desmaiando.)

Reagi. Respirei fundo. Se for o corpo do cavalo, pensei, esmago-o a pauladas, mesmo que dê sinais de vida, mesmo que as patas estejam se mexendo. Esmago-o e queimo-o depois.

Aí vem, disse a parteira.

Era outra cabeça que surgia, outro corpo, e braços e pernas. Outra criança — normal. Outro guri: gêmeos!

Vocês estão premiados, disse a velha, mas eu já não a ouvia; abraçava-me a Tita, chorando, nós dois.

Os primeiros dias foram de deslumbramento. As crianças eram sadias, dois meninos lindos, mamavam bem. Deus foi bom para nós, dizia Tita, nos compensou pelos sofrimentos que passamos.

Depois surgiu o problema: ela não queria que se fizesse a circuncisão nos meninos. Nos meus filhos ninguém toca, dizia, resoluta. Já chega eu ter me convertido, não quero mais saber dessas bobagens.

Mas eu também não estava disposto a ceder. Me lembrava do que meu pai tinha contado, de sua luta para trazer o *mohel*; a circuncisão era uma obrigação que eu devia a ele. Expliquei, tornei a explicar, e lá pelas tantas ameacei ir embora e levar as crianças comigo. Tita então cedeu.

Para a cerimônia eu trouxe a São Paulo toda a família. A circuncisão foi feita, correu tudo bem, e depois eram almoços e jantares, nos quais os brindes se sucediam. Meus pais não cabiam em si de contentes. Tu mereces esta felicidade, dizia meu pai, a natureza foi malvada contigo, mas tu lutaste, e venceste, e agora estás aí, pai de família, rico e respeitado.

Eu já não ia ao bar tomar chope com Paulo; no fim da tarde, fechava o escritório, corria para casa, para ver meus filhos. Sentava com os dois ao colo.

(Estranhavam as patas aquele contato. Adivinhavam, através do pano, a pele fina das crianças; e se moviam nervosas. Quietas, eu rosnava baixinho, fiquem quietas. Mas quietas é que não podiam ficar. Sentiam-se ameaçadas, é óbvio. Duas tinham sido amputadas; as duas restantes eram obrigadas a aceitar calças, e botas — e agora os bebês a pesarem sobre elas. O calor que geravam os dois pequenos corpos, calor persistente, sutilmente úmido — aquilo acabaria por macerar o couro, tendões e fêmures lívidos ficando expostos. Protestavam, as patas: câimbras.)

Que protestassem.

Enchiam-me os olhos, os bebês; rechonchudos, mimosos. Quando um sorria, a casa se iluminava; quando os dois sorriam, o mundo resplandecia.

Crianças adoráveis. Às vezes choravam, claro, à noite. Nunca um só, sempre os dois. Levantávamo-nos, calçávamos as botas, saíamos cambaleando, um dando encontrões no outro, e às vezes percebíamos que tínhamos vestido roupas trocadas, eu estava com o chambre dela, ela com meu roupão. Cada um pegava um gêmeo, caminhávamos pelo corredor da casa, embalando-os, Tita entoando o *Boi da Cara Preta*, eu salmodiando uma melodia em iídiche — estranho como agora me voltavam à memória as canções de ninar de minha infância. Às vezes íamos lado a lado, Tita e eu — reminiscência da época em que galopávamos pelo campo? — às vezes em direções opostas. Quando nos encontrávamos eu fazia o possível para sorrir, mas ela, ela não sorria nunca, sempre preocupada com a criança que levava ao colo, concentrada na tarefa de fazê-la adormecer, como se dependesse, isso, de seu empenho. Mãe atribulada, a Tita. Contagiado por sua ansiedade, me dava vontade de fugir, de sair galopando porta afora. Tinha de me conter, tinha de andar a passo, no ritmo da melodia que eu entoava.

Impulsos contraditórios que as patas não entendiam, e que resultavam em quê? Em câimbras. Nunca sofri tanto de câimbras como naquela época.

Por causa daquelas câimbras, que me sugeriam estar fora de forma — há quanto tempo não galopava? —, e também porque Paulo reclamava (me abandonaste, Guedali!) comecei a treinar com ele. Uma vez por semana íamos correr num clube. Nossa proposta era de pelo menos seis voltas em torno ao estádio. Fácil para mim, difícil para Paulo. Se admirava: você corre de botas e com um abrigo pesado e não cansa! Gaúcho é assim, eu respondia, meio gente, meio cavalo.

Nós sempre correndo, ele me contava, arquejando, de suas dificuldades familiares. Você agora está feliz, dizia, teve filhos; mas você não sabe que inferno pode ser um casamento.

Feliz, completamente feliz, não. Logo após o nascimento dos gêmeos, sim; mas, à medida que os meses passavam, Tita voltou a se mostrar distante. Aparentemente, por causa dos filhos; exigiam muito cuidado, absorviam-na. Não os deixava um minuto. Eu queria contratar uma babá, podia, os negócios iam muito bem; mas ela não admitia. Cozinheira sim, e arrumadeira também, e copeira, e chofer, e jardineiro; mas de babá não queria saber. Cuidam mal das crianças, argumentava, são umas grossas.

A verdade, porém, é que as coisas tinham mudado, entre nós. Pouco conversávamos. À noite, na cama, quando eu me aproximava dela querendo acariciá-la, saltava: acho que as crianças estão chorando. Corria para o quarto dos bebês, só voltava quando eu estava dormindo.

Por que essas botas, perguntava Paulo, intrigado. São ortopédicas, eu respondia, não posso andar sem elas.

Era meu amigo, me contava tudo, mas poderia eu lhe falar sobre as patas? Na dúvida me calava, e ficava a ouvi-lo. Ele sim, falava muito, me contava sobre o seu namoro com Fernanda, isso remontando quase à infância deles, no Bom Retiro:

— Nós nos criamos juntos, íamos ao mesmo colégio, nossas famílias eram muito amigas — vinham até da mesma cidade da Polônia. Aos dezoito anos resolvemos largar tudo, casar e ir para Israel. Queríamos viver num kibutz, em contato com a natureza, correndo pelos campos, e plantando, e colhendo, e ordenhando vacas. Nossos pais não deixaram. Achavam que éramos muito jovens, não sabíamos nada da vida, não tínhamos profissão. Ficamos revoltados, fugimos de casa, fomos para a chácara de um amigo, em Ibiúna, lá dormimos juntos pela primeira vez. Não foi bom, ela sentiu muita dor; pegamos sarna, passávamos os dias nos coçando. Voltamos, nossos pais nos perdoaram, eu fiz vestibular. Nos casamos antes mesmo de eu terminar o curso. Nossos pais nos deram um apartamento e nos ajudavam com dinheiro e tudo, até que me formei e arranjei emprego. Nasceu a criança, e no começo foi uma alegria; depois veio a suspeita — e o desespero, quando a coisa se confirmou — e agora estamos resignados. Resignados, mas não felizes, Guedali. Não somos felizes. Olho para a Fernanda, ela olha para mim, a gente não diz nada, mas sei que ela está se perguntando — porque é o que eu estou me perguntando — onde é que estão os nossos sonhos. Um dia desses deixamos a criança com meus pais e fomos até a chácara em Ibiúna, que agora está à venda; chegamos lá, e era a mesma casa — uma casa antiga, mas muito bonita, estilo colonial, com lareira — e passamos a noite no mesmo quarto em que tínhamos dormido, na mesma cama, mas já não era a mesma coisa, Guedali. Você acredita? Não era a mesma coisa, não tinha sabor, entende? O tempo passa, a gente deixa de se amar, e fica se perguntando, para que afinal serve a vida? Para nada, parece. Todas as tardes, quando fecho o escritório, penso: mais um dia se foi, esse dia não incomoda mais.

Era a sexta volta, ele já não aguentava. Não quer fazer um pouco de ginástica, eu perguntava, umas flexões? Que nada, dizia, ofegante, vou para o chuveiro. Estou morto, Guedali, morto.

Fernanda. Não falava muito. Mas me olhava, me olhava intensamente. Cinismo, naquele olhar, e amargura, e insatisfação; mas desafio também. Eu desviava os olhos: Paulo era meu amigo.

Um sábado nos convidaram para uma festinha: era o aniversário de Paulo. Tita não quis ir. Alegou, como de costume, várias razões. Estava cansada, um dos gêmeos tinha um pouco de febre. Mas insisti: Paulo e Fernanda são muito legais com a gente, não é justo a gente faltar.

A casa deles não ficava longe da nossa: uma bela casa (pena que é alugada, dizia Paulo), em vidro e concreto, com grandes vigas de madeira no teto. Quando chegamos lá o pessoal já estava reunido diante da lareira, que ficava no centro mesmo do living: uma grande bacia de ferro, suspensa do teto por correntes que desciam ao longo da chaminé — Fernanda tinha ideias originais. Fomos saudados com entusiasmo, como de costume. Ninguém fez referência às nossas botas — aliás novas, recém-chegadas do Marrocos —, mas que notavam, notavam, via-se. O que é que vocês bebem, perguntou Paulo. Copo de uísque na mão, entramos na conversa, que ora fluía mansa, ora se agitava, turbulenta; ora se espraiava, abrangendo a todos, ora se dividia. Joel e Armando discutiam carros e investimentos, Beatriz e Tânia falavam sobre as escolas dos respectivos filhos. Bela comentava com Tita a escassez de empregadas. Júlio perguntou a Beatriz como ia a análise; lutando, suspirou Beatriz. Joel, que também se analisava, disse que o processo era como descer até o fundo de um poço, subindo depois lentamente, agarrando-se à parede com as unhas, sofrendo, sofrendo sempre. Bela, que guardava alguma coisa de seu passado de líder estudantil, disse que a análise era coisa elitista, para burguesas ricas que não tinham o que fazer. É o teu caso!, exclamou Joel, e nos rimos todos. Eu não quero saber se sou rica ou não, disse Beatriz, o que sei é que sofro como uma desgraçada e que quero ser feliz, entende, Bela? Feliz!

Tinha a voz embargada, ficamos todos constrangidos. Foi Fernanda quem tomou a iniciativa de mudar de assunto, perguntando a Tânia e Joel sobre a viagem a Israel. Foi muito boa, disse Tânia, encontramos um bocado de gente conhecida. É dura a vida daquela gente, disse Joel, trabalham muito, ganham pouco, pagam uma barbaridade de impostos, e vivem sempre em sobressalto com a ameaça de guerra. É uma vida dura, disse Paulo, mas tem um sentido, ao passo que essa nossa vida aqui... Que é que tem a nossa vida, disse Júlio, nossa vida é boa, a minha pelo menos é muito boa. Não digo que seja ruim, retrucou Paulo, acho que a gente tem todo o conforto, mas às vezes me pergunto se não é uma vida meio vazia, sem sentido. Que sentido, zombou Júlio, quem é que precisa de sentido? Tendo casa, comida, uma boa mulherzinha, filhos e umas amiguinhas para de vez em quando... Rimos todos, Paulo inclusive; contudo, voltou à carga: pode ser, mas eu ainda não desisti de ir para Israel.

— Para quê? — Júlio já estava irritado. — Você não está bem aqui, Paulo? Você está num ótimo negócio, mora numa boa casa, o que é que você quer, afinal? Confesso que não te entendo.

Tudo isso é verdade, disse Paulo, mas eu me sinto judeu, o que é uma coisa importante para mim. O judaísmo...

Calou-se. Fez-se um silêncio incômodo. Eu sabia em que pensavam: na *gói*, na Tita — não convinha discutir aquelas coisas na presença dela. Foi novamente Fernanda quem mudou de assunto: falou de uma vizinha que fora assaltada. É incrível a insegurança em que a gente vive, disse Tânia.

Falou-se da situação do país. Isto não pode continuar assim, disse Júlio, revoltado, essas greves, o dólar lá em cima, os pelegos mandando em tudo, a coisa vai explodir. Vai explodir, disse Bela, porque os donos do poder não querem abrir mão de nada, não fazem uma concessão, por menor que seja, nem sequer uma mísera reforminha agrária admitem. O que é que você entende disso, perguntou Júlio, exaltado. Entendo tanto quanto você, gritou Bela, e além disso não lido com dinheiro sujo, de especulação. Dinheiro que paga os teus vestidos, disse Júlio, rindo. Pois eu não quero os teus vestidos, bradou Bela. Calma, disse Paulo, não precisa tirar a roupa, Bela.

— Vocês sabem quem se desquitou? — perguntou Joel, mastigando castanhas-de-caju. Todo mundo sabe que foi o Bóris, disse Tânia, mas não come tanto, depois você passa a noite peidando. Você também peida, disse Joel. É verdade, admitiu Tânia, rindo, o casamento é isso, é a gente peidar juntos. Joel abraçou-a, beijou-a: eu gosto desta mulher, gente! Eu adoro esta mulher!

Era bom estar ali, naquele ambiente aconchegante. As grandes vidraças, embaciadas, davam uma sensação de isolamento; era como se estivéssemos no fundo do mar. A conversa agora se fragmentara de novo, Bela estava contando uma longa história a Tita, que a ouvia, muito atenta. Estava linda, a Tita. E sua beleza exótica contrastava com a das outras, todas mulheres bonitas, mas convencionais, excessivamente maquiladas.

Traz o projetor de cinema, Paulo, disse Júlio. Filmes novos? — perguntou Joel, os olhos brilhando. E que filmes! — disse Júlio. — Que filmes, meu caro!

Paulo trouxe o projetor e a tela, colocou um filme na máquina, apagou a luz. Enquanto todos riam das sacanagens de uma mulher com dois anões, levantei-me e fui para o jardim, nos fundos da casa. Um belo jardim, com grandes árvores, e arbustos, e canteiros de flores. Lembrava-me, pela extensão, o pátio de nossa casa em Porto Alegre, embora fosse mais cuidado — tinha até uma fonte, como a da clínica do Marrocos. Sentei-me num banco de pedra, fiquei olhando a vista, que era muito bonita. A noite estava fria, mas eu me sentia bem ali.

Uma mão pousou de leve no meu ombro.

— Ah, então estava aqui, o fujão.

Voltei-me: Fernanda. Durante alguns segundos ficamos a nos olhar. Uma mulher bonita, os cabelos revoltos caindo sobre os ombros, a blusa entreaberta deixando ver os belos seios; me olhava, e agora eu via que estava me desejando, começou a me dar uma tesão enorme, uma tesão igual à que eu sentira pela domadora, senti que estava perdendo a cabeça, era loucura, não podia fazer aquilo, na casa de Paulo, do meu amigo Paulo, arriscando sermos vistos — mas eu já não podia me controlar, puxei-a para mim, beijei-a — ela, quase me mordendo, tão sôfrega era. Levei-a para trás da fonte, nos deitamos, levantei-lhe o vestido, acariciei-lhe as coxas — estremeci, era pele que eu tocava, pele macia, não couro —, abri o fecho das calças, saquei o pênis. Como você é grande, ela murmurou, e eu me lembrei da domadora, me deu medo: e se ela começasse a gritar? Mas não, não gritava: gemia de prazer, eu gemia junto, a água marulhando na fonte.

Vou entrar primeiro, sussurrou, arrumando-se. Sorriu, tornou a me beijar — agora mais calma, menos voraz — e se foi.

Sentei no banco, aturdido. O que tinha acontecido? Eu não sabia. Só sabia que tinha o olhar turvo, e que o coração ainda me batia forte — e que a pata direita, me dei conta, tremia convulsamente. Segurei-a: para, diaba, para quieta.

Fiquei ali, esperando que o calor do meu rosto diminuísse. Quando me senti suficientemente calmo, entrei.

Os filmes tinham terminado, eles conversavam. Me olharam, mas ninguém fez comentários. Aparentemente, a estranheza limitava-se ao fato de eu não ter ficado para ver os filmes. Perdeste umas cenas muito boas, disse Joel. Ora, conheço esses filmes, eu disse, a voz quase normal, são sempre as mesmas sacanagens.

— Vamos, Guedali — disse Tita —, já é tarde.

Nos despedimos. A mão de Fernanda ficou na minha um instante mais que o habitual, mas só um instante; não parecia nem um pouco perturbada. Me ocorreu de súbito que eu não era o primeiro, que outros poderiam ter deitado com ela atrás da fonte. Quem? Joel? Júlio? Vamos, insistia Tita, as crianças devem estar chorando.

O caso com Fernanda ficou naquilo. Durante alguns dias pensei que ela telefonaria para marcar um encontro. E se telefonasse? Eu não saberia o que fazer. Tinha sido muito bom, com ela, bem que eu gostaria de repetir. Mas, e se Paulo ou Tita descobrissem? E se ela, Fernanda, revelasse — rasgando-me as calças, num excesso de paixão — as minhas patas?

Não telefonou. Nos encontramos na cidade, por acaso, e ela, muito natural — tudo bom, Guedali? E Tita? E os gêmeos? — disse que tinha marcado encontro com Paulo num bar, perguntou se eu não lhe faria companhia. Entramos no bar, um lugar luxuoso, mergulhado em penumbra, ela escolheu uma mesa isolada, protegida de olhares indiscretos. Pedimos bebidas. Durante algum tempo ficamos em silêncio. Ela parecia distraída, seu olhar vagava ao redor; quanto a mim, estava inquieto; meus tendões retesados dentro das botas enviavam constantes mensagens: prontos para o galope, Mestre Guedali, prontos para o galope. Às vezes os olhos dela se encontravam com os meus; sorria, as unhas tamborilando no copo. Perguntei-lhe como se sentia.

— Eu? Muito bem.

— Mesmo depois daquela noite?

— Pois é, mesmo depois daquela noite: muito bem.

— Nenhum problema?

Riu (um pouco forçado? Talvez; mas riu, de qualquer maneira).

— Ora, Guedali, que problema poderia haver? Somos adultos. Aconteceu, aconteceu. Estava bom, pronto.

— E o Paulo?

— Que é que tem o Paulo? Tudo bem com o Paulo. Ora, o Paulo. Você não queria que eu contasse a ele, queria? Se bem que — vou te dizer — poderia ter contado, sabe? Não tenho dessas frescuras com o Paulo. Tive outros casos, ele ficou sabendo, não aconteceu nada, não correu sangue. Somos civilizados, Guedali. Não vamos, eu e o Paulo, nos matar por causa disso. Além do mais, temos a criança para cuidar.

Esvaziou o copo de bebida. E a tua mulher, perguntou, desconfiou de alguma coisa? Não, eu disse, não desconfiou de nada. Inclinou-se para a frente:

— Não me leva a mal, Guedali, mas essa tua mulher, essa Tita, é meio grossa, não te parece? Tem jeito de caipira. Acho que nem sabe apreciar o marido que tem... Porque você é ótimo, Guedali. Como homem, você é fora de série. Será que tua mulher sabe disso?

Acho que sabe, eu disse, e me levantei: vou indo, Fernanda. A gente se vê, ela disse. E acrescentou, sorrindo: aparece, o jardim continua lá — numa dessas, quem sabe, não é?

Saí. À porta do restaurante, detive-me, ofuscado pela claridade. Alguém me agarrou o braço: Paulo. Tudo bem? — perguntou. Tudo ótimo, eu disse, Fernanda está aí dentro, te esperando. Eu sei, ele disse.

Nos olhamos — e estava tudo bem. Apareçam, disse Paulo. OK, respondi, vamos aparecer.

Numa coisa Fernanda estava enganada: o jardim não continuaria muito tempo lá. Nem a casa. O proprietário pediu a Paulo que a desocupasse, queria demoli-la para construir no local um edifício de apartamentos.

Paulo ficou deprimido com a notícia. Moramos aqui há dez anos, dizia, eu nem pensava em sair desta casa, gosto dela, é ótima. Fernanda não se importava muito: ora, Paulo, morar aqui ou em outro lugar, tanto faz, é tudo a mesma coisa, casa ou apartamento, o importante é ter bastante espaço, e estar perto de farmácia, supermercado, essas coisas. Não me conformo, repetia Paulo, desconsolado. Não me conformo.

Contudo, o seu tom de voz, quando me telefonou alguns dias depois, era muito diferente: alegre, eufórico mesmo.

— Tenho uma novidade, Guedali! — gritou. — Uma coisa sensacional! Quero que vocês venham para cá, agora! Já convoquei toda a turma!

Tínhamos acabado de jantar, os gêmeos já estavam dormindo, Tita olhava a novela na TV. Paulo está pedindo para a gente ir lá, eu disse. Vai tu, respondeu, sem tirar os olhos da tela, eu não estou com vontade, prefiro ficar em casa.

(Mas o que significava aquilo? Aquela apatia? Aquelas respostas secas, lacônicas? O que estava havendo, afinal? Eu às vezes surpreendia nela um olhar parado; ouvia suspiros ocasionais. Eu pensava em nostalgia, pensava em doença, pensava muita coisa, mas não me animava a perguntar. Não me responderia, de qualquer maneira.)

Insisti. O Paulo é um bom amigo, eu disse, está precisando do nosso apoio, pediu que fôssemos os dois. Sem uma palavra, levantou-se, arrumou-se.

Quando chegamos, já estava todo mundo reunido. Era uma noite muito quente de janeiro. O pessoal discutia a situação política — o ano era 1964. Júlio era de opinião que Brizola estava preparando um golpe. Apontou-me um dedo acusador: vocês, gaúchos, querem mandar no país. O Brizola é que está certo, disse Bela, este país tem de ser consertado na marra. Não amola, disse Júlio, o que é que você entende disso? Não amola, você! — gritou Bela. Calma, disse Joel, a coisa não é tão grave assim. Como é, Paulo? O Guedali já está aqui. Qual é a novidade?

Paulo, de pé, um rolo de papel vegetal na mão, nos olhava, sorrindo enigmático. Fala logo, disse Beatriz, isso está parecendo filme policial.

Paulo contou que andara procurando um lugar para morar.

— Vi apartamentos, casas, nada me agradou: tudo pequeno, apertado. As ruas barulhentas, poluídas. Foi aí que me deu o estalo: por que é que a gente não vai para o campo?

Desenrolou o papel. Era um mapa da cidade de São Paulo, com os municípios vizinhos. Havia uma área marcada em vermelho. Isso aqui, disse Paulo, são dez hectares, com mato natural e um lago — pequeno, é verdade, mas de água limpa, limpinha. A gente pode dividir isto nuns vinte lotes; convidamos mais uns conhecidos, fazemos um condomínio horizontal. Que tal, gente?

Todo mundo começou a falar ao mesmo tempo: é um kibutz, gritava Bela, um verdadeiro kibutz! Uma colônia de férias, dizia Tânia. Júlio não estava de acordo com a ideia de kibutz: não tem nada disso, nesses condomínios é cada um por si. Paulo, entusiasmado, entrava em detalhes, falava em piscinas, canchas de tênis, um parque de diversões em miniatura, pedalinhos no lago, um campo de golfe. Vocês já imaginaram, dizia Bela, a gente deitar na grama e ficar olhando para o céu azul, ouvindo os passarinhos?

Fernanda, sorrindo, me piscou o olho. Tita, quieta. Paulo dizia que o lugar poderia se tornar muito seguro, com cercas eletrificadas, guardas armados, um sistema de interfones para emergências. Beatriz falava num jardim de infância com babás e psicólogas.

Tânia queria saber detalhes sobre os preços, Joel falava em cavalos: meu sonho sempre foi ter um baio — eta, animal lindo! Tânia admirou-se: pensei que você não gostasse dessas coisas, Joel. Pois aí é que está, disse Joel, aí que está a coisa, Tânia. Você não me conhece, Tânia. Gosto muito de andar a cavalo; só que não posso fazer aquilo que tenho vontade. Porque, se eu pudesse galopar, Tânia, tenho certeza de que o meu mau humor desapareceria.

Calou-se. Fez-se um silêncio — surpreso — ele continuou:

— Tenho sido bruto com nossos filhos, Tânia, tenho batido neles, mas isso é porque me sinto frustrado. Vivo confinado no escritório e nas nossas lojas, me incomodo o dia inteiro, nem à noite consigo desligar. Dormindo, sonho com televisores, filas e filas de televisores. Nas telas desses televisores vejo outros televisores, e nas telas destes mais outros televisores, cada vez menores, vinte polegadas, dezesseis polegadas, oito polegadas, cinco, três polegadas. Enxames de televisores me perseguem. Nessas horas eu daria tudo por um cavalo, Tânia. Galopar ao ar livre me faria um bem imenso. Tenho certeza de que, galopando, deixaria os problemas para trás, Tânia. Voltaria outro para casa, Tânia, amável, bem-disposto. Nossos filhos passariam a me adorar, pode estar certa. Inclusive, eles poderiam aprender a cavalgar. Você também. Vocês teriam aulas particulares de equitação com um bom professor que conheço. Eu compraria cavalos para todos — um cavalo é bem mais barato que um automóvel, Tânia. Galoparíamos todos juntos, Tânia, eu e você na frente, nossos filhos atrás, ou então em fila indiana, sei lá. De qualquer modo, seria toda a família a galopar.

Formidável, disse Tânia, emocionada, formidável mesmo, Joel, eu nunca tinha pensado nisso. Pois é o caso de pensar,

Tânia, disse Joel, porque estou resolvido. E eu estou contigo, querido, disse Tânia, porque também tenho planos.

Pensava num pequeno anfiteatro ao ar livre — segundo o modelo grego — para espetáculos e concertos. E sou eu que vou inaugurá-lo, disse, os olhos brilhantes; com um recital de violino. Surpresa: ninguém sabia que ela tocava violino. Não toco, disse. Mas posso comprar um violino e aprender a tocar, não posso? Meu sonho sempre foi caminhar pelos campos tocando violino. Ou flauta; mas prefiro mesmo o violino. E eu vou aproveitar teu anfiteatro, disse Bela, para montar uma revista musical ao estilo americano, eu cantando e sapateando. Porque cantar, canto bem; e sapateado, posso aprender, a Tânia não vai aprender a tocar violino?

Falava da coisa linda que é sapatear, o som dos saltos metálicos na madeira ou na pedra. Uma coisa no gênero Fred Astaire, disse, é isso que quero fazer. Suspirou: estou cansada de ser iracunda, de destilar o meu veneno sobre as pessoas:

— Vocês não sabem a que ponto cheguei. Esses dias, num chá beneficente da escola, eu disse à diretora que ela enchia a pança enquanto os pobres morriam de fome. E o que é pior, atirei um prato de doces no chão. Felizmente, pouca gente viu, seria um escândalo.

Enxugou os olhos.

— Mas quem é que eu sou afinal, gente, me digam, quem é que eu sou? Uma fanática? Uma terrorista? Uma versão feminina do profeta Jeremias? Uma trotskista? Me digam, é isso que eu sou? Não, minha gente, eu não sou isso. No fundo eu sou uma pessoa normal, eu quero sorrir, eu quero cantar, eu quero semear alegria ao meu redor. Eu quero te amar, Júlio!

Júlio levantou-se, abraçou-a. Beijaram-se demoradamente, sob nossos aplausos. E já Armando se apossava da palavra, falando em cultivar flores — begônias eram suas preferidas —, em criar passarinhos — sou doido por canários-belgas — e coelhos brancos —, meus amigos, não há coisa mais linda que um coelhinho angorá todo branco. (A voz embargada, os olhos úmidos.) Mas essas coisas não são só para passar o tempo, acrescentou, penso também na criação intensiva de peixes, que pode dar bom dinheiro e até pagar as despesas do condomínio. A única coisa que falta...

Interrompeu-se, calou-se.

Seguiu-se um longo, tenso silêncio. Ninguém se olhava. Finalmente, Júlio falou. É um bom negócio, disse, em voz pausada, um pouco trêmula. Estou no ramo há anos e sei que é um bom negócio. Mas não é pelo bom negócio que devemos fazer o condomínio horizontal. É porque aquilo é vida, minha gente. Vida, percebem?

Olhou-nos, engoliu em seco. E continuou: eu sei que vocês pensam que sou ambicioso, que vivo só para negócios. Não é assim, posso garantir. Construí edifícios de carregação, hoje faço apartamentos luxuosos, mas o que eu gostaria de fazer, o sonho de minha vida, é uma cidade inteira, bem planejada, funcional, uma coisa assim como Brasília, mas melhor que Brasília, aproveitando a experiência do pessoal de Brasília, mas sem os erros de Brasília. Uma Brasília humanizada, não sei se vocês me entendem. Uma Brasília menorzinha, sem tanta avenida, mas com muitas árvores e parques. É o meu ideal, desde a faculdade. E esse condomínio — sinto que nesse condomínio posso realizar o meu ideal. Será a obra da minha vida, o empreendimento que fará as pessoas se lembrarem de mim, quando eu não estiver mais aqui.

Foi então a vez de Bela se levantar, emocionada: meu amor, é assim que gosto de te ouvir falar, assim você é gente! Beijou-o. Muito bem, gritava Tânia, muito bem! Quem sabe eles querem ficar sozinhos, disse Armando; ô Paulo, arranja uma cama que o casal aí não se aguenta mais, é agora ou nunca.

Atenção aqui, pessoal, dizia Paulo batendo com a caneta na mesa, quero que vocês estudem as condições de pagamento e me digam alguma coisa. Todos se puseram de novo a falar ao mesmo tempo, Paulo pedindo ordem. Finalmente, resolvemos que daríamos uma resposta o mais breve possível, para que Paulo pudesse acertar o negócio com o proprietário da gleba.

O que é que tu achas, perguntei a Tita, no carro. Não acho nada, ela disse. Mas não te parece que vai ser bom para as crianças, para nós? — perguntei. Pode ser, ela disse.

Parei o carro: mas o que é que está havendo, Tita? Olhou-me: o que é que está havendo com quê? Contigo, eu disse, comigo, com os dois. Não sei do que estás falando, disse, para mim está tudo bem. Então estou louco, eu disse, acho que estou louco, Tita, porque para mim as coisas não me parecem tão bem, acho que estamos nos afastando um do outro. Me diz, tens alguma coisa contra mim?

Tornou a me olhar, e acho que queria que houvesse espanto naquele olhar, mas não havia espanto algum, havia melancolia e indiferença, espanto não.

Nós temos de confiar um no outro, Tita, eu disse. Afinal...

Interrompeu-me: eu sei, Guedali, sei que temos muita coisa em comum, patas e cascos, mas está tudo bem, o que querias que te dissesse?

O carro parado no meio da rua, atrás de nós um enorme caminhão buzinava. Engatei uma primeira, arranquei.

No dia seguinte telefonei: pode contar com a gente, Paulo.

Paulo se encarregou de arranjar outros condôminos e da compra do terreno. Júlio, com sua experiência de incorporador, o ajudava. O dinheiro foi levantado rapidamente. Mesmo assim, não deu para começar logo: dois dias antes do início das obras, derrubaram o Jango. Júlio (até que um dia pegaram vocês, gaúchos!) achou melhor esperar uns tempos para ver em que pé ficariam as coisas. A marcha dos acontecimentos convenceu-o de que o empreendimento estava garantido e que até haveria facilidades: tenho amigos que agora estão por cima, confidenciou-nos. Queixou-se de Bela: deu para me encher o saco, diz que não dá mais para ficar no Brasil, quer que nos mudemos para Paris; e o que é pior, anda metendo coisas na cabeça das outras. Mas eu a acalmo, podem deixar.

A construção das casas ficou a cargo de três arquitetos, sócios, e de gostos muito parecidos. Os projetos eram diferentes o suficiente para quebrar a monotonia — mas seguiam um modelo básico, para evitar invejas e rivalidades. Não vamos nos dilacerar por metros quadrados, dizia Beatriz, vamos conter nossa voracidade. Boa, equilibrada Beatriz; me lembrava Débora, ela. A meu pedido, conversou longamente com Tita: por fim convenceu-a a se submeter a uma psicoterapia.

Com o tratamento de Tita e nossa mudança para o condomínio horizontal, eu esperava que as coisas entre nós melhorassem. Não só esperava; tinha certeza. É que coisas estranhas estavam acontecendo. Coisas estranhas e animadoras.

Talvez por causa do uso prolongado de calças de tecido grosso e da abundante aplicação de cremes hidratantes, o couro de nossas patas se tornava cada vez mais fino, mais semelhante à pele normal. O que não ocorria homogeneamente: formavam-se grandes zonas de rarefação, em que os pelos tinham caído, de modo que as patas apresentavam agora um aspecto geográfico, de mapa.

Também os cascos se adelgaçavam; por causa das botas, talvez, estavam ficando mais compridos — o que nos obrigava, inclusive, a fazer moldes, que eram enviados para o Marrocos, de onde o médico — a preços cada vez mais altos — continuava a nos mandar as botas. Os cascos de vocês estão cada vez mais parecidos com pés humanos, escreveu-nos, e era verdade. Pés iguais aos de nossos filhos.

Eu gostava de brincar com os pezinhos deles. Esfregava-os para vê-los enrubescerem. Pareciam ficar mais túrgidos, como se contivessem tecidos eréteis. Mimosos pezinhos. Meus filhos não passariam pelo que eu tinha passado. Brincávamos de cavalinho: eu de quatro, os dois no meu lombo, eu saía a galopar. Não, não galopava. Engatinhava. Mais como um felino que avançava para surpreender o rato. Só que eu não estava atrás de rato nenhum, os ratos estavam lá no bojo escuro de um cargueiro que atravessava o oceano atormentado, enquanto eu, eu estava em minha casa, com meus filhos e a minha mulher. O cálido clima que nos envolvia ia derretendo de vez meus gelos interiores (que eu uma vez supusera eternos). Bom, aquilo. É verdade que aqueles filhos, robustos, às vezes pesavam demais, mesmo para um ex-centauro. Mas eu não me importava, sabendo que um pai, como Atlas, carrega o peso do mundo no lombo.

Um pouco antes de nos mudarmos, Paulo e Fernanda se separaram. Ela deixou a filha com ele e foi para o Rio com um piloto de aviões.

Fomos visitá-lo, Tita e eu, no apartamento em que estava morando provisoriamente. Mostrava-se muito abatido, mas disposto a continuar vivendo normalmente: vou para o condomínio, quero criar minha filha em contato com a natureza. Se Fernanda voltar, muito bem. Se não, paciência.

Tinha os olhos vermelhos. Abracei-o: não há de ser nada, Paulo, vamos continuar correndo em torno ao campo de futebol. Em torno ao parque do condomínio, corrigiu-me, já mandei fazer uma pista de corrida lá.

Condomínio horizontal

15 de julho de 1965 a 15 de julho de 1972

Foi o próprio Paulo quem fez o churrasco de inauguração, ajudado pela criadagem do condomínio: um grupo de nordestinos, homens e mulheres, membros de uma seita (descoberta por Tânia) que acreditava na remissão dos pecados pelo trabalho exaustivo. Essas criaturas pequenas e escuras, parecidas com o índio Peri, ou mesmo com os Jivaros, moviam-se de um lado para outro, carregando pratos e talheres, murmurando preces.

O sol brilhava, as chuletas estavam excelentes, Tita estava alegre, os gêmeos corriam atrás de uma bola. Vem jogar com a gente, pai, disse um, e o outro acrescentou, quando me aproximei: mas cuidado com tuas botas.

(Nunca nos tinham visto nus. Perguntavam por que andávamos sempre de botas e por que Tita usava calças e não vestidos. Foi o doutor que mandou, eu respondia, com a consciência tranquila: era quase a verdade.)

Júlio se aproximou, copo de uísque na mão. Cambaleava: estava bêbado. Não gosto do jeito que esses nordestinos olham para as nossas mulheres, resmungou. Mas, Júlio, eu disse, eles nem tiram os olhos do chão. Você é que pensa, ele disse, você é gaúcho, os gaúchos não conhecem os nordestinos, eu tenho experiência com esse pessoal. O que é que o Júlio está dizendo? — perguntou Bela. Nada, respondeu Júlio, não é nada que te interessa. Eu sei o que é, disse Bela, furiosa. Você está falando mal dos nordestinos, dessa pobre gente. Você, Júlio, além de ser explorador e reacionário, ainda é ingrato. Esse pessoal está aí trabalhando enquanto você come, e você se queixa deles. É uma pouca-vergonha, Júlio.

Chamou um dos empregados, disse que se servisse à vontade do churrasco. Obrigado, dona, disse o homem, nós temos nossa comida, a senhora não precisa se incomodar. Viu? — dizia Júlio, triunfante. O que foi que eu sempre disse? Tem de saber tratar com esse pessoal!

Enquanto Júlio e Bela discutiam, Tita e eu fomos ver nossa casa, que estava sendo mobiliada — éramos os únicos que ainda não tínhamos nos mudado, mas pretendíamos fazê-lo breve. Era uma bela casa, em estilo mediterrâneo, como as do Marrocos. Em cima ficavam os quartos e o terraço; embaixo, o living, o escritório, a sala de jantar, a sala de TV, o quarto de brinquedos. E havia ainda uma adega, no subsolo. Estava me custando uma fortuna, aquilo, mas eu não me impressionava: os negócios estavam cada vez melhores.

Nos mudamos e constatamos que era muito boa a vida no condomínio horizontal. Tudo funcionava bem, a creche, o miniparque de diversões, o serviço de vigilância: os guardas armados não deixavam ninguém entrar sem autorização, patrulhavam a área dia e noite. Compramos uma caminhonete para fazer o transporte entre o condomínio e a cidade. Paulo veio me apresentar o motorista. Homem de inteira confiança, substituiria também os guardas que faltassem à noite. É teu conterrâneo, disse Paulo, sorrindo.

Pedro Bento. Reconheci-o imediatamente. E não havia dúvida: era mesmo o motorista do táxi — que eu chegara a esquecer.

Ele não me reconheceu, porém — nem sequer pelo nome. Quantos Guedali poderia ter conhecido? Mas não se lembrou.

Depois que saiu, fiquei pensando. Pedro Bento não me identificara; mas isso poderia ocorrer de um momento para o outro — um circuito se fechando naquele cérebro, e ele recordando o centauro a galopar. Um risco que eu não poderia correr. Mas, como evitá-lo? Despedindo-o? Sob que pretexto? Para Paulo, o cara era de confiança. Que história inventar?

Resolvi partir para um ataque direto. Liguei para a portaria, pedi que mandassem Pedro Bento à minha casa. Pouco depois ele chegava:

— Às suas ordens.

Levei-o para o escritório, fechei a porta. Ficou diante de mim, chapéu na mão, desconfiado mas servil. Não te lembras de mim, perguntei. Me olhou, atento: confesso que não, doutor, o senhor me perdoe. Lá no interior de Quatro Irmãos, eu disse. Tornou a me examinar, arregalou os olhos: mas... é o filho do Leão, aquele que tinha pata que nem cavalo! Conteve-se: desculpe, mas é que...

Tranquilizei-o: tudo bem, Pedro Bento, não te preocupa. Ele ainda parecia incrédulo: mas ainda que mal pergunte, doutor, onde é que estão...

— As patas? — Sorri. — Não tenho mais, fui operado.

Sentei-me, indiquei-lhe uma cadeira. Obrigado, disse, estou bem de pé.

Eu o olhava, ele evitava me fitar. Me conta, eu disse, como vieste parar aqui. Suspirou: ah, doutor, nem queira saber o que me aconteceu. Depois que vocês saíram lá de Quatro Irmãos, me aconteceu de eu emprenhar uma chinoca. Meu velho ficou fulo, me botou para fora de casa. Andei uns tempos em Porto Alegre, vagabundeando, me meti numa briga, dei um pontaço de faca num cabra, ele quase morreu, peguei três anos de cadeia. Quando saí, arranjei um emprego num circo, me engracei com a domadora, ela acabou me trazendo para São Paulo, disse que era daqui, que conhecia muita gente, que ia me arranjar um bom emprego. Não me arranjou bosta nenhuma. Acabamos brigando e foi até uma coisa muito engraçada. Riu:

— Foi num Carnaval, Guedali. Ela queria que a gente se fantasiasse de bicho. De centauro. Quando disse como era a tal fantasia, eu falei: mas isso eu conheço! Isso é o Guedali! Ela ficou muito admirada, disse que também conhecera um centauro, perguntou se eram muito comuns no Rio Grande. Bom, para encurtar o caso, nos fantasiamos, fomos para a rua, acabamos brigando, eu dei umas porradas nela, ela me largou e sumiu. Eu aí trabalhei em muitos lugares, mas nunca me acertei em emprego nenhum.

E o táxi, perguntei. O táxi? Demoli numa batida, ele disse.

Ficou em silêncio.

— Quer dizer — observei — que não és de tanta confiança assim quanto o Paulo pensa. Fez uma cara angustiada: mas o senhor não vai contar para o doutor Paulo essas coisas! Depende, eu disse.

Ele me olhava. Aterrorizado, via-se. Gostas deste emprego, perguntei. Sorriu, agoniado: ah, doutor, melhor seria impossível. Ganho bem, estou bem alojado. Pois então, eu disse, trata de ficar quieto — a respeito daquele assunto de Quatro Irmãos. Quanto a isso, garantiu, o senhor não se preocupe, sou um túmulo.

Levei-o até a porta. Antes de sair, voltou-se: pelo amor de Deus, doutor, me deixa ficar aqui. Não te preocupes, eu disse. Anda na linha, que nada te acontecerá.

Aquela foi uma semana de surpresas. Dois dias depois — um

sábado — telefonaram da portaria. Um homem queria falar comigo. Diz que é seu irmão, informou o guarda. Mas eu desconfiei, não quis deixá-lo entrar.

Fui até lá.

Era Bernardo mesmo. Irreconhecível. Parecia um *hippie*: cabelos compridos e desgrenhados, camiseta de meia, calças jeans desbotadas, chinelos. No pescoço, suspenso de uma corrente, um grande relógio, o Patek Philipe do meu pai. Roubei, disse Bernardo, ao mesmo tempo que me abraçava, efusivo: tudo bem, gurizão? Os guardas nos olhavam, espantados. Agarrei Bernardo pelo braço, levei-o para casa. Desisti, disse ele, sentado no chão do escritório, as pernas cruzadas. Desisti de tudo, de ganhar dinheiro, de comprar um carrão, desisti da mulher — aquela chata —, do filho, de tudo. Enchi o saco, Guedali, enchi mesmo.

— Mas o que é que estás fazendo, então? — Eu não podia acreditar no que estava vendo, ouvindo. Riu: eu? Nada. E a gente precisa fazer alguma coisa? Vivo aqui no eixo Rio-São Paulo, picareteando um pouco, fazendo um pouco de artesanato, morando com uma mulher aqui, outra ali — vivendo, Guedali, vivendo. Eu não sabia o que era vida, Guedali. Eu lá em Porto Alegre não sabia o que era vida, agora sei.

Tirou um cigarro de palha do bolso, acendeu-o. Não te assusta, disse, não é maconha, é um palheiro mesmo. Sempre gostei de palheiro, desde o tempo de Quatro Irmãos, só que o velho não me deixava fumar. Agora fumo quanto quero.

Olhou ao redor: estás bem instalado aqui, Guedali. Boa casa, bons móveis. Fez uma careta de desgosto: mas para que esses guardas, essas cercas? Isto aqui parece uma prisão, rapaz!

Levantou-se, levantei-me também, me pôs a mão ao ombro: vim para me reconciliar contigo, Guedali. E para te fazer um convite: não queres percorrer as estradas comigo? Isso é que é viver, mano. Andar por aí é viver. Vamos? Obrigado, eu disse, estou bem aqui, Bernardo, prefiro ficar. Encolheu os ombros: tudo bem. À porta, voltou-se:

— Bom, já que não queres ir comigo, me dá uma grana, então.

Dei-lhe dinheiro, me abraçou, efusivo, e seguiu pelas aleias apedriscadas. Da portaria, ainda me abanou.

Se as coisas funcionavam tão bem no condomínio, era porque Paulo se dedicava por inteiro à administração — e à filha, naturalmente. Não tinha tempo para mais nada, a não ser para correr comigo ao redor do parque. Precisas te casar de novo, eu dizia, e ele não respondia nada, ofegava, a corrida lhe era cada vez mais difícil. Um dia Fernanda voltou, pedindo perdão: fui uma louca, disse. Caíram nos braços um do outro, chorando. Na noite seguinte oferecemos um jantar em homenagem aos dois. Fernanda e Paulo sorriam, abraçados. Como é bom estar de volta, ela dizia.

Paulo parecia ter renascido, voltou a ser o homem loquaz e sorridente de antes. Tomou a iniciativa de nos reunir todos os fins da tarde, no bar do salão de festas, para um drinque. Sentados nas confortáveis poltronas ficávamos batendo papo, sobre negócios ou futebol. A certa altura, Júlio — ou Joel, ou Armando, ou mesmo Paulo — baixava a voz: vocês conhecem aquela apresentadora da TV? E então vinha a história de uma tarde passada num motel: que mulherão, meus caros. Ríamos, nos entusiasmávamos, e uma história puxava a outra. Às vezes bebíamos demais e foi numa dessas que falei da domadora. E aí descrevi minha vida como centauro, contei como encontrara Tita, falei da operação.

Quando terminei fez-se um silêncio, só quebrado pelo tilintar do gelo nos copos.

Eu também nasci com um defeito, disse Júlio, de repente. Eu tinha um rabo, pequeno — vinte centímetros, se tanto — mas peludo, rabo de macaco. Meus pais ficaram horrorizados. Mas o *mohel*, quando me fez a circuncisão, aproveitou e cortou também aquela coisa.

— E eu? — disse Joel. — Eu, que nasci cheio de escama, como se fosse um peixe?

(Olhei-o. Tinha realmente cara de peixe; nunca tinha reparado antes, mas era igual a um linguado.)

— Felizmente — acrescentou — as tais de escamas caíram sozinhas.

— Sem tratamento? — perguntou Júlio.

— Sem tratamento — disse Joel.

— Nenhum cremezinho, nada?

— Nada. Caíram sozinhas.

Me olhavam fixo. De súbito, começaram a rir. Riam às gargalhadas, paravam um pouco, tomavam fôlego, me apontavam e tornavam a rir. Eu os olhava, sombrio. Abaixei-me, soltei da bota a perna da calça, puxei-a para cima.

— Olhem aqui.

Pararam de rir, enxugaram os olhos. O que é que tem, perguntou Júlio. Não estão vendo nada?, gritei. Não tem nada demais aí, disse Joel.

— E isto aqui?

O que eu mostrava: na perna, próxima ao joelho, uma ilha — três centímetros de diâmetro — de uma pele grossa e escura, na qual cresciam uns pelos ásperos. Aquilo era tudo que tinha sobrado do couro de cavalo.

— Ora, Guedali — disse Paulo —, isso aí é um sinal de nascença. Eu também tenho um. A Fernanda até goza comigo, diz que...

A Fernanda é muito gozadora, berrei. Pergunta a ela sobre a minha pica, Paulo! Pergunta se não é grande, se não é pica de cavalo! Pergunta, Paulo! Arregalou os olhos, pálido — e então atirou-se sobre mim, possesso: seu sujo! Canalha, nojento! Engalfinhei-me com ele, empurrou-me, rolei pelo chão. Bêbado como estava, não conseguia me levantar. Joel e Armando me carregaram para fora, Júlio continha Paulo, que gritava, eu mato esse desgraçado, eu mato.

Levaram-me para casa. Que houve, perguntou Tita, assustada. Nada, disse Joel, teu marido bebeu demais, disse bobagem.

Puseram-me na cama, vestido como estava. Adormeci. Acordei às duas da manhã, a cabeça estourando e cheio de remorsos. Liguei para a casa do Paulo. Ele saiu, disse Fernanda, numa voz ácida (saberia já do ocorrido?). Foi dar uma volta por aí, não podia dormir.

Levantei-me, tonto, saí. Eu sabia onde encontrá-lo: fui até o parque, e lá estava ele, sentado junto à fonte luminosa, de camiseta, bermuda e tênis, ainda ofegante — tinha acabado de correr. Pus-lhe a mão no ombro: me perdoa, Paulo, murmurei. Perdi a cabeça, te juro. Me perdoa.

Fitava-me, olhar inexpressivo. Ali ficamos, eu de pé diante dele, me sentindo como um réu.

— Não tem importância — ele disse, finalmente. — Não tem nenhuma importância, Guedali. Aliás, não foi só com você, com o Júlio também. Mas o que é que eu posso fazer? Gosto dela assim mesmo. E a criança precisa de mãe, Guedali. Só Fernanda consegue acalmá-la, dar-lhe de comer. Quando me deixou, fiquei quase louco, você sabe.

Suspirou, levantou-se:

— Está tudo bem, Guedali. Vem, vamos correr um pouco.

Acompanhei-o. Foi um sacrifício: de repente, os cascos me doíam terrivelmente. Mal pude completar as seis voltas.

A muito custo consegui chegar em casa. Tive de me deitar: a dor aumentava sempre. A sensação era de que os cascos se abririam a qualquer momento, como favas secas.

(Que se abrissem, eu não temia: meu temor era outro. Que

contivessem não embriões de pés, com pequenos brotos à guisa de dedos, mas sim outros cascos, e estes, outros, e estes outros, outros — como as bonecas russas de que meu pai falava — até que, portador de cascos microscópicos eu já não pudesse andar, tendo de me contentar em examinar as extremidades com lentes, e lembrando os dias em que, ao menos com botas, eu pudera caminhar.)

Os cascos se abriram alguns dias depois daquela penosa corrida noturna. Não continham outros cascos, e sim pés mesmo, pequenos e delicados como os de um bebê. Nos primeiros dias estavam tão sensíveis que não pude caminhar. Eu já estava de cama, e continuei de cama, Tita me fazendo fricções com areia na sola dos pés, procurando estimular o desenvolvimento de uma camada córnea na pele. Aliás, os cascos dela também já mostravam rachaduras; mais dia, menos dia estarás de pés novos, eu dizia, gemendo de dor, enquanto tentava andar sobre um tapete macio. Por fim me habituei a caminhar e pude ir, de chinelos, comprar sapatos. Foi com emoção que enfiei as meias e os sapatos (muito bons, feitos sob medida por um especialista, que me olhou, curioso, mas não perguntou nada). Mas não era a mesma emoção dos primeiros passos dados na clínica. Foi inclusive com uma certa indiferença que, aquela noite, queimei as botas na lareira. O momento marcava o fim da minha dependência do médico marroquino — a quem eu não deixava de estar grato. Precisamos visitar esse homem, eu disse a Tita.

Os gêmeos vibraram ao me ver de sapatos; as outras crianças do condomínio já não debochariam deles por causa do pai esquisito. Agora só falta você, mamãe, diziam, num tom de acusação. Ela concordava, silenciosa, com a cabeça.

Em 1972 viajamos para Israel e para a Europa, os quatro casais. Estivemos em Jerusalém, onde, com o *talit* que o *mohel* me dera (e que já não caía sobre nenhum lombo de cavalo), rezei diante do Muro das Lamentações. Escalamos a montanha da Fortaleza de Massada, último reduto da resistência judaica contra os romanos. Tomamos banho no mar Morto e no mar Vermelho. Todos nós, menos Tita, que ainda não podia tirar as botas (por que razão os cascos não tinham caído? A demora me inquietava, mas eu aprendera a ser paciente. Um dia os pezinhos dela aparecem, eu pensava). Fomos às colinas de Golan e à fronteira com o Líbano, tiramos fotografias diante de casamatas destruídas e de cercas de arame farpado. Num kibutz jogamos uma partida de futebol de salão contra uns argentinos. Eles de camisetas brancas, nós de camisetas azuis. O juiz trilou o apito e avançamos contra eles, os quatro amigos, os quatro cavaleiros. Foi uma verdadeira batalha, uma prova a que até então eu não tinha submetido meus pés. E eles não me decepcionaram: as botinadas que dei deixaram suas marcas nas canelas dos adversários. Fiz os dois gols de nosso time.

Fomos a Roma, Paris, Londres. Em Madri, Tita e eu nos despedimos do pessoal, Júlio me olhando com ar suspeitoso: desconfiava que eu me aproveitava de uma viagem de turismo para fazer negócios. Estava certo, mas não totalmente certo. Eu pretendia renovar contatos com exportadores e importadores: mas o que eu queria, mesmo, era rever o médico marroquino. Descemos para o sul da Espanha, fazendo um trajeto oposto ao das hordas mouras que invadiram a península Ibérica; atravessamos o Mediterrâneo de navio, e uma tarde um táxi nos deixou diante do portão da clínica.

Achei o lugar decadente. Os muros precisavam de pintura; o portão, enferrujado; não havia guarda nenhum ali. Os jardins estavam abandonados, a água já não corria na fonte. De repente avistamos o médico marroquino.

Tinha envelhecido muito. O andar era trôpego, o cabelo, ralo, estava grisalho, já não usava os óculos escuros. Reconheceu-

-nos, abraçou-nos efusivo, convidou-nos a entrar. Sentamos em seu consultório, agora sujo e desarrumado. Serviu-nos chá morno de uma garrafa térmica, perguntou-nos como estávamos. Muito bem, eu disse. Contei de nossa vida no condomínio horizontal, falei dos gêmeos; terminei tirando os sapatos e mostrando-lhe os pés, que ele examinou com interesse. É um milagre, murmurou, um verdadeiro milagre. E a senhora, perguntou, dirigindo-se a Tita. Ela ainda está com os cascos, eu disse, mas, pelo que aconteceu comigo, acho que é só questão de tempo.

Fico contente de ver que vocês estão bem, suspirou. Vocês foram os meus melhores casos, o ápice de minha carreira. Nunca obtive resultados tão brilhantes. Cheguei a escrever uma monografia a respeito.

Levantou-se, foi buscar o manuscrito. *Los Centauros: Descripción y tratamiento por la cirugía en dos casos* era o título.

— Não cheguei a publicar o trabalho — disse. — Ninguém acreditaria. Nós, os médicos, somos uns céticos. Mas vocês foram, sim, a glória da minha carreira.

Ficamos em silêncio. De repente lembrou-se de algo, sorriu: sabem que fui procurado por um rapaz com um problema semelhante? E vejam que coincidência: também era do Brasil, ele. Mas desistiu da cirurgia. Aliás, fugiu da clínica.

Tornou a suspirar: depois que vocês se foram, nada mais deu certo, as coisas começaram a correr mal, mal — de mal a pior.

Uma série de cirurgias infelizes, com vários óbitos — entre eles o de uma importante figura do governo —, fizeram com que a polícia fechasse a clínica, por ordem de um juiz. Depois de alguns anos, durante os quais gastou tudo o que tinha, permitiram-lhe que reabrisse, mas já não era a mesma coisa; os clientes famosos já não o procuravam, as revistas internacionais não queriam entrevistá-lo.

— Fui obrigado a diversificar minhas atividades — disse.

— Agora faço abortos... E também recebo velhos xeques árabes — a maioria arruinados — como pensionistas. Não é como antigamente, senhor Guedali, posso garantir.

Seu rosto se iluminou: acabo de me lembrar que tenho um presente para vocês! Levantou-se, saiu precipitadamente, voltou com um curioso objeto: um tambor de barro, artisticamente decorado. O couro estava furado em vários lugares.

— Este tambor — disse — foi feito com o seu couro, senhor Guedali. Os nativos o devolveram. Disseram que o couro não era de boa qualidade, que se esgarçava. Devolveram também o espanta-moscas, esse não sei onde está. O senhor não quer ficar com este interessante *souvenir*? Por uma módica quantia será seu.

Dei-lhe o dinheiro, mas pedi que queimasse o tambor. Não quero nada que me lembre o passado, expliquei. Compreendo, ele disse.

Lembrei-lhe que Tita continuava necessitando de botas. Tranquilizou-me: que não me preocupasse, o sapateiro estava muito velho, quase à morte, mas ele conhecia outro artesão capaz de desincumbir-se perfeitamente da tarefa. Volte para o Brasil descansado, concluiu.

Viajamos para Amsterdã e de lá voltamos, os quatro casais, para o Brasil. Os gêmeos nos esperavam no aeroporto, um com a camiseta do Internacional, outro com a do Corinthians.

Encontramos tudo bem, no condomínio horizontal. Estava tudo tranquilo, e tranquilo continuou. Até a noite de 15 de julho de 1972.

Naquela noite, me encontrei com Paulo no clube do condomínio para uma conversa séria. Estávamos planejando, os dois, uma nova empresa. Ele não estava satisfeito em seu ramo de negócios, nem eu no meu: as perspectivas não eram boas, eu tinha informações seguras de que o governo adotaria medidas para restringir as importações — o grosso do meu faturamento. Paulo pensava numa firma não muito grande, na área de consultoria e assessoria. Havia também uma proposta de Júlio para que fôssemos trabalhar com ele em construções. Mas ser empregado não me agrada, dizia Paulo, mesmo empregado do Júlio. Discutindo essas questões ficamos no clube até tarde.

Quando voltei, Tita estava na cama, lendo. Tirei a roupa, deitei-me, adormeci quase imediatamente. Acordei logo depois: Tita me sacudia. Que foi, resmunguei, tonto de sono. Ouvi um barulho lá embaixo, sussurrou. Olhei o relógio: duas e quinze. Impressão tua, eu disse, e me voltei para o outro lado. Tornou a me sacudir: mas eu ouvi um barulho, Guedali! Acho que tem alguém lá embaixo.

Aquilo era um absurdo. Quem poderia estar ali? As empregadas estavam dormindo havia tempo, os gêmeos passavam o mês de julho em Porto Alegre com os avós, ladrão nenhum passaria pelo sistema de segurança do condomínio. Foi o que lhe expliquei.

Ela, porém, continuava a insistir: tem alguém lá embaixo, Guedali, estou segura. Pois que tenha alguém lá, eu disse impaciente, que roube tudo, pouco me importa: estou cansado, trabalhei o dia inteiro, quero dormir. Então pega o telefone e chama os guardas, ela disse. Mas tu estás louca? — perguntei, espantado. — Acaso pensas que vou alarmar os guardas, fazer um escândalo, por causa das tuas alucinações? Então eu vou lá embaixo, ela disse furiosa. Vai, eu disse. Virei-me para o outro lado, dormi de novo.

Acordei algum tempo depois, sobressaltado: Tita não estava na cama. Lembrei da história do barulho, chamei-a, alarmado.

Estou aqui embaixo, ela disse. Mas o que estás fazendo aí, perguntei. Estou terminando o cigarro, disse, já vou, não gosto de fumar na cama. Aquilo era estranho: ela nunca se levantara para fumar. Mas eu estava muito cansado para fazer indagações. Voltei a adormecer, e, de manhã, já tinha esquecido o episódio.

Durante toda aquela semana me reuni com Paulo. Ele estava indeciso, eu também; me parecia que andávamos em círculo, o que me exasperava. Finalmente, na noite de 15 de julho de 1972, resolvi encerrar o assunto de qualquer maneira. Ou formaríamos uma nova firma, ou iríamos trabalhar com Júlio, ou não seria nem uma coisa nem outra — eu queria uma solução.

— Estou no clube, conversando com o Paulo — avisei à Tita. — Vou demorar, não me espera.

Ao chegar ao clube, porém, não encontrei Paulo. Não apareceu aqui, disse o ecônomo. Aquilo me pareceu uma desconsideração; aborrecido, voltei para casa.

Abri a porta, entrei. Estou de volta, gritei, o Paulo...

Detive-me. Não podia crer: o que era aquilo que estava diante de mim? O que era aquilo que eu estava vendo — e que não estava na tela de um cinema, nem num livro, nem na minha imaginação —, estava ali, na minha frente, sobre o tapete do living me olhando?

UM CENTAURO. Um centauro de verdade

(de verdade, sim, de verdade: porque a primeira coisa que me ocorreu foi que fosse um boneco, um manequim de centauro, uma estátua que a Tita — mas seria macabro, por parte dela — tivesse comprado para decorar o living)

de pelo todo branco, muito bonito. E muito jovem: tórax e braços bem desenvolvidos, mas rosto de adolescente: cabelos compridos, olhos claros, um belo rapaz. Não teria mais de vinte anos.

Junto a ele, Tita. Na verdade, estavam abraçados.

Abraçados: Tita e o CENTAURO. Separaram-se rapidamente quando entrei, mas antes estavam abraçados.

Durante uns minutos ficamos em silêncio. Eu os olhava: o rapaz, imóvel, de olhos baixos, vermelho até o pescoço. Tita, fumando, procurava esconder a perturbação.

Acho que não adianta esconder nada, disse Tita. Havia um tom de desafio em sua voz que me irritou: era como se estivesse cheia de razão. Quem é ele, perguntei, me contendo a custo. Um centauro, ela disse. Que é um centauro estou vendo, eu disse, a voz já alterada, não sou idiota. Quero saber quem é este senhor centauro, o que está fazendo na minha casa, agarrado na minha mulher. Bem, começou Tita, já insegura, ele apareceu...

Interrompi-a:

— Tu, não. Tu não falas. Ele é quem fala. O centauro. Ele vai contar tudo. Direitinho, sem mentir.

O rapaz, ainda arregalado, hesitou um instante e a seguir, numa vozinha fina, balbuciante, começou a falar.

A história do centauro.

Nasce, não no interior, como Tita e eu, mas numa bela casa, numa praia elegante de Santa Catarina. Os pais, jovens — é o primeiro filho —, são gente abastada: ele, filho do dono de uma fábrica de móveis; ela, rica herdeira, ambos de Curitiba. O parto, prematuro, é feito por um médico amigo do casal, que veraneia na mesma praia. Mesmo apavorado com o disforme bebê que traz ao mundo, o doutor consegue concluir a tarefa.

Passado o choque inicial, ele chama o pai a um canto. É um monstro, diz, não sobreviverá, se você quiser termino logo com isso. Não, diz o homem, chorando, é meu filho, não tenho coragem, só se minha esposa quiser. O médico interroga inutilmente a jovem senhora: não responde, os olhos fixos no teto.

(Tal como minha mãe, o choque deixou-a traumatizada, muda.)

Três dias depois voltam para casa. No carro, oculto entre cobertores, levarão o centaurinho — que daí em diante manterão sempre escondido. Todo o andar de cima da casa é reservado para isso, os pais restringem-se ao térreo para sua própria moradia. As empregadas sabem que em hipótese alguma devem subir a escada, o que dá origem a muitas especulações na vizinhança, alguns falando até em fantasmas. Que surpresa teriam esses idiotas se pudessem ver os aposentos proibidos! Não só pelo centauro; também pelo centauro, mas não só pelo centauro. Pelos brinquedos — milhares — e jogos, e aparelhos de som, e projetores e televisores e livros coloridos, um deslumbramento, um mundo encantado. No meio daquelas maravilhas, o centauro.

Cresce triste, mas não revoltado; melancólico, porém gentil. Mostra-se grato aos esforços que os pais fazem para lhe amenizar a vida. Tem suas crises, chora, dá patadas nas paredes, mas isso quando está só; na frente dos pais, contém-se. Porque são bons para ele, os pais; carinhosos, fazem com que esqueça a sua condição de centauro, a sua espantosa solidão; para que preciso de amigos, se pergunta (e mais tarde: para que preciso de namorada?), se tenho um pai e uma mãe tão bons? Sobem todas as noites para vê-lo, ficam junto dele, comentando as pequenas novidades do dia e acariciando-o. Não me importo de ter patas e rabo, diz aos pais; pior são os corcundas, os que nascem sem pernas ou sem braços, como as vítimas da talidomida. Mas você não gostaria de sair, de conhecer o mundo?, pergunta-lhe o pai, angustiado. Vocês são meu mundo, responde, abraçando-os.

E então, o acaso. Num chá beneficente a mãe dele conhece a simpática esposa de um advogado — Débora. Tornam-se íntimas, uma noite a pobre mulher desabafa, conta a história do filho. Débora, assombrada, diz que conhece um caso igual.

— E há solução! — exclama. Fala na clínica do Marrocos: fazem-se milagres lá.

Os pais consultam o médico amigo, que fez o parto, e que é o único a saber da existência do centauro. Acho que vale a pena arriscar, diz.

O jovem centauro, porém, se recusa a ir para o Marrocos, apesar dos argumentos dos pais e do médico. Diz que não sairá de casa e pronto. Mas não quer se operar, não quer ficar bom? Não. Não se considera doente, não precisa de operação alguma: é diferente, só isso. E, enquanto tiver o amor dos pais, estará tudo bem. O médico intervém, furioso: ah, não, isso é demais. Que tenha nascido com corpo de cavalo, vá lá, foi uma desgraça, uma coisa inevitável. Agora, que não queira se operar — essa não! Vai para o Marrocos, sim senhor. Vai por bem ou vai por mal.

A mãe começa a chorar; o pai, acabrunhado, deixa-se cair numa poltrona. Por fim, o rapaz decide: vai para o Marrocos, mas vai só. Por que só? — pergunta o médico. Posso ir junto. Vou só, grita o rapaz, ou não vou!

Terminam por concordar. Embarcam-no num navio, num compartimento do porão preparado especialmente com geladeira, privada química etc. Chega ao porto, lá está o furgão preto a esperá-lo. Na clínica, o médico marroquino examina-o. Não há dúvida, é exatamente igual aos dois outros casos. Exulta: terá a maior estatística do mundo em cirurgia de centauros! (E o dinheiro virá bem: passa por uma crise financeira.) Vamos operar logo, diz.

O rapaz, porém, ainda reluta. Tem medo, pede uns dias de prazo.

De nada lhe adianta: cada vez se sente mais desamparado, mais atemorizado. Passa os dias chorando, com saudades dos pais. Mas tem vergonha de voltar ainda como centauro, ainda com patas e cauda, sem ter se operado; sente que, à semelhança dos espartanos, deve voltar da batalha com seu escudo ou sobre ele.

É então que começa a pensar no casal de centauros, aqueles que foram operados. Se pudesse conversar com eles! Tem certeza que — como os pais — o compreenderiam, o ajudariam. Que o convençam a se operar, é o que espera. Formula um plano desesperado: viajará para o Brasil; procurará os ex-centauros, pedirá conselho, apoio. Uma vez animado, disposto, voltará ao Marrocos para a cirurgia.

Na calada da noite penetra na sala do médico. Descobre no arquivo a ficha dos centauros. Há um endereço — para onde são enviadas certas botas — que ele anota. No dia seguinte diz ao médico que, por enquanto, não pretende se operar; mais tarde, talvez. Agora voltará ao Brasil.

Viajando no mesmo cargueiro que o trouxe, chega a Santos. Antes que o navio atraque, lança-se à água. Agitando desesperadamente as patas — não sabe nadar — dá à costa.

Galopa à noite, esconde-se de dia. Uma madrugada — imprudência, reconhece-o depois — mete-se numa casa que lhe parece abandonada, isso já perto de São Paulo. Imprudência, porque a casa *não* está abandonada: de manhã, acorda com alguém à sua frente, olhando-o — um homem de meia-idade, cabelos desgrenhados, camiseta de meia e, detalhe curioso, um grande relógio pendendo por uma corrente do pescoço. Assusta-se, quer fugir, o homem o acalma, pergunta de onde veio. E diz que — estranha coincidência — conhece outro centauro, seu irmão Guedali. Guedali, diz o rapaz, é justamente a ele que procuro! O homem ensina-lhe então o caminho do condomínio horizontal, que fica a alguns quilômetros dali. À noite chega ao local. A cerca eletrificada não é problema: vence-a com um salto, protegido pela escuridão.

Descobre nossa casa. A porta dos fundos — um descuido de Tita — está aberta. Entra, fica parado no escuro, sem saber o que fazer, indeciso entre esperar ou chamar alguém —, até que começa a clarear o dia, ouve as vozes das empregadas na cozinha. Assustado, esconde-se na adega. Ali mata uma fome de dias: devora conservas, toma vinho; adormece, meio bêbado.

Quando escurece, sobe de novo, abre a porta da adega, chega ao living; de novo, indeciso quanto ao que fazer. E então ouve barulho de passos na escada, apavora-se, quer fugir, mas é tarde demais — e mesmo não há por que fugir, quem está ali é a Tita, a que foi centaura, agora uma bela mulher — tão linda quanto na foto que o fascinou.

Olham-se. Tita não parece assustada, nem surpresa, é como se o esperasse. Sorri, ele sorri também. Ela o toma pela mão, leva-o para o desvão sob a escada. Ali ficam conversando baixinho, horas, contam-se suas histórias. Antes de se ir, ela o beija. Um beijo no rosto, carinhoso, mas já é amor. Está apaixonada pelo rapaz.

À tarde, dá folga às empregadas, desce à adega. É ali, no escuro, que eles se amam. Ali, como é bom, ela geme, e quer mais e mais.

Uma noite — 15 de julho de 1972 — ele ouve minha voz, da porta: vou demorar, não me espera. Afoito, sai da adega. Louco, louquinho, diz ela, abraçando-o, volta já para o teu esconderijo.

Ele agora está concluindo sua história. Trêmulo, morrendo de medo, vê-se. Está dizendo que só queria conversar conosco, esclarecer umas dúvidas; mas já está indo embora, não pretendia incomodar ninguém.

Mas não é para ele que olho. É para Tita. Não há dúvida: está mesmo apaixonada pelo rapaz. Uma coisa avassaladora. Esqueceu-me, esqueceu os nossos filhos, tudo. Só tem olhos para o centauro. Sinto que é preciso fazer alguma coisa, e rápido, porque...

A porta se abre, um grupo irrompe por ela, gritando — feliz aniversário, feliz aniversário! — Paulo e Fernanda, Júlio e Bela, Bela carregando uma torta, Armando e Beatriz, Armando com duas garrafas de vinho, Joel e Tânia, Tânia com um buquê de flores — e de repente me lembro, é o aniversário de inauguração do condomínio, uma data que celebramos sempre; por isso eu não havia encontrado Paulo no clube, porque ele fora em busca dos outros, para a festa.

Bela deixa cair a torta. Estão todos aturdidos, olhando o centauro. Parados, galvanizados por aquela visão. De repente:

— Chamem os guardas! — berra Tânia, histérica. — Pelo amor de Deus, chamem os guardas!

Com um grito espantoso, o centauro salta, joga-se contra a enorme janela, desaparece em meio a uma chuva de vidros quebrados. Espera — grita Tita, correndo, Beatriz tenta segurá-la, ela livra-se com um safanão, sai porta afora, nós todos atrás, Paulo gritando, mas o que era aquilo, Guedali, que era aquilo? Cala a boca, grito, e neste momento ouvimos o latido de cães e tiros, vários tiros em rápida sucessão. Corremos para o parque, de longe avistamos os guardas, ao redor do chafariz — e o centauro, caído de borco, em meio a uma poça de sangue.

Tita corre à minha frente, gritando sempre. Faço um esforço desesperado, antes que chegue ao chafariz, consigo alcançá-la, seguro-a pelo braço. Me solta, animal! — berra, o rosto transtornado de ódio e de dor; não a solto, seguro-a firme, puxo-a para mim. Resiste, me golpeia o rosto, o peito com os punhos fechados. Por fim se afrouxa; meio desfalecida, deixa que eu a conduza de volta para casa. Deito-a na cama. A campainha soa insistente.

Desço, vou abrir. É Pedro Bento, o revólver ainda na mão. Está lívido, sua abundantemente.

— Era teu filho, Guedali? — pergunta, baixinho. Não respondo, olho-o apenas. Ele continua: me perdoa, Guedali, se era teu filho.

— O pessoal se assustou, começou a atirar, quando cheguei no chafariz ele já estava morrendo, só dei o tiro de misericórdia, na cabeça, para ele não sofrer.

Lá em cima, o choro convulso de Tita. Está tudo bem, digo a Pedro Bento, e fecho a porta.

É estranho: dos três dias que se seguiram pouco me lembro. É certo que na manhã seguinte à morte do centauro fui para o centro da cidade. É certo que não me dirigi para o escritório, como de costume, e sim para um pequeno hotel, onde me registrei como hóspede. Também me lembro de ter ido a uma agência de viagens e de ter providenciado o passaporte, bem como de ter retirado dinheiro do banco e de ter vendido ações e letras e de ter comprado uma mala e algumas roupas. Do resto, porém, do que aconteceu nas longas horas desses dias quase nada recordo. A maior parte do tempo fiquei trancado no quarto do hotel, ora olhando TV, ora dormindo (e dormia muito; quando acordava, nem sabia se era dia ou noite), ora pensando. E do que pensei então, dos planos que fiz, que devo ter feito, do propósito que me tracei para a viagem, nada me lembro. Só sei que quando chegou o momento me dirigi ao aeroporto, aonde cheguei justo a tempo. Pouco depois estava no avião, voando para o Marrocos.

Marrocos

18 de julho de 1972 a 15 de setembro de 1972

Encontrei a clínica num estado desolador. Os muros, antes já sujos, manchados, agora estavam caindo; o portão já não existia. Um cachorro vadio dormitava ao sol; quando me aproximei, acordou e pôs-se a rosnar, ameaçador. Bati palmas, gritei. Por fim apareceu o auxiliar do médico, soturno, envelhecido. Me fez entrar. Respondendo por monossílabos às minhas perguntas, conduziu-me pelo jardim, onde algumas roseiras ainda sobreviviam em meio a um matagal de plantas daninhas e lagartos tomavam sol sobre a arruinada amurada da fonte. Não vi ninguém. Aparentemente a clínica já não albergava mais pacientes.

O médico marroquino — muito envelhecido, a calvície quase completa compensada por uma maltratada barba grisalha — ficou surpreso ao me ver; que bons ventos te trazem, Guedali? Viagem de passeio ou de negócios?

É uma espécie de negócio, eu disse, uma coisa que tenho em mente. Sentiu que não era o momento de aprofundar o assunto; perguntou por Tita, pelos gêmeos. Conversamos um pouco, eu disse que estava cansado, perguntei se não podia me arranjar um quarto. E acrescentei: pago as diárias, naturalmente. Seu rosto se iluminou: mas claro, Guedali, com todo o prazer! Presumo que preferes a primeira classe. (Era evidente que precisava desesperadamente do dinheiro.)

Conduziu-me até o quarto. Era o mesmo que Tita e eu tínhamos ocupado após a cirurgia. Como o resto da clínica, o aspecto era de abandono: teias de aranha no teto, paredes rachadas, cortinas desbotadas. Ele mesmo se deu conta: isto aqui está precisando de uma boa limpeza. Meu auxiliar cuidará disso. Mas amanhã. Hoje deves descansar.

Não dormi a noite inteira. Fiquei andando de um lado para outro, primeiro no quarto e logo no jardim. Quando clareou o dia apareceu o médico marroquino.

— Então? — Sorridente, mas apreensivo; brincalhão, mas um pouco alarmado. Não muito alarmado; um homem vivido, conhecedor dos riscos que nos ameaçam (a rotura de uma pequena artéria no cérebro pode determinar, sabe-se, a morte) e talvez um pouco fatalista, devido à proximidade da clínica com acampamentos de tribos praticantes de fanática crença nos desígnios da sorte, um homem como aquele não poderia se surpreender com o que quer que eu lhe respondesse, por mais inusitada e dramática que fosse minha resposta.

— Quero me operar de novo. Quero voltar a ser centauro, doutor.

Não ficou surpreso apenas. Ficou estarrecido. Todos os componentes do espanto — os olhos arregalados, a boca aberta, uma certa palidez (nele pouco perceptível por causa do escuro da tez) fizeram-se presentes em seu rosto. Mais: recuou. Mais: apoiou-se na guarda da cama. Por aquela ele não esperava.

— Queres o quê, Guedali?

— Quero me operar. Quero voltar a ser centauro.

Um cirurgião tem de se recuperar rápido. No instante

seguinte ele já estava calmo, a cor tinha voltado a seu rosto, e ele sorria de novo. Avaliou rapidamente a situação e optou por ignorar o que eu tinha dito, ao menos no momento.

— Bom — disse —, vamos tomar café. Depois conversamos.

O café já estava servido numa mesinha no jardim. As xícaras ainda eram de porcelana, mas trincadas; e os guardanapos de linho estavam amarelados — coisa que no momento não me interessava. Quero voltar a ser centauro, eu tinha dito, e tendo falado descobrira o motivo que me trouxera ao Marrocos, e que de uma certa forma me surpreendia, mas não muito. Eu acabara de verbalizar uma ansiedade torturante, e isso, de certa forma, me deixava calmo. E, se não radiante, ao menos modestamente alegre. Então, era isso o que eu queria: galopar de novo pelos campos, na plena posse de minhas quatro patas. Eu não queria mais a Tita, nem os meus filhos, nem o trabalho, nem os amigos, nem o condomínio horizontal, nada. O médico marroquino (um verdadeiro artista) tagarelava despreocupado sobre a superioridade do café turco. Era como se eu não lhe tivesse falado nada. Eu, porém, não queria saber de café.

— Então, doutor? O que me diz?

Me olhou. Menos surpreso do que antes, mas mais alarmado. Então, eu tinha falado sério. Então, o que eu dissera não era apenas produto de uma mente ainda confusa por causa da viagem, da mudança de fuso horário, de um sono talvez agitado. Não era um resíduo noturno, a palavra *centauro*, não era a intromissão de um pesadelo no período de vigília. Eu via nos olhos dele que ele estava vendo nos meus olhos uma determinação, talvez ainda não muito firme, mas que poderia ficar mais firme nas próximas horas, ou mesmo nos próximos minutos.

— Então?

— Mas de que estás falando, Guedali? — A testa vincada,

uma certa angústia no olhar, agora; os lábios talvez até tremessem.
— Que coisa é essa que estás me dizendo?

— O senhor ouviu, doutor. Quero me tornar centauro de novo.

Mas isso é muito sério, ele murmurou. Muito sério, repetiu. Deixou o guardanapo de lado, atirou-se para trás na cadeira.

— Eu imaginei que fosse alguma coisa séria, Guedali. Algum problema com a tua operação... Mas não pensei que fosse *isso*. Por minha fé, não pensei.

— Pois é isso.

— E pode-se saber — perguntou, os olhos úmidos — o que é que te leva a renunciar à condição humana, depois de todo o esforço que fizeste — que eu fiz — para chegar a ela? Pode-se saber, Guedali, por que me fazes esse pedido? Acredito que tenho o direito de saber, meu amigo. Afinal de contas...

— Sei — interrompi. — Afinal de contas, o senhor nos deu forma humana, a mim e a Tita. Sou-lhe muito grato. Mas...

Hesitei.

— Olha aqui, doutor: gostaria que o senhor não me fizesse muitas perguntas. Basta que me diga se quer me ajudar ou não.

— Claro que quero te ajudar! — respondeu, indignado. — Não tens o direito de sequer colocar isso em dúvida. O que quero saber é o que realmente significa te ajudar. Se quisesses te matar, Guedali, não seria eu quem te forneceria a arma.

— Não se trata de suicídio. Se trata...

De que se tratava, mesmo? Eu não sabia. Ficamos nos olhando, apalermados. De que estávamos falando? E quem éramos? E qual o sentido de tudo?

Enquanto eu hesitava, uma súbita transformação se operou em seu rosto. De repente pareceu muito tranquilo; era como se estivéssemos discutindo futebol, ou condições atmosféricas. Inclinou-se para a frente:

— Está certo, Guedali. Se não queres me dizer, não é preciso.

Tornou a se recostar na cadeira, sorridente. Entendi: desistira de questionar a lógica do que eu lhe dissera. Incorporava a ideia a toda a conjuntura, afinal um pouco absurda, ela mesma, que nos envolvia: a clínica arruinada, o silencioso auxiliar que agora retirava as xícaras e os talheres, as plantas exóticas do maltratado jardim, os pássaros que voejavam sobre nossa cabeça. E o Maghreb, e os berberes, e os camelos, e os tambores tribais.

— Vou apenas te perguntar uma última vez: queres mesmo te operar?

— Quero.

— E se eu te disser que tecnicamente não é possível?

Ah! Então era isso. Atacava-me por outro flanco. Vinha com a lógica cirúrgica. Argumentava-me agora com as dificuldades da operação. A parte removida já não existia; e, mesmo que existisse, mesmo que tivesse sido preservada em condições excepcionais — a temperaturas muito baixas, como aquelas em que se conservam os corpos dos milionários americanos que esperam ressuscitar um dia —, havia o reimplante, sempre problemático. Isso sem falar nas transformações sofridas na parte remanescente, no meu próprio corpo. Eu já não era a metade anterior de um centauro, eu era um ser humano completo.

Respondi que estava disposto a correr todos os riscos. Assinaria mesmo uma declaração isentando-o de qualquer responsabilidade pelo que viesse a ocorrer como consequência do transplante.

— Mas transplantar o quê, Guedali?

O corpo de um cavalo, respondi. Os quartos traseiros de um verdadeiro cavalo.

Agora sim, ele estava verdadeiramente espantado: um cavalo, Guedali? Riu: é absurdo, Guedali. Teu organismo rejeitará esses tecidos estranhos. Parou de rir, pensou um pouco, disse, hesitante:

— Se bem que haja casos de fígados de porco e corações de macaco implantados em pessoas... Em negros...

— Então? — eu disse.

Ele não parecia convencido: é arriscadíssimo, Guedali, é uma chance em um milhão, ou menos. Além disso, ponderou, há um outro problema. Mostrou as mãos trêmulas:

— Vês? Estou velho, Guedali, e não opero há tempo. Não sei se poderei...

Interrompi-o: não quero saber de nada, doutor. Confio inteiramente no senhor. Ele se pôs de pé:

— É verdade, Guedali? É verdade que confias em mim?

Levantei-me: para o que der e vier, doutor. Não pôde se conter: abraçou-me.

— Obrigado, Guedali — disse, enxugando os olhos. — Há muito tempo que eu não ouvia essas palavras. Eu estava precisando disso, tu sabes.

Sorriu:

— Então, vamos em frente, Guedali! Lutaremos juntos, que diabos! Sei lá por qual razão queres voltar a ser centauro! Não me importa! Sou médico, tu és o meu cliente, o que quiseres será feito. Quanto a mim, darei o melhor dos meus esforços nessa cirurgia, podes ficar certo. Ela representa tanto para ti quanto para mim. É a minha reabilitação, Guedali. Já imaginaste? Não só fui o primeiro a transformar um centauro em ser humano, como também serei o primeiro a transformar um ser humano em centauro. O mundo médico estremecerá!

Calou-se, arrebatado. Caiu em si:

— Desculpe, Guedali. Acho que me deixei levar por meu entusiasmo.

Ora, eu disse. Ele, porém, já não me ouvia: estava completamente absorto na ideia da cirurgia. Pôs-se a andar de um lado para outro.

— Quer voltar a ser centauro. Hum... Quer voltar a ser centauro. Vejamos...

Parou, colocou-me a mão no ombro.

— Não vai ser fácil, Guedali. Uma operação muito, muito delicada... Teremos de adotar todas as precauções. O cavalo, por exemplo: terá de ser um animal de raça, jovem, sadio. Vamos prepará-lo bem. E tu, Guedali, serás submetido a um rigoroso tratamento pré-operatório. Tomarás drogas que eliminarão teus anticorpos. É preciso que teu organismo reconheça nos tecidos do cavalo proteínas irmãs, não inimigas. Isso será demorado.

Vacilou um instante e acrescentou:

— E, devo te prevenir, não será barato.

Estou disposto a qualquer sacrifício, respondi. E dinheiro é o de menos.

— Ótimo! — ele disse. — Eu sei que tens fibra, Guedali.

Mirou-me, curioso.

— Desculpa a intromissão em teus assuntos íntimos... Mas te pergunto de novo: posso saber por que queres voltar a ser centauro?

(E eu sabia?)

— Prefiro não tocar nesse assunto — disse. — Mas tenho razões muito sérias, muito... profundas. Pode acreditar.

Sorriu, compreensivo.

— Está bem, Guedali. Galopar pelos campos... Sei, é um apelo ancestral. Mesmo eu, que apenas pratiquei um pouco de hipismo quando jovem, sinto às vezes essa fascinação.

Ficou um instante em silêncio, pensativo. De repente, o rosto se lhe iluminou:

— Faço-te uma proposta: se me adiantares dinheiro, teremos um excelente jantar hoje à noite. Que me dizes? Um bom cuscuz com um esplêndido vinho francês? Hein?

Sem dúvida, eu disse, tirando o dinheiro do bolso. Seus olhos brilharam quando viu os dólares e os francos suíços. Moeda forte, disse, disfarçando a perturbação, isto é bom, Guedali.

Jantamos no refeitório da clínica, servidos pelo velho e silencioso auxiliar. O cuscuz estava delicioso; o vinho era forte e nos deixou alegres. O médico me contava sua vida. Nascido numa pequena vila do Marrocos, filho de um sapateiro, sempre quisera ser médico. Teve sorte: um velho milionário americano gostou dele e deu-lhe a quantia suficiente para que ele pudesse estudar medicina em Paris. Piscou o olho: em troca de certos favores, naturalmente.

— Especializei-me em neurocirurgia. Muito tempo depois de formado é que comecei a me interessar por operações de troca de sexo.

Riu:

— De certa forma, uma homenagem ao meu protetor. Mas nem ele nem eu poderíamos imaginar que eu terminaria operando seres mitológicos... É muito mais interessante que tirar tumores do cérebro, te garanto.

Riu de novo. Terminou de comer, arrotou — *pardon*, Guedali! — suspirou de satisfação:

— Fazia tempo que eu não comia bem, Guedali. Muito tempo, posso te garantir.

Acendemos charutos, ficamos fumando em silêncio alguns minutos. Ele se inclinou para mim, cúmplice:

— Falando em seres mitológicos: tens o teu segredo, Guedali, mas eu também tenho o meu... Só que não sou egoísta, vou compartilhá-lo contigo. Isto é, se quiseres. Queres conhecer o meu segredo, Guedali?

Eu disse que sim, embora não estivesse muito interessado nos segredos dele.

— Segue-me então.

Fomos até um dos quartos, o mais retirado. Abriu a porta,

fez-me sinal para entrar — e só então acendeu a luz. O que vi me deixou assombrado. Ali, numa jaula de grossas barras, estava uma esquisita — esquisita até para mim, antigo centauro — criatura. Era uma mulher; melhor, a cabeça e o busto eram de mulher, num corpo que eu, depois de ligeira hesitação, identifiquei como o de uma leoa. Estava deitada, as patas dianteiras estendidas, e nos olhava fixamente. Era uma estranha emoção, a que eu sentia, um misto de tensão e repulsa, de pena e nojo. E a solidariedade que sentem entre si os inválidos, os defeituosos, os doentes; e a raiva que sentem entre si os inválidos, os defeituosos e os doentes. E uma vontade de rir e de chorar. E por fim senti-me corar. Por vergonha, mas vergonha de quê? Quanto a ela, parecia não dar por nossa presença.

— Apresento-te Lolah — disse o médico, e o tom de orgulho de sua voz tornava a coisa ainda mais absurda. Dirigiu-se a ela em francês. — Cumprimenta o nosso amigo Guedali, Lolah. Ele é do Brasil.

— *Merde!* — gritou a criatura, e voltou a cabeça para a parede.

— Mas o que é isto — perguntei, quando pude falar. O médico riu:

— Mas como? Então não sabes, Guedali? Tu, ser mitológico, não reconheces uma companheira de inconsciente coletivo? É uma esfinge, Guedali.

Esfinge. Claro: metade mulher, metade leoa. Não me ocorrera antes por causa da imagem que eu tinha da esfinge do Egito; não era uma gigantesca estátua de pedra que eu via ali, não era um rosto carcomido. Era um belo rosto de mulher o dela: tez acobreada, grandes olhos claros, boca cheia; e uma cabeleira fulva, e lindos seios. E patas, e corpo de leoa, e cauda balançando. Uma esfinge, claro. Então, existiam mesmo as esfinges.

— É tão real quanto tu — disse o médico, como se me adivinhasse o pensamento. — Real e, como estás vendo, mal-educada... *N'est-ce pas*, Lolah? Mas é muito inteligente. Queres ver?

Aproximou-se da jaula.

— Vamos, Lolah. Diz aqui para o cavalheiro o que é que anda de manhã com quatro patas, à tarde com duas e à noite com três.

A criatura não respondeu. Continuava voltada para a parede. O médico introduziu sorrateiramente a mão por entre as barras e, num gesto brusco, puxou-lhe a cauda. A esfinge deu um pulo.

— *Merde!* — berrava, furiosa. — *Merde, merde!*

Atirou-se contra as barras, golpeando-as com formidáveis patadas. Recuei, assustado. Mas a jaula, muito reforçada, aguentou o ataque. O médico marroquino ria do meu susto.

— Está bem, Lolah — disse —, já impressionaste bastante o nosso hóspede. Vamos te deixar em paz, querida. Boa noite, dorme bem. Tu nos perdoas?

A esfinge não respondeu. Deitada, a cabeça escondida entre as patas dianteiras, parecia soluçar. O doutor apagou a luz e saímos.

Fomos nos sentar no jardim. O auxiliar do médico apareceu, nos serviu vinho.

— De onde veio essa criatura? — perguntei, ainda perturbado. E, tentando gracejar: — Do Egito, por acaso?

Riu.

— Não. Não foi do Egito. Da Tunísia. Um médico amigo meu, grande apreciador da caça, achou-a. Havia muito ouvia os nativos falarem de um estranho ser com corpo de leoa e busto de mulher; ele, apesar de conhecer a esfinge, não acreditava na história. Quando lhe mostraram as pegadas, resolveu seguir a pista. Ao cabo de quatro dias chegou a um lugar de onde sua presa não teria saída: um estreito desfiladeiro entre as montanhas. Seus ajudantes bloquearam uma das saídas, ele avançou pela outra. Quando viu do que se tratava, ficou excitadíssimo e resolveu pegá-la viva. Lolah despedaçou três cães e dois tunisinos antes que conseguissem capturá-la com uma rede. O colega ficou comovido com a beleza dela. Conhecendo meus trabalhos na cirurgia de centauros trouxe-a aqui com a esperança de que eu pudesse transformá-la num ser humano normal. Acho que estava apaixonado.

Tomou um gole de vinho.

— Bom, este vinho — suspirou. — Fazia anos, Guedali, que eu não tomava um vinho decente.

Um avião passou sobre a casa com um rugido ensurdecedor.

— O avião do rei — ele comentou. — Frequentemente passa por aqui. Fico pensando que...

Interrompi-o:

— Mas então? O que aconteceu?

— Aconteceu? Ah, sim. Ora, logo vi que seria impossível conseguir qualquer resultado aceitável. Vocês, tu e Tita, tinham quase a metade do corpo humano, e patas que poderiam fazer as vezes de pernas. Lolah, de humano, só tem o busto e a cabeça. Depois da cirurgia, se desse certo, ela ficaria reduzida a um monstrengo ainda mais esquisito, uma anã com patas de leoa. Disse isso ao colega. Ficou tão decepcionado que optou por partir, deixando a esfinge comigo. Dias depois morreu, de um ataque cardíaco. Era um homem facilmente impressionável, acreditava em maldições e bruxarias, o que deve ter acabado por matá-lo. E eu fiquei com Lolah. No começo, não queria saber de mim — aliás, até hoje passa por fases de fúria, como viste — mas pouco a pouco fui lhe conquistando a confiança. Ensinei-lhe francês... É inteligentíssima, aprende tudo com a maior facilidade. Lê muito. Mas fala pouco. Até hoje, não sei muito sobre sua vida.

Esvaziou o copo.

— Notável, este vinho. Simplesmente notável. Mas, como estava te contando: concluí que não poderia operar a criatura. Surgiu o problema: o que fazer com ela? Confesso-te que me passou pela ideia exibi-la em público. Poderia cobrar bem; já então estava em dificuldades financeiras, precisava do dinheiro. Com muita habilidade introduzi-lhe o assunto. Enfureceu-se, gritou que preferia morrer. Respeitei seu pudor, Guedali. Tu vês, hoje não passo de um velho médico arruinado e meus negócios nem sempre foram muito limpos — mas um pouco de dignidade me resta. Reservei para Lolah aquele quarto e ali ela fica, com todo o conforto possível; não sei se reparaste, mas até um televisor lhe arranjei. Quanto à jaula, não é propriamente uma prisão. Destina-se a contê-la nos ataques de fúria que, como te disse, não são raros. Em última análise é para a segurança dela; ela mesma o reconhece. Pobre Lolah. No fundo, ela diz, sou uma fera.

Riu.

— Fera? Não é, não, Guedali. É uma pobre moça, isto sim. Uma solitária. Uma criatura enigmática.

Perguntei se podia conversar com ela. Mirou-me; um pouco de desconfiança, um pouco de ciúme, era o que eu via naquele olhar. Contudo, sabia disfarçar:

— Se quiseres... Não sei se ela falará contigo. Podes experimentar levar-lhe a comida amanhã. Se me deres dinheiro mando buscar cordeiro assado. Ela gosta muito.

Naquela noite, a segunda na clínica, não dormi de novo. Fiquei caminhando no jardim, inquieto demais para poder dormir. Muitas emoções. E fortes. O que é que eu fiz? O que é que eu fui fazer? — me perguntava, caindo em mim, mas não totalmente. Porque caía em mim, me censurava, agora, por ter obedecido a um impulso louco, por ter deixado minha mulher, meus filhos, meus amigos, e por ter me metido num avião, e por ter vindo para o Marrocos, e por ter procurado o médico, e por lhe ter dito que queria voltar a ser centauro. O que tinha desencadeado tudo isso, essa sucessão de loucuras? A visão de Tita abraçada ao centauro? A morte dele? Certo: Tita estava abraçada a um centauro, o centauro fugiu, foi morto. Não seria o caso então de ter dito, vem cá, Tita, vamos conversar, vamos ver o que houve, vamos ver o que há nisso de realidade e de imaginário? Hein? Não seria o caso? Mas não, em vez disso o Guedali vira as costas e vai-se. Para o Marrocos, como quem vai ao cinema. Não seria o caso de pelo menos conversar com Paulo?

Razoáveis indagações de quem caía em si. Mas, não tendo caído totalmente em mim, estando ainda suspenso entre céu e terra, como o cavalo alado, eu descrevia círculos entre as nuvens, voava tão alto e rápido que me sentia tonto. Eu não respondia às minhas próprias perguntas. Eu preferia sorrir como um idiota, ou, então, soluçar — como um idiota; preferia entregar-me à vertigem que consistia em não ter a mínima ideia do que estava acontecendo, do que ia acontecer: e, principalmente, à vertigem de pensar em Lolah, imagem que apagava todo o resto. Depois de ver o que eu tinha visto, a pessoa podia até se questionar: mas vivi mesmo até agora? Foi vida, aquilo, ou foi sonho? — tal a impressão causada pela extraordinária criatura, a linda esfinge. Diante dela todo o resto, por mais importante ou notável que tivesse parecido, deixava de existir. Família? Esfinge. Trabalho? Esfinge. Amigos? Esfinge. Casa? Esfinge. Carro? Esfinge. Casa? Esfinge. Roupas? Esfinge. Chuletas assadas? Esfinge. Esfinge superava todo o resto em termos de emocionante. Em termos de maravilhoso. Superava mesmo as imagens de um centauro galopando no pampa. De uma centaura galopando no pampa. De um centauro e de uma centaura galopando no pampa.

Lolah. Eu passava diante do quarto onde ela estava. A janela tinha sido murada — uma precaução do médico, sem dúvida, contra possíveis intrusos. Mas eu a adivinhava lá dentro. Antes, caminhando de um lado para outro, na jaula, como eu caminhara pelo jardim; agora, imóvel, como eu estava imóvel, o olhar fixo, como o meu, e pensando em mim como eu pensava nela.

Eu mal podia esperar que o dia clareasse para revê-la.

De manhã o silencioso empregado da clínica me trouxe uma bandeja com um cordeiro assado. Apressei-me a levá-lo a Lolah.

Foi com muita ansiedade que entrei no quarto. Como me receberia ela? Falaria comigo? Aceitaria o alimento de minhas mãos?

Estava deitada na jaula, de bruços, lendo um livro. No momento em que entrei virava uma página; e, não podendo usar para isso as patas, demasiado pesadas e grosseiras, fazia-o com a língua. Uma coisa patética. Cheguei a me comover.

— *Bonjour*, Lolah.

Olhou-me, indiferente, não respondeu ao cumprimento. Trouxe o teu almoço, Lolah, eu disse. E acrescentei: é cordeiro assado.

Voltou-se vivamente, os olhos brilhando. Mas logo em seguida procurou aparentar indiferença.

— Está bem. Põe aqui dentro da jaula, por favor.

Por entre as barras de ferro, alcancei-lhe a bandeja. Empurrou o livro para o lado e se dispôs a comer. A minha presença evidentemente a perturbava; mas a verdade é que eu não podia me afastar dali. Estava fascinado pela mulher-leoa.

Com as patas despedaçou rapidamente o cordeiro. Para comer, entretanto, tinha de inclinar-se e apanhar os bocados com a boca, algo penoso de ver.

— Quer ajuda? — perguntei.

— Não preciso — respondeu, num tom seco, e eu imediatamente percebi que minha intervenção fora inconveniente, tola. Em silêncio, fiquei a olhá-la.

Agora, de perto, podia admirá-la melhor. Alguma coisa me

chamava a atenção naquele lindo rosto, de traços enérgicos. Seria a boca, bem desenhada, com dentes surpreendentemente miúdos e parelhos? Seriam os olhos?

De repente me dei conta: era a domadora que Lolah me lembrava. Era bem mais jovem, claro, e não tinha a tez clara da outra, mas eram muito parecidas. A domadora. Por onde andaria?

Pode levar a bandeja, ela disse; tinha terminado de almoçar. Aproximei-me, introduzi o braço pela jaula e — como aquilo foi arriscado! — num gesto brusco, mas tímido, acariciei-lhe os cabelos. Foi arriscado, sim: ela poderia ter me despedaçado a mão com uma patada. No entanto, não fez nada. Ficou imóvel, o olhar fixo. Depois, escondeu o rosto entre as patas. Apanhei a bandeja e saí.

Aos poucos, conquistei-lhe a confiança.

Conversávamos muito. Diferente do que o médico dissera, comigo não se mostrava lacônica, ao contrário: gostava de falar. Contou a história de sua vida. Não nascera de ser humano, mas sim de uma leoa. A princípio rejeitada pelos felinos do bando, tratada como uma pária a quem davam os restos de caça, fora por eles aceita aos quatro anos, depois de matar o seu primeiro negro. Desde então vagueara com o bando pelas montanhas do norte da África. Uma vida dura, perseguindo gazelas, atacando rebanhos na calada da noite, sempre sob a ameaça dos caçadores que, com armas cada vez mais sofisticadas, iam eliminando seus companheiros. Além disso, sofria o assédio dos jovens leões que a queriam para fêmea.

— Mas a verdade — disse, com uma careta — é que eles me causavam repulsa, com aquelas jubas malcheirosas, aquele olhar estúpido. Não permitia que me cobrissem, apesar do desejo que muitas vezes me fazia correr, como louca, pelas planícies, em busca de um lago onde pudesse refrescar meu rosto ardente.

Por fim a captura, a reclusão na clínica:

— Gosto muito do doutor. Ele me trata bem, respeito-o como a um pai. Às vezes me hostiliza, chamando-me de animal etc. Mas não me queixo. Também eu tenho meus ataques de fúria e, apesar do perigo que represento — no fundo, sou uma fera —, ele me conserva aqui, cuida de mim, até com sacrifícios.

Longas conversas, aquelas nossas. Eu do lado de fora da jaula, ela dentro, na sua posição predileta — deitada, as patas dianteiras cruzadas, a cabeça levemente inclinada, os longos cabelos caindo sobre os seios, os belos seios que tremelicavam quando ria. Era linda.

Um dia a beijei. Teve alguma coisa de patético aquele primeiro beijo: entre as grades da jaula, eu segurando-lhe a cabeça entre as mãos, buscando-lhe a boca com a minha boca, ela protestando debilmente, mas por fim me beijando também, com fúria.

— Por que fazes isto, Guedali? — murmurava, quase num queixume. E eu não respondia, porque não saberia o que responder. Porque ela tinha um lindo rosto? (E o corpo de leoa?) Porque eu estava havia tempo sem mulher? Por piedade? Por uma espécie de atração pelo grotesco? Não sabia. O certo é que se apaixonou por mim, a pobre criatura. Foi uma coisa instantânea e violenta.

Nos restringíamos a isso, a beijos. Eu continuava lhe levando a comida; entrava, encontrava-a andando de um lado para outro, na jaula, a cauda movendo-se impaciente. Mal me via, seu rosto se abria num sorriso; não queria saber da comida, queria me beijar: enfiava o rosto por entre as barras e ali ficávamos tempo, nos beijando. Às vezes, por qualquer razão, eu me demorava; encontrava-a então amuada, ou furiosa, golpeando as barras de ferro com as patas — visão que não deixava de me fazer estremecer.

Só beijos já não a satisfaziam. Acaricia-me os seios, pedia. Eu lhe acariciava os seios; aquilo a deixava louca. Era o que ela me dizia: ah, Guedali, tu me deixas louca.

Uma vez, depois de um prolongado beijo, olhou-me bem nos olhos:

— Tenho uma coisa a te pedir.

Vacilou um instante e disse, rápido, a voz embargada:

— Quero que te deites comigo, Guedali.

A princípio pensei que estivesse brincando. Deitar com ela? Não, eu não tinha pensado nisso, nem nos instantes de maior tesão. Deitar com ela? Não. Para trepar, eu procuraria antes uma mulher num dos cabarés da cidade. Lolah? Não. Beijá-la, sim. Mas, trepar com ela?

Notou minha hesitação:

— Por favor, Guedali. Não é demais o que estou te pedindo. Já foste um centauro, já fizeste amor com uma centaura.

Eu não sabia o que dizer.

— Tu não me amas, Guedali? — perguntou, agora com os olhos cheios de lágrimas. — Não gostas de mim?

— Não se trata disto — respondi. — É que...

Eu buscava desesperado alguma explicação, ela com o olhar fixo em mim. De súbito, me ocorreu:

— Mas nem posso entrar aí, Lolah, a jaula está fechada a cadeado.

A resposta dela veio rápida, com um sorriso (pobrezinha!) matreiro:

— Pois rouba a chave do doutor, Guedali! É fácil, o velho esquece o chaveiro por toda parte. Até aqui neste quarto já o deixou uma vez. Eu mesma, se tivesse mãos...

Calou-se, baixou os olhos, humilhada: o esforço tinha sido demais para ela. Senti-me um verme, um miserável. Tomei-lhe o rosto entre as mãos, beijei-a:

— Está bem, querida. Logo me terás ao teu lado.

Estranha coincidência: no dia seguinte o médico foi à cidade e esqueceu a porta do escritório aberta. Passando por ali avistei, sobre a mesa, o chaveiro.

Uma ligeira vacilação. Um rápido olhar para um lado, para

outro — não, o silencioso auxiliar não estava perto — entrei. Identifiquei rapidamente a chave da jaula (tinha um *L* gravado), subtraí-a do chaveiro e saí tão furtivamente quanto tinha entrado.

À noite. Sentado no meu quarto, a chave na mão. Indeciso.

Lolah? Sim, o belo rosto — e a boca sôfrega — e os lindos seios — e eu, há tanto tempo sem mulher... A verdade, porém, é que ela não era mulher. Rosto, de mulher; seios, de mulher. Mas o corpo era de animal. Tinha couro, pelo, cauda. E aquelas patas armadas de garras temíveis. E o cheiro. E pulgas, talvez.

Não muito diferente do corpo que eu tivera? Sim, não muito diferente do centauro que eu fora. Mas agora eu já não era mais um centauro.

Enquanto pensava nisso imagens foram se formando na minha cabeça. Eu via Tita chegando à clínica. (Como me descobrira? Bom, isso já era outro problema.) Tita, e Paulo e Fernanda, e Júlio e Bela, todos os amigos. Todo o bando: invadindo a clínica, percorrendo precipitadamente os corredores, abrindo as portas dos quartos — e de repente dando comigo, eu na jaula com Lolah, eu sobre Lolah. Eu agora via o olhar de espanto deles, o olhar de terror, o olhar de ultraje, o olhar de nojo, o olhar de desgosto (Paulo), talvez até o olhar de inveja (Júlio).

Essas imagens me deixaram extraordinariamente excitado. Sim, era de pau duro que eu estava agora; não muito duro, mas duro, e endurecendo a cada segundo. Sim, eu queria! Pus-me de pé, avistei minha imagem refletida no espelho. O que eu via ali era uma cara de sátiro, uns olhos brilhantes, uns dentes arreganhados: eu estava mesmo querendo.

No escuro, silencioso como um ladrão, esgueirei-me para o quarto dela.

Entrei. À luz da lua que se filtrava pela claraboia do teto divisei-lhe o vulto, o belo perfil, os seios empinados.

Ainda uma vez hesitei. Mas o corpo não se via: era uma

massa amorfa oculta na sombra. E de qualquer modo eu já estava ali. *Por que não?* — me perguntei. — *Por que não?*

Aproximei-me. Ela parecia não dar pela minha presença: estava deitada e deitada continuou, imóvel. Com dedos trêmulos abri a porta da jaula, entrei. Deitei-me ao lado dela, acariciei-lhe o rosto, os seios. E o corpo. O corpo da leoa. Meu Deus. Meu, meu Deus.

Eu já tinha visto grandes felinos, e até de perto, no circo, eu já tinha segurado gatos no colo, mas não tinha nunca tocado numa leoa. Que... que voluptuosidade. O grande corpo parecia carregado de eletricidade, o pelo macio se arrepiava ao toque, poderosas massas musculares deslizavam sob a pele como coelhinhos alvoroçados sob um tapete, a cauda enrolava-se toda, tensa, vibrátil.

Voltou a cabeça para mim, me olhou. O desejo que subia daquele corpo poderoso engolfava-a, via-se, mal podia suportá-lo: havia angústia em seus olhos, paixão sim, mas angústia também, nas narinas dilatadas e nos dentes que reluziam.

— Vem — sussurrou.

Eu tremia tanto que mal consegui tirar a roupa. Houve um momento de hesitação, um momento terrível: ela continuava deitada, como fazer? Mas eu sabia, algo dentro de mim sabia. Aproximei-me por trás, deitei-me sobre ela. Abraçando-lhe o busto, beijando-lhe esfomeado o pescoço, penetrei, cobri-a como os leões cobrem as leoas, ela me mordia os braços como as leoas mordem os leões. E gemia, e gritava; tanto, que tive de lhe tapar a boca, não fosse o médico ouvir.

A cópula foi rápida; o orgasmo, tremendo. Montanhas da Tunísia! O que foi aquele orgasmo, montanhas! De nada sabeis, montanhas, se não sabeis de um orgasmo semelhante!

Quando terminamos, ficamos deitados no chão da jaula, ofegantes.

Aos poucos fui me recompondo, fui emergindo do fundo daquele mar escuro e agitado. Só então me dei conta de que algo pesava sobre meu peito.

Era a pata esquerda dela. Cautelosamente, tirei-a de cima de mim. Com uma desagradável sensação: se Lolah tivesse um ataque de fúria, naquele momento...

— Guedali — ela murmurou. — Guedali, querido. Obrigada, Guedali.

Beijei-a, saí da jaula, vesti-me e voltei, furtivo como viera, para o meu quarto.

Voltei lá nas noites que se seguiram. Todas as noites.

Durante o dia, mantínhamos a aparência: eu continuava levando-lhe o cordeiro assado, continuava conversando com ela. Dois bons amigos, era o que o médico e seu auxiliar viam: duas criaturas com curiosas afinidades. É verdade que Lolah me piscava o olho; é verdade que havia cumplicidade no seu sorriso; é verdade que, tão logo nos víamos sós, ela murmurava, ardente: me beija, Guedali, me beija depressa.

Aquilo não me agradava: risco desnecessário. E também não me agradava a maneira como se atirava a mim, quando entrava na jaula, à noite, muitas vezes me arranhando com as garras. Por outro lado, o grosso do desejo já estava saciado — com o que cada vez mais ficava evidenciado para mim o grotesco da situação. Coito com esfinge. Tita e os outros seriam capazes de rir. De rir, simplesmente: trepando com uma esfinge, Guedali! Essa não, Guedali!

A cada noite a indecisão aumentava. Mas eu acabava sempre por ir ao quarto dela. Às vezes saía de lá simplesmente exausto; às vezes desgostoso, às vezes até enojado. Mas na noite seguinte, como um sonâmbulo, lá ia eu.

Aproximava-se o dia da operação. O médico marroquino já tinha providenciado o animal-doador, um belo cavalo árabe, bem jovem ainda, vigoroso.

— Então, Guedali? Não escolhi bem? Vai te acostumando a ele: breve fará parte de ti.

Eu olhava o cavalo na baia e aquilo tudo agora estava me parecendo muito estranho. Cavalo? Operação? Centauro? Eu tinha falado naquilo? Sim, eu tinha falado naquilo; mas tinha falado sério? Sim, eu tinha falado sério. Mas, deveria o médico ter interpretado literalmente minhas palavras? Não estaria eu falando metaforicamente? Mesmo metáforas podem ser ditas em tom solene. O médico bem poderia ter separado o real do simbólico. A pergunta é, quereria ele fazer isso? Seria de seu interesse? E, mesmo que fosse de seu interesse, não estaria agora tão emocionalmente envolvido a ponto de querer me transformar em centauro de qualquer maneira? E não seria o caso de eu me transformar em centauro de qualquer maneira? Pelo menos, para manter minha palavra? Ou para aproveitar a experiência? Para levar uma lição?

Tudo muito confuso. E, nessa confusão toda, o caso com Lolah só vinha agravar as coisas.

Estava cada vez mais possessiva. Reclamava de tudo: que eu me atrasava, que não lhe dava carinho bastante. E, o pior: não queria que eu me transformasse em centauro. Queria que me operasse, sim; mas exigia que o médico me transplantasse o corpo, não de um cavalo, mas de um leão.

Homem-leão? Eu teria rido muito, não estivesse tão aporrinhado. Homem-leão? Era um absurdo — não, era o cúmulo de todos os absurdos.

Centauro, a muito custo, vira homem; depois, dá-lhe uma crise, ele quer voltar a ser centauro; depois já não sabe mais se quer mesmo se transformar em centauro; nesse meio-tempo aparece uma esfinge maluca e quer transformá-lo em homem-leão! Ridículo. Delírio mitológico.

Não é possível, Lolah, eu dizia. Para começo de conversa

nem sei se se encontraria um leão conveniente para o transplante. Claro que sim, retrucava. É só contratar caçadores furtivos. Ou então fazer contatos com donos de circo. Pelo amor de Deus, eu dizia, não vais querer que me transplantem o corpo de um leão de circo, velho e provavelmente impotente. Além disso, eu acrescentava, é uma operação difícil, muito arriscada.

— Mas tu não farias isso por mim? — perguntava, os lábios trêmulos, os olhos cheios de lágrimas. — Não farias?

— Eu, sim. Mas, e o médico? Ele jamais consentiria em me operar. Para depois te entregar a mim? É ciumento demais para isso, bem sabes.

Aquele velho, berrava. Ainda mato aquele velho. Ainda mato todos vocês.

As patadas que dava no chão da jaula me convenciam de que estava falando sério. Comecei a pensar em cair fora.

A essa altura, o médico marroquino já suspeitava de qualquer coisa. Uma tarde, me examinando, interrogou-me sobre os arranhões que eu tinha nos braços.

— Isto? — eu disse, tentando aparentar indiferença. — Não sei. Acho que me feri quando trabalhava com as roseiras, no jardim.

Me olhou, desconfiado.

— Cuidado, Guedali. A medicação que estás tomando elimina as defesas de teu organismo. Qualquer ferimento pode ser mortal.

Mortal? Então eu corria risco de vida? Além de tudo o que estava acontecendo?

Era hora de me mandar. Era mesmo hora de me mandar. Deixaria para descobrir mais tarde se queria ou não voltar a ser centauro. Resolvi partir na manhã seguinte. Mal imaginava eu o que me estava reservado.

À noite fui acordado pelo médico. Tinha uma seringa na mão.

— Que foi? — perguntei, estremunhado. — Que injeção é esta?

É o sedativo, ele disse. Vou te operar de manhã.

Antes que eu pudesse dizer qualquer coisa, me aplicou a injeção. Quase imediatamente caí num torpor invencível. Eu queria me manter acordado, queria chamá-lo e dizer que desistia da operação, mas não conseguia me mexer, nem falar. Nesse estado fui colocado numa maca pelo auxiliar e levado para a sala de cirurgia. Lá estava o médico, de avental, gorro e máscara. Tudo que eu via dele eram os olhos a me mirarem fixo. O auxiliar me aplicou uma nova injeção — agora na veia — e nada mais enxerguei.

Acordei muito tonto e enfraquecido, mas — o que logo estranhei — sem dor. E numa cama. Uma cama comum, estreita. Cada vez mais surpreso, tateei-me. Não encontrei camadas de gaze. Mais surpreendente: não encontrei o pelame do cavalo, nem as patas, nem a cauda, nada. O que eu tinha ali embaixo eram as minhas pernas. Mas o que tinha acontecido? Voltei-me. O médico marroquino estava sentado ao lado da cama, fumando e me olhando.

— Não foi possível te operar — disse, numa voz incolor. — Aconteceu um pequeno acidente. Tu vês, tivemos de matar a Lolah. A tiros. Foi o meu auxiliar que fez o serviço. Felizmente ele está sempre armado.

Eu não podia acreditar: por quê? O que é que ela fez, a Lolah?

— Teve um de seus ataques de fúria. Fugiu da jaula, entrou pela sala de operações adentro. Não houve outro jeito.

Pelo que me contou, reconstituo o que se passou.

Eu, anestesiado, sobre a mesa cirúrgica, o médico começa o transplante, operando o cavalo árabe. É mais difícil do que lhe parecia; perdeu, de fato, a habilidade, atrapalha-se com os instrumentos, às vezes hesita, sem saber o que fazer. O tempo passa...

Enquanto isso Lolah aguarda, na jaula, que eu chegue com o almoço. A princípio impaciente, logo inquieta, histérica: começa a gritar por mim, pelo médico; ninguém aparece.

Dá-se conta, então, de que a porta da jaula está aberta. Salta para fora. Avança pelos corredores desertos da clínica, chamando por mim. E de repente se lembra da cirurgia. Transtornada, invade a sala de operações onde o médico, por fim, conseguiu retirar do cavalo a parte que me será transplantada. Ao vê-la, ele sente o perigo: Lolah está fora de si. Volta para o teu quarto, ordena, mas ela parece não ouvi-lo. Dá-me o meu Guedali, rosna, avançando, devagar, em direção ao doutor. Quero o meu homem, quero-o inteiro. Cuidado, ele grita, está tudo esterilizado aqui! Ela se atira sobre o cavalo, sobre os quartos traseiros do cavalo, destrói-os a patadas. O médico, apavorado, encolhe-se num canto. Ela prepara o bote — e é então que o auxiliar puxa o revólver e acerta seis tiros no rosto e no pescoço de Lolah.

— No primeiro momento não atinei — continuou, apagando o cigarro — como tinha se soltado. Só depois é que fui me dar conta.

Pôs-se de pé. Estava verdadeiramente alucinado: tremia, os olhos arregalados, um dedo acusador me apontando:

— Tu! Tu foste o culpado! Abriste a porta da jaula, Guedali! Entraste lá dentro para abusar da pobre pequena, para satisfazer teus instintos bestiais, centauro imundo, selvagem do Brasil! Por isso os teus arranhões, canalha! Fizeste com ela o que querias, deixaste-a louca de paixão e não foste capaz nem sequer de fechar a porta, sabendo como ela era instável, maldito! Tive de matar a minha esfinge, a minha adorada Lolah, a única criatura que amei! Judeu sujo! É isso que vocês fazem a nós, os árabes! Vocês, os judeus, nos tiram tudo quanto temos, a nossa ternura, o nosso amor, tudo!

Atirou-se contra mim. Fraco como estava, consegui no

entanto repeli-lo; empurrei-o, rolou pelo chão. Ali ficou a soluçar. Ainda fiquei mais dois dias na clínica. Durante esse tempo não nos falávamos, o médico e eu. Mas, coisa estranha, continuávamos a caminhar lado a lado pelo jardim. Às vezes ele vacilava, e eu o amparava; outras vezes era eu que ficava tonto — talvez ainda efeito dos sedativos — e então era ele que me segurava o braço.

Comuniquei-lhe que ia partir. Não disse nada. Ofereci-lhe dinheiro; não quis aceitar.

Tirou do bolso uma pequena caixa de madeira. Abri-a. Continha uma pata de leão. De leoa: a pata esquerda de Lolah. Estremeci, fechei a caixa, olhei-o. Não havia nenhuma emoção em seu rosto quando me estendeu a mão numa despedida silenciosa.

Pequena fazenda no interior de Quatro Irmãos, Rio Grande do Sul

Outubro de 1972 a março de 1973

Eu não tinha a mínima vontade de retornar a São Paulo. Fiquei lá o tempo necessário para trocar de avião e seguir para Porto Alegre. Do aeroporto fui direto para a casa de meus pais. Toquei a campainha. Minha mãe abriu a porta. Ao me ver, deixou cair a vassoura, levou as mãos ao rosto, soltou um grito. Meu pai veio correndo: que foi, Rosa? Que foi? No instante seguinte estavam os dois me abraçando, e me batendo, e berrando, e chorando, e rindo; eu, sufocado, não conseguia escapar deles. Finalmente me levaram para dentro, me fizeram sentar no sofá entre os dois. Minha mãe, que não cansava de me abraçar, rindo como uma louca, de repente ficou séria.

— Não foi bonito o que fizeste, Guedali. Deixar a mulher, os filhos, fugir... Que vergonha, Guedali. Quase te reneguei como filho. A Tita, coitada, está desesperada. Telefona para cá de três em três dias. Mas eu disse a ela: se ele não voltar, Tita, não será mais meu filho, e tu, se quiseres, poderás vir morar conosco.

Mesmo ela sendo *gói*, perguntei, e aquilo foi perverso. Minha mãe me olhou, magoada, ofendida: e *gói* não é gente? Que é isso, Guedali! E aí deu-se conta:

— Mas tu, fazendo perguntas? Tu não tens de perguntar nada! Tens é de dizer por onde andaste, sem-vergonha!

Deixa o Guedali, interveio meu pai, ele está cansado da viagem. Apronta o jantar para ele e prepara a cama. Amanhã a gente conversa.

Eu tinha muito a conversar com meu pai. Não, como ele pensava, para lhe contar o que tinha acontecido, o que seria impossível: como lhe explicar minha viagem ao Marrocos? Como lhe falar de Lolah? E poderia eu lhe mostrar a pata da pobre mulher-leoa, dizendo, isto, papai, é tudo que resta de uma mulher que me amou como nenhuma outra? Não acreditaria.

De qualquer forma, porém, eu não queria contar nada. Eu queria ouvir. Queria descobrir coisas. Era feliz o menino-centauro Guedali? Mais feliz que o Guedali bípede, ou menos feliz? Se menos feliz (ou, poderia se dizer, mais infeliz), por que minha ânsia incontida de galopar, a busca incessante de algo que eu nem sabia bem o que era? Se mais feliz (ou, menos infeliz), o que fazer para reverter a história natural da minha desgraça, para recuperar a felicidade perdida? E qual seria o segredo dessa felicidade dos centauros, se é que existia? Por que Tita preferira um deles a mim? (A esta última questão meu pai não poderia responder diretamente. Mas poderia, isso sim, fornecer-me elementos para que eu próprio a respondesse.)

Para me fazer compreender, meu pai teria de recuar muito no tempo. Teria de voltar às raízes. Teria de falar sobre sua vida na Rússia; e dos cavalos negros dos cossacos; e da vinda para o Brasil; e de seus primeiros tempos na colônia; e da noite do meu nascimento (existiria ou não um cavalo alado?); e dos meus primeiros passos.

Dávamos longas caminhadas, eu fazendo perguntas, ele teimosamente se recusando a responder: esquece, Guedali, agora está tudo bem. Tiveste problemas, sim, mas quem não teve problemas? Estás curado, esquece. Mas, papai, eu tinha patas ou não tinha? Depende, filho, do que chamas de *patas*. Mas o médico do Marrocos... O Marrocos é longe, Guedali, tu não tens mais de pensar nessas coisas, tens é de voltar para a tua família. Esquece o Marrocos.

Parava, tomava-me o braço:

— Vão para a Patagônia, Guedali. Telefona para a tua mulher, pede para ela vir a Porto Alegre, te inscreve numa dessas excursões de turismo, peguem o navio, vão para a Patagônia, para a Terra do Fogo. É uma excelente oportunidade para vocês se reconciliarem: uma viagem de navio é uma coisa que acalma, as pessoas têm muito tempo para conversar, para esclarecer os problemas. A Mina tem uma amiga que de repente não quis mais saber do marido; ele a convidou para essa viagem — pronto, fizeram as pazes. São as geleiras, Guedali. As geleiras são lindas, dizem que as pessoas se emocionam, chegam a chorar.

Desconversava para não ter de mentir. E pior que mentir seria ele responder minhas perguntas com outras perguntas: qual o sentido da existência, Guedali? Para que estamos no mundo? Há Deus, Guedali? Pior seria, nós tomando chimarrão no alpendre da casa, de manhãzinha, ele botar as mãos na cabeça, ele começar a chorar: meu Deus, o que é que eu fiz da vida, o quê? Pior seria ele se ajoelhar a meus pés, ele se agarrar aos meus antigos garrões (mas nem garrões aguentam um pai prestes a desfalecer), suplicar: não quero morrer, meu filho, sei que não quero morrer, me põe nas tuas costas, galopa comigo para longe, me salva.

Minha mãe me assediava constantemente. Metera uma ideia na cabeça: a de organizar uma grande festa de reunião da família. Até Bernardo ela daria um jeito de trazer, botando anúncios nos jornais, chamando-o através dos programas de utilidade pública das rádios. Ou então — e esta era a sua ideia mais ousada — pediria ao Chacrinha que a ajudasse, através da TV, a encontrar o filho.

— Para mim ele não negaria isso, tenho certeza. O Chacrinha é um homem muito bom.

Nesta festa, segundo ela, Tita e eu nos reconciliaríamos. Para com essa história, eu dizia irritado, não te mete na minha vida.

— Mas vocês estão ou não estão separados?

— Estamos e não estamos, mamãe. É problema nosso.

— Como, estão e não estão? Não existe isso. Estão e não estão! Ou estão, ou não estão. Se estão, façam a coisa direito, com desquite, divórcio, sei lá. Agora, se não estão — façam as pazes! Encontrem-se de novo, abracem-se, beijem-se, e vocês vão ver como gostam um do outro. Pensa nas crianças, Guedali! Se vocês não querem fazer isso por vocês, façam pelas crianças!

Eu fugia de minha mãe. E até de Mina, que não dizia nada, mas me olhava com ar de censura. Preferia conversar com meu pai. Ele não respondia às minhas perguntas, mas também não me incomodava. E me deu uma informação importante: me disse quem tinha comprado a nossa gleba de terra na colônia; era o pai do Pedro Bento, agora morando em Porto Alegre. Fui procurá-lo e lhe propus comprar as terras.

Este era um projeto que eu começara a formular logo depois de minha chegada a Porto Alegre, depois das primeiras, e decepcionantes, conversas com meu pai. Comecei a pensar em comprar umas terras, se possível perto do local onde tínhamos a fazenda — os campos onde eu fora criança, onde, jovem centauro, galopara livre. Ou quase livre. Enfim, tão livre quanto me permitiam as circunstâncias. Voltar às raízes, era o que eu queria. E sozinho. Precisava estar só para viver intensamente a experiência e meditar sobre ela. Em princípio, qualquer fazenda de tamanho razoável serviria para os meus propósitos; agora, a nossa própria fazenda, aquilo era o ideal. O velho fazendeiro é que não estava muito de acordo:

— Não é que eu não queira te vender, Guedali. Preciso do dinheiro, preciso muito. Mas é minha obrigação te avisar: vais fazer um mau negócio. Aquilo está completamente abandonado, o mato tomou conta de tudo, nem estrada existe até o local.

Mas era aquilo mesmo que eu queria: que ninguém me procurasse. Insisti, até aumentei a oferta. Terminou por concordar, me fazendo muitas recomendações:

— Maquinaria, Guedali. Maquinaria é o principal. Te digo, fui mal por falta de maquinaria. Não esquece: maquinaria.

Maquinaria. Mal pude disfarçar um sorriso. Era exatamente o que eu não queria: maquinaria. Mãos, sim, e pés também. Maquinaria, nunca.

O que eu queria era o contato com a terra — experiência que acreditava profunda, visceral. Queria andar descalço, queria criar calos nas solas dos pés, para torná-las cada vez mais grossas, cada vez mais semelhantes a cascos — cascos verdadeiros, enfim. Cascos em que cada camada córnea fosse resultado de longas caminhadas sobre terra e sobre pedras, de meditação sobre o sentido da vida. Andar muito, era o que eu pretendia. Trabalhar, sim; mas andar, também. E, se me cansasse, me sentaria na terra. Não temeria picadas de espinhos ou ferroadas de insetos nas nádegas. Ao contrário, as desejaria. Que se formassem calombos. Que crescessem esses calombos; que ossos se desenvolvessem neles, articulados aos da bacia; que criassem cascos; enfim, que merecessem o nome de *patas* era o que eu desejava. E não desejava menos uma cauda. Patas, quatro; cauda, uma. Pronto: centauro.

Curioso. A imagem que eu mais frequentemente revivia de mim próprio, como centauro, era a do dia do bar mitzvah: de paletó escuro, camisa branca, gravata, chapéu-coco. E as franjas do *talit* caindo sobre o meu lombo.

Sim, eu queria voltar a rezar. Uma das coisas que pretendia construir na fazenda era uma casa de orações. Não propriamente uma sinagoga; um lugar onde pudesse sentar, e folhear, à luz de velas, o velho livro de orações de meu pai (um presente que, com certeza, não me negaria). Eu queria pensar em Deus, e na condição humana. Eu sentia necessidade da sabedoria e do consolo da religião.

Estudando os preceitos dos Profetas e o Cântico dos Cânticos, eu contava ascender aos poucos ao seio de Abraão. Não seria fácil. Em minha imaginação esse seio tornava-se cada vez maior, uma montanha recoberta de pele branca, percorrida por canais condutores de precioso leite. Mas eu a escalaria, essa montanha. Partindo da planície e me agarrando, na encosta, aos pelos pretos e duros do levantino Abraão (cada pelo, um versículo), eu iria subindo, como em Israel subira a montanha de Massada, rumo ao mamilo, envolto em nuvens róseas e adocicadas como o algodão de açúcar de que meus filhos tanto gostavam.

Meus pais reagiram com incredulidade à minha ideia de morar na antiga fazenda. Mamãe, na verdade, ficou furiosa:

— Tu estás maluco, Guedali! Maluco! Onde é que já se viu largar a mulher e os filhos para se meter no mato! Lá só tem cobra, Guedali. Deixa disso, tu és um homem fino, um homem de gabinete. Trabalhar na terra é coisa para colono, Guedali. Não vais, não. Não deixo. A muito custo conseguimos sair de lá — e agora tu queres voltar? Não. Essa não.

Papai intervinha:

— Também não estou de acordo com a ideia, Rosa, mas afinal o Guedali é adulto... E se ele quer ir para o campo...

(Pensei que meu pai mencionaria o Barão Hirsch, mas ele não o fez. Na realidade, à medida que ficava mais velho, sua devoção ia se transformando em ressentimento e até em ódio.

Muitas vezes, falando sozinho — o que agora lhe acontecia frequentemente —, xingava o antigo ídolo: não amola, Barão! Não enche o saco, Barão!)

Mina também suplicava que eu não fosse, mas minha decisão estava tomada. Uma madrugada, embarquei no ônibus e fui para Quatro Irmãos.

O pai de Pedro Bento tinha razão. Nossa velha casa estava semidestruída. A porta pendia, precariamente sustentada por uma dobradiça; as vidraças estavam quebradas, trepadeiras se enfiavam pelas janelas; o assoalho, de tábuas, estava podre, e por um grande rombo no telhado se via o céu azul. Eu tinha muito a fazer ali, constatei, mas sem desagrado. Pendurei a relíquia da pobre Lolah, a pata mumificada, na parede, sobre o local onde ficaria a minha cama, e tratei de meter mãos à obra. No mesmo dia fui à cidade, comprei material e comecei a reparar a casa. Uma semana depois estava habitável; o mato ao redor tinha sido capinado, a estradinha dava passagem e eu podia agora me dedicar ao campo. Soja e milho eram meus objetivos, além de uma horta, e da criação de galinhas, de porcos e de uma ou duas vacas para leite. Produtos primários, exclusivamente.

Durante semanas vi pouca gente. Alguns vizinhos, agricultores, vinham me ver, a pretexto de saber se eu precisava de alguma coisa. Na realidade, queriam conhecer o louco que deixara uma vida boa na cidade para se meter no mato. Eu não os tratava mal, mas também não os encorajava a voltar. Logo deixaram de me procurar.

Uma tarde, eu trabalhava na plantação. Ajoelhado, removia plantas daninhas, quando, de súbito, tive a sensação de que alguém me observava. Voltei-me, e ele estava lá; um bugre de idade indefinida, maltrapilho, a boca desdentada aberta num sorriso. Peri.

Não me reconheceu, o que não era de estranhar, pois a visão

que ele tinha de mim era a de centauro. Ficou parado, me olhando, sem dizer nada.

— Procura alguém? — perguntei.

Disse que não. Chegara à fazenda por acaso, em busca de trabalho.

— Faço qualquer coisa — acrescentou, no seu curioso linguajar. — Posso capinar, serrar lenha, cuidar dos bichos... E só quero pouso e comida. Sou trabalhador, lhe garanto.

Estás empregado, eu disse, podes começar. Ele tirou o casaco rasgado, cuspiu na palma das mãos, pegou a enxada e começou a capinar.

Era mesmo trabalhador. Roçava o mato, ordenhava as vacas, ia buscar água no poço, e até cozinhava. Falava pouco. Mal respondia às perguntas que eu lhe fazia. Não que fosse grosseiro; pelo contrário, era até delicado, prestimoso. Mas quieto, reservado. Ofereci-lhe um quarto na casa, mas preferiu se instalar no estábulo.

— Tem muito lugar ali. Eu faço um quartinho para mim, se o senhor deixar.

Eu deixo, respondi. Mas, e as vacas? Não vão te incomodar? Mostrou as gengivas num sorriso que, este sim, não era inocente:

— Gosto de vacas, patrão.

Homem estranho, o Peri. Aliás, não era esse seu nome, e sim Remião; mas, disse, o senhor é o patrão, o senhor me chama como quiser. Apesar de não falar muito, gostava de cantar; e, em certas noites, principalmente as de luar, ficava no terreiro, braços erguidos, entoando uma estranha melopeia. São rezas, explicou-me uma vez. E, num tom confidencial: estou praticando para ser feiticeiro, como o meu avô.

Era seu maior sonho. Fazer bruxarias, adivinhar o futuro, essas coisas. Uma vez levou-me a seu quartinho e me mostrou suas relíquias.

Ali estava o crânio alvacento do pajé Joaquim. E forquilhas de formas diversas, para localizar poços. E búzios. E bolas de cristal em tamanhos variados. E, o que mais me chamou a atenção: exemplares empalhados ou mumificados de seres exóticos: um cordeiro com duas cabeças, um bode com seis chifres, uma centopeia gigante, um cavalo-marinho com doze pequenas patas.

— Espia só este aqui, patrão.

Uma estranha emoção se apossou de mim. O que era aquilo que ele agora me mostrava? Parecia uma sereia, uma pequena sereia mumificada.

Olhei-o. O que estava querendo me dizer aquele homem? Qual o seu segredo? Qual sua ligação com os seres mitológicos? Com o unicórnio? Com o grifo? Com a mula sem cabeça? Com o lobisomem? Com a *esfinge*? O que sabia Peri da esfinge? O que sabia ele de Lolah?

Mas não era a múmia de uma sereia, aquilo que eu tinha diante de mim. Era um grosseiro artefato, constatei, a um exame mais acurado: o corpo de um macaco, costurado à metade posterior de um grande peixe.

— Uma experiência que eu fiz, patrão.

A partir da figura de um velho livro, tentara produzir uma sereia.

— Não deu certo. Morreu, a criatura, logo que eu terminei a operação.

Tinha uma explicação para o seu fracasso:

— Eu não rezei as rezas que tinha de rezar. Se tivesse rezado certo, ela estava viva. Uma reza bem rezada é a coisa mais forte que existe.

Então faz chover com tuas rezas, eu disse, brincando. Bem que precisamos, a seca anda braba.

Me olhou, sombrio:

— Não brinca com estas coisas, patrão. Não brinca.

Lavrando o campo com um arado puxado a cavalo. Olhando os quartos traseiros do animal e ruminando minhas inquietações. Cinco meses depois de ter chegado à fazenda, eu me perguntava: o que é que vim fazer aqui? O que é que já descobri?

Caminhar pelo campo eu caminhava, e muito. De pés descalços. A sola dos pés tinha engrossado; não chegara à consistência de cascos, claro; nem sequer estava áspera como a palma das mãos, que o cabo da enxada ia enchendo de calos. Mas não fora pouco o que eu andara, em dias de sol e em noites de lua, à chuva e ao vento. Mas minhas perguntas continuavam sem resposta.

Rezar, eu rezava. Todas as manhãs. Xale de oração sobre os ombros, livro na mão, eu ia salmodiando orações. Sem resultado. Paz interior? Nenhuma. Mesmo a imagem do seio de Abraão ia se desfazendo em minha mente. De fato, as questões transcendentais insensivelmente iam sendo substituídas por outras: por que não alugar um trator? Em quanto andará o preço do adubo? Que será da soja, se não chover? Olhando o cavalo atrelado ao arado eu tentava deixar de lado essas prosaicas preocupações. Que diabos, onde estava o centauro em mim?

Aos poucos ia esquecendo Lolah. Claro, a pata mumificada estava ali, sobre a minha cama; mas já então era um objeto inconspícuo, tão habitual para os meus olhos quanto as rachaduras da parede. Como estas, já não me dizia nada. Mesmo seu rosto eu já tinha dificuldade de lembrar.

Tinha saudades, isto sim, de minha família. Meus filhos... Gostaria que os guris estivessem ali, ordenhando comigo as vacas ou ajudando no amanho da terra. Seria bom para eles. Seria bom para mim.

Também de Tita eu tinha saudade, embora ainda lembrasse com rancor o instante em que a surpreendera abraçada ao rapaz, uma recordação que me perseguia constantemente, mas que se desfazia à noite: entre o sono e a vigília, era o nome dela que eu murmurava, tateando a cama vazia. Tita. Que falta me fazia sua boca, seu corpo. Amor? Sim. Provavelmente sim. Quase certo que sim. Sim, era amor.

Por que não engolia meu orgulho, então? Por que não voltava para Tita, para meus filhos, para meus amigos?

Não. Isso não faria. Não sem antes ter esclarecido as dúvidas que me atormentavam. Não sem antes descobrir quem eu era: um centauro aleijado, privado de suas patas? Um ser humano tentando libertar-se de suas fantasias?

Sentado à porta da casa, uma noite, olhando o campo iluminado de luar, eu me fazia essas perguntas mais uma vez.

Na frente do estábulo, os braços erguidos para a lua, Peri entoava suas preces. Eu o olhava com inveja: ali estava um homem que tinha achado seu caminho.

De repente, tive uma ideia.

— Peri!

Ele veio, um pouco contrariado por ter sido interrompido. Convidei-o a entrar. Sentamo-nos à mesa, abri uma garrafa de conhaque (ele recusou, não bebia quando estava em período de orações) e tomei uma boa dose. Preciso de tua ajuda, eu disse.

— Se estiver ao meu alcance... — ele, surpreso.

— Tenho um problema, Peri. Um problema que quero resolver, e que não é de hoje.

E aí comecei a falar. Falei muito tempo; esvaziei a garrafa de conhaque, mas contei tudo: o meu nascimento, a minha vida na fazenda; relembrei mesmo nosso encontro (ele não disse nada, só ouvia). Falei de nossa ida para Porto Alegre, de minha fuga pelos campos, da vida no circo, do encontro com Tita, da viagem para o Marrocos, da operação, do condomínio horizontal, da morte do centauro, da minha segunda viagem para o Marrocos — de tudo. Ele escutava, me olhando fixo, o rosto iluminado pelo lampião. Disse-lhe que queria voltar a ser centauro — única maneira, eu achava, de recuperar verdades perdidas. Ele, o feiticeiro (interrompeu-me: feiticeiro ainda não, patrão, ainda estou estudando para isso), poderia me ajudar.

— Faz nascer patas em mim, Peri.

— O senhor está bêbado, patrão.

— Pode ser. Mas quero patas, Peri, entendes? Patas.

Eu não queria patas permanentes, expliquei. Eu queria patas decíduas, patas que durassem pouco tempo e que depois secassem e caíssem. O importante era voltar a ser centauro por alguns dias.

Eu falava, falava, ele não dizia nada. Continuava me olhando, imperturbável. Era mesmo estranho, aquele homem, aquele bugre. Se me achava louco, se tinha pena de mim, se interpretou como brincadeira as coisas que lhe disse, nada demonstrou. Me olhava, como se estivesse me avaliando. Como alguém que tem um segredo e hesita em partilhá-lo. O que me irritou:

— Então, Peri? Queres ou não tentar? Se não queres, arruma tuas coisas e desaparece da fazenda.

Posso tentar, ele disse por fim. Não me passou despercebida a omissão da palavra *patrão*. Éramos agora sócios num novo empreendimento, que consistia em ele mobilizar a oculta energia que recebia de deuses ancestrais para fazer brotar, do corpo de um homem, os quartos traseiros de um cavalo. Posso tentar, repetiu, o olhar brilhante, perdido; já estava maquinando, traçando planos, decidindo que plantas usar, a que feitiço recorrer.

Me dá um tempo, disse. Levantou-se, voltou para o estábulo. Fiquei bebendo. Terminei adormecendo, a cabeça caída sobre a mesa.

Dei-lhe um tempo. Mesmo porque tínhamos muito o que fazer. A soja, nossa principal lavoura, estava ameaçada pela estiagem que, vinda de dezembro, prolongava-se agora por janeiro. O rio, antes caudaloso, tinha baixado tanto que em certos pontos o leito estava à mostra. Decidi fazer um açude e represar a pouca água que sobrava. Os vizinhos não vão gostar, disse Peri. Os vizinhos que se danem, respondi, irritado.

Levamos vários dias nesse trabalho. Finalmente, terminamos; a água começou a correr por um fosso diretamente para a plantação de soja.

— Conseguimos, Peri! — gritei, entusiasmado.

Não respondeu. Olhava para um objeto que aparecia, meio enterrado, no leito agora visível. Calei-me e fiquei olhando também. Depois fui caminhando devagar até o local. Ia buscar o meu violino.

Pendurei o violino — o que restava dele — junto à pata de Lolah. Foi uma noite triste, aquela. Sentado no meu quarto, olhando o violino e a pata da leoa, eu me dava conta de estar, talvez, encontrando respostas para as perguntas que me colocara. Era sem dor que eu podia olhar para aqueles objetos, o que me deixava surpreso e até excitado. Excitação que aumentou quando, pela meia-noite, acreditei ter ouvido um ruflar de grandes asas. Corri para fora, esperançado. Nuvens escuras deslizavam no céu e ora encobriam a lua, ora não, mas nada mais se via.

Nenhum cavalo alado (que, segundo certos místicos, seria uma espécie de anjo da guarda dos centauros). Voltei para casa um tanto decepcionado, mas de qualquer forma tranquilo. Deitei-me e adormeci.

Não dormi muito: acordei com o fragor de uma explosão. Sobressaltado, levantei-me, saí. Peri também já estava de pé.

— Foi no rio! — gritou.

Corremos para lá. À luz do dia que clareava vimos que a barragem não existia mais: a explosão a destruíra. O rio corria de novo, vagaroso. Tinham feito um bom trabalho, os meus vizinhos.

Peri voltou-se para mim:

— Estou pronto, patrão.

Pronto? Pronto para quê? No primeiro momento não me dei

conta do que estava falando. Depois me lembrei: ele estava pronto para me transformar em centauro.

E eu, estava pronto? Já estivera mais. Na realidade, tinha até esquecido a nossa conversa. Centauro? Eu quase nem pensava mais no assunto. Soava-me até desagradável o lembrete de Peri, até ameaçador.

Contudo, eu precisava lhe responder. Ele me olhava, à espera. De repente, me animei. Ora, Peri não conseguiria me transformar em centauro coisa alguma. E, mesmo que o conseguisse, seria por pouco tempo: vinte e quatro horas, talvez. Foi o que lhe disse: que sim, que estava pronto para voltar a ser centauro, mas no máximo por um dia. Era possível? Claro, ele disse, o senhor é patrão, o senhor manda; e eu agora estava eufórico. Centauro por um dia, que experiência!

Por precaução, perguntei-lhe ainda se tinha bem presente a imagem do centauro (não fosse ele me fazer crescer patas nas costas, ou na cabeça). Disse que sim, que sabia muito bem o que era preciso fazer.

Ao cair da tarde, seguindo suas instruções, dirigi-me para o campo e me deitei no chão, de costas, braços abertos em cruz. Pouco depois ele apareceu: de tanga, e todo pintado, como um verdadeiro pajé. Não me disse nada. Começou a dançar ao meu redor, entoando uma monótona melopeia.

Eu olhava para o céu, onde nuvens negras se acumulavam. De repente, o bugre parou de cantar. Aproximou-se, jogou torrões de terra seca no meu peito, golpeou-me as pernas com o cajado que trazia consigo.

Começou a ventar. Logo em seguida uma pesada chuvarada desabou sobre nós.

— É a chuva! — gritou Peri, entusiasmado. — É a chuva! Estamos salvos! A minha reza deu certo!

— Tua reza deu certo? — sentei-me, puxei para cima a perna de uma calça. Pele, naturalmente. Pele branca com pelos escuros. — E as minhas patas, Peri?

Que patas, ele disse, o que interessa é a chuva, patrão! Se está chovendo é porque a reza deu certo. Eu o olhava, sem entender.

— Levanta daí, patrão! Vamos para casa. O senhor já está todo encharcado, vai ficar doente. Anda, vamos para casa.

Pus-me de pé, desconcertado. E então, a visão embaralhada pela chuva que me golpeava o rosto, avistei, ao longe, uma figura que vinha a galope. Meu coração se acelerou:

— Olha lá, Peri! Olha lá!

Um centauro? Eu mesmo, o Guedali centauro, vindo ao encontro do Guedali bípede?

Não. Era alguém que vinha a cavalo. Era uma mulher. Era Tita! Deteve o cavalo a poucos metros de nós, saltou e correu para os meus braços. Durante minutos ficamos assim, abraçados, chorando. Vamos para casa, eu disse. Coloquei-a sobre a sela, montei também. Peri nos olhava, espantado, sem entender.

— Sobe, Peri! — gritei, rindo, sob a chuva que aumentava. Ele não vacilou: içou-se, ágil como um macaco, para a garupa do animal. E seguimos para casa.

Entrei com ela nos braços, deitei-a na cama. Ela me olhando, sorrindo, tirei-lhe a roupa. Deitei-me a seu lado. Beijei-lhe a boca, os seios, o ventre, as coxas, os pés. Que saudades eu tinha daquele corpo. Seios de Abraão, que saudades eu tinha.

Os melhores dias de nossa vida? Sim. Quase certo que sim. Tão bons como os dias em que galopávamos na estância.

Passeávamos pelo campo, Tita e eu, olhando a soja revigorada pelas últimas chuvas.

Ela, surpreendentemente, era quem mais falava. Me contava dos dias que se seguiram à minha partida. Trancara-se no quarto, não queria ver ninguém, nem nossos filhos. As mulheres — Bela,

Tânia, Beatriz, Fernanda — batiam à porta, imploravam que as deixasse entrar. Não respondia. Nem tocava na comida que colocavam diante da porta.

— Mas devo te confessar — disse, olhando-me nos olhos — que não foi só por tua causa que fiquei naquela bruta fossa. Havia outras razões. Tu sabes. Coisas que eu vi na psicoterapia.

(Sim. Mas teria mesmo amado o centauro? Sim. Por que não? Não há mulheres, eu me perguntava, que de repente se apaixonam por um artista de TV, por um adolescente que encontram na rua?)

No início, nem sequer se importara com minha ausência: fugiu de casa? Pois que vá para o diabo que o carregue. Aos poucos, porém, fora se dando conta de que sentia falta de mim; também ela se revolvia na cama sem poder dormir, também ela murmurava meu nome. E então, uma noite toca o telefone: Mina, avisando que eu estava na antiga fazenda em Quatro Irmãos.

— Peguei o primeiro avião para Porto Alegre — disse — e depois o ônibus para Quatro Irmãos... Mas não houve maneira de conseguir um táxi que me trouxesse até aqui: há um pontilhão caído na estrada. O jeito foi alugar um cavalo. Felizmente ainda sei galopar — acrescentou, e rimos, os dois.

Caminhávamos muito, conversávamos muito, ríamo-nos por nada. Às vezes ficávamos em silêncio, mas não por muito tempo: logo recomeçávamos a falar, os dois ao mesmo tempo — tínhamos tanto a nos dizer. De longe, Peri nos olhava. Tita fascinava-o, via-se. Que mulher linda o senhor tem, patrão, dizia, com visível despeito e até com raiva. Eu encontrava perto da casa bonequinhos de sabugo de milho com pregos espetados: feitiços dele contra mim. O bugre está querendo mesmo me conquistar, dizia Tita, rindo.

No fim daquela semana chegaram nossos filhos. E meus pais, e minhas irmãs com as famílias. Estamos todos reunidos, dizia meu pai, comovido, no mesmo lugar onde começamos. Comemoramos o encontro com um grande churrasco. Peri revelou-se ótimo assador, ajudado pelos gêmeos, que não o largavam um só instante, maravilhados com as histórias que o índio lhes contava.

Com meu pai eu dava longas caminhadas pela fazenda. Certas árvores, certas pedras lhe avivavam a lembrança: aqui uma vez matei uma cobra... Aqui, Débora e Mina brincavam... Entusiasmava-se com a soja: isto aqui não havia no meu tempo, dizem que dá bom dinheiro. Terminava suspirando: ah, se o Barão visse tua plantação, ficaria contente. Sobre mim não falávamos, nem ele me perguntava como eu estava: temia, decerto, que lhe falasse de novo em patas, em galopar pelo campo.

Os dias eram claros, luminosos, agora que a chuva cessara. Dias de festa: fazíamos piquenique no campo; organizávamos jogos e torneios; íamos todos tomar banho de rio. Minha mãe parecia rejuvenescida, alegre como nunca estivera. Lamentava apenas a ausência de Bernardo, que devia andar vagueando, sabia-se lá em que canto do Brasil. Talvez ele ainda apareça, dizia Mina.

Não, Bernardo não apareceu, mas Paulo e Fernanda e Júlio e Bela vieram nos ver. Paulo tinha boas notícias: traçara um plano para entrarmos no ramo de exportações, que estava dando muito dinheiro. Montaríamos uma firma com vários escritórios: em São Paulo, no Rio, em Porto Alegre:

— Pensei que você poderia ficar no Rio — disse, escolhendo as palavras e me sondando o rosto. — Ou melhor ainda, em Porto Alegre, junto da tua família.

Temia — como meus pais, e minhas irmãs, e talvez até como Tita e meus filhos — que eu fugisse de novo. Não me ofendi, contudo:

— Boa, essa ideia, Paulo. Muito boa. Vou pensar no assunto. Mas, em princípio, aceito.

Ótimo, ele disse, aliviado, e mudou imediatamente de assunto: falou do entusiasmo que lhe dava a fazenda. Quanto espaço você tem aqui para correr, Guedali, exclamou, com alguma inveja.

— Continuas correndo? — perguntei.

— Todas as noites. Os guardas do condomínio já estão acostumados, acham graça. A propósito, mandei vir dos Estados Unidos uns sapatos de corrida sensacionais. Têm encaixes por dentro... E as travas são ocas, com umas molas minúsculas dentro, uma coisa muito bem bolada: os sapatos te projetam para a frente, Guedali. Você corre mesmo que não queira.

Sorriu, melancólico.

— Sinto falta de você, Guedali. Correr sozinho não é a mesma coisa. Aliás, correr é esquisito, eu sei. Na verdade, eu deveria jogar tênis, que está na moda, todo mundo pratica. .. Mas gosto de correr, Guedali. É uma das poucas coisas em que acredito.

Não estava muito satisfeito com a situação, confidenciou-me, apesar das perspectivas da nova firma.

— O socialismo vem aí, Guedali. Mais cedo ou mais tarde, pode escrever. Olha a África: não passa um dia sem que um país se torne socialista. Na Ásia, a mesma coisa. Aqui os caras dizem que temos capitalismo... Sim, mas por quanto tempo? Tem havido um bocado de abuso. Um amigo meu tem dois iates, outro vai para Paris um mês sim, um mês não. Esta situação não vai durar. Qualquer dia um general, ou um coronel, ou mesmo um major, enfim, um militar qualquer se irrita com a situação e pronto, está proclamado o socialismo. E aí será aquela coisa: você só pode ter uns tantos metros quadrados para morar, só pode fumar tantos cigarros. Automóvel não será para todos. Viagens para o exterior, então, nem se fala. Quer dizer: temos de aprender a gostar de coisas simples, Guedali. De correr, por exemplo.

Tinha um plano: uma maratona gigantesca.

— Se inscrevem cem, duzentos corredores, gente como nós, de confiança. Vamos correndo pelas estradas do Brasil; tudo em etapas, naturalmente. Chegamos à América Central, aos Estados Unidos, vamos ao Alasca, passamos por aquela região dos gelos eternos, avançamos pela Ásia, chegamos a Jerusalém, entramos em triunfo pela Porta dos Leões e terminamos nossa corrida no Muro das Lamentações.

Seu rosto se iluminava:

— E aí é que está a coisa: conforme estiver a situação, a gente nem volta. Ficamos lá mesmo, pela Cidade Velha. Fazendo o quê? Qualquer coisa. Artesanato de cobre. Vendendo cartões-postais. Qualquer coisa que dê para a gente ganhar um dinheirinho de dia — e correr de noite.

Bela, que ouvira parte da conversa, discordava:

— O capitalismo aqui está consolidado, Paulo. Então você acha que as multinacionais vão entregar a rapadura? Não se assuste, rapaz. Pode continuar exportando de dia e correndo de noite, sem susto. Eu já me acostumei com a ideia: é capitalismo? Pois que seja capitalismo, não vou esquentar a cabeça por causa disso. A vida é muito curta para a gente desperdiçá-la em loucuras. Se é para contestar, temos de partir para formas toleráveis de contestação. Temos de ir para a defesa do consumidor, para a proteção do meio ambiente. Os caras estão aí, botando verdadeiros venenos na comida, estão acabando com a natureza — você sabia que o ornitorrinco não existe mais, Guedali? Pois não existe. Vi uma fotografia do último exemplar: era um bicho interessante, com bico de pato e mamas. Mamas, rapaz! Quer dizer, uma coisa completamente diferente. Agora me diz, Guedali, só porque uma criatura é diferente, ela não tem o direito de existir? Que direito têm esses caras de liquidar as baleias? Outra coisa em que a gente tem que pensar é o feminismo. Pô,

Guedali, as mulheres são metade da humanidade e estão aí sofrendo horrores. Isto tem de acabar, Guedali, é uma barbaridade. Não é só competir com os homens, não; também não é o caso de queimar sutiãs. É o orgasmo que interessa, Guedali. A gente tem de brigar pelo orgasmo das mulheres. E vocês, homens, têm de colaborar, vocês não podem se omitir nesta questão importante. Vocês têm se comportado como garanhões — Guedali, você é gaúcho, sabe do que estou falando. É aquela coisa de vir a galope, dar uma trepada e sair de novo correndo pelo campo. Não dá, Guedali. Convenhamos. Não dá.

Não é bem assim, começava a dizer Paulo, mas então minha mãe aparecia: chega de conversa fiada, crianças! Vamos para a mesa, que a comida está esfriando.

O que é isso aí, me perguntou Tita uma noite, apontando a pata mumificada de Lolah. Nada, eu disse, evasivo. Franziu a testa: como, nada? Isso é a pata de um bicho, Guedali. É uma espécie de amuleto, eu disse, foi o Peri quem me deu.

Ela não se dava por convencida:

— Estás me escondendo alguma coisa, Guedali. Vamos, me diz o que é isso aí. Está na hora de pararmos de mentir um para o outro.

Hesitei, e por fim decidi: contei-lhe meu caso com Lolah, tudo nos menores detalhes. Ela me ouvia, a princípio incrédula, logo arrasada. Quando terminei ficou em silêncio, cabeça baixa. Pensei que estava ressentida, o que me irritou. Tu trepaste com um centauro, me deu vontade de dizer, e eu com uma esfinge, qual a diferença? Qual a diferença entre o pênis de um cavalo e a vagina de uma leoa? Tudo é animal.

Mas ela não estava ressentida. Está bem, Guedali, disse, quando ergueu os olhos para mim. Está bem. Vamos esquecer tudo, vamos passar uma esponja no passado. Vamos viver para o futuro, para os nossos filhos.

Naquela noite — uma noite quente — saí a caminhar sozinho pelo campo. Na frente do estábulo, Peri estava ajoelhado, braços erguidos para o céu, rezando. Boa noite, eu disse. Não me respondeu. Andava esquivo comigo.

Continuei caminhando, fui até o rio. Sentei-me numa pedra, fiquei pensando. Sim, eu agora estava bem. Já não sentia vontade de galopar, já não me fazia perguntas. De uma forma ou outra, estava curado. Levantei-me, voltei para casa. Correndo pelo campo, saltando, rolando na grama úmida. Feliz.

Quando entrei no quarto, Tita dormia.

Aproximei-me cautelosamente, ergui o cobertor. Ali estavam os pés dela. Pés, não cascos. Pés miúdos, delicados. Como no dia de nosso reencontro, beijei amorosamente aqueles pés. E senti que era tempo de voltarmos para a cidade.

São Paulo: restaurante tunisino *Jardim das Delícias* *21 de setembro de 1973*

Agora que não há mais cascos evidentemente não é possível, mas a vontade que tenho é de dar patadas no chão até que um garçom apareça. Está cada vez pior o serviço deste restaurante. Os garçons não aparecem, mas em compensação as moscas não param de voejar a meu redor, numa operação planejada para me encher o saco.

À minha frente, Tita continua conversando com a moça dos óculos escuros. A história que está contando, conheço de cor. É a mesma que conta à Bela, por exemplo. Me surpreende, contudo, que Tita entre em pormenores, que revele segredos a esta moça que é praticamente uma desconhecida. Por quê? Estará bêbada a minha mulher? Ou terá visto na moça uma alma irmã? Não importa. Por mim, pode contar a história como quiser. O Guedali de quem fala me é tão irreal quanto o seria um centauro para qualquer pessoa. A história que Tita narra, contudo, é bem verossímil: não há centauros nas cenas equestres que descreve. Há um menino nascendo no interior do município de Quatro Irmãos, Rio Grande do Sul; mas nenhum cavalo alado voa sobre a casa de madeira no momento do parto. É possível que, antes, alguma coisa tivesse adejado sobre aquele telhado: a alminha da futura criança que, como diz o *Zohar*, o Livro do Esplendor, já está presente quando os pais se abraçam — ternamente, ou furiosamente, ou desesperadamente, ou desinteressadamente, ou esperançadamente — para dar início a uma nova vida. Guedali não sabe que Tita lê o *Zohar*, o texto misterioso a que os cabalistas recorrem em busca de respostas para as incógnitas do universo. Isto é: Tita pensa que Guedali não sabe que ela lê o *Zohar*; há segredos entre os dois. Mas Guedali sabe. Sabe de muitas coisas. A sabedoria que estava no miolo de seus cascos não se perdeu, apesar da operação.

Tita fala de um parto difícil. O feto Guedali estava em má posição no útero: em vez de descer primeiro a cabeça, desceram primeiro as pernas. (Pernas. Para Tita, pernas.) A parteira puxava, desesperada, dona Rosa berrava, as irmãs choravam, era uma confusão. Depois do parto a mãe teve uma severa depressão. Durante dias ficou deitada, imóvel, sem falar com ninguém, mal se alimentando.

Tão logo melhorou, o pai decidiu fazer a circuncisão. Nova confusão: o *mohel*, velho alcoólatra, estava passando por uma fase de alucinações. Chegando à casa viu não uma criança normal, mas sim um menino com patas de cavalo. Apavorado, quis fugir. Leão Tartakovsky não deixou. Discutiram. Por fim, e à vista do pênis de Guedali, que lhe pareceu gigantesco, o *mohel* concordou em realizar o ritual, aparentemente fascinado pela oportunidade de realizar uma circuncisão como nunca ninguém tinha feito.

(A moça ri, mostrando dentes perfeitos, fortes: muito alcatre devem ter despedaçado esses dentes. Muito ombro devem ter mordido.)

Guedali cresce na fazenda. É um menino quieto. Gosta de

caminhar, apesar de um defeito de nascença — tem um pé levemente equino, o que o obriga a usar sapatos ortopédicos e lhe dificulta a deambulação. Em compensação, é excelente cavaleiro: é com desenvoltura que galopa pelos campos. Leão não gosta que o filho se afaste de casa; mas é no campo que Guedali se sente bem. Lá pode ficar conversando com seu amigo imaginário, o indiozinho Peri. Aliás, seu único amigo, naquela região remota.

Gosta de cavalgar; e gosta de tocar violino. Às vezes cavalga tocando violino, uma habilidade que deixa os pais admirados. E esperançosos. Será o filho um virtuose? Um Misha Elman, um Yehudi Menuhin, um Zimbalist? Nunca se saberá: um dia, sem razão aparente, Guedali joga o violino às águas barrentas do rio. Assim é ele, imprevisível. Não por isso gostam menos dele os pais e as irmãs; já o irmão, Bernardo, devota-lhe ódio gratuito. Não perde ocasião de hostilizá-lo. E, como se não bastasse, Guedali tem também um desafeto: Pedro Bento, filho de um fazendeiro vizinho. Esse perverso obriga Guedali a se pôr de quatro, cavalga-o como a um cavalo. Episódio doloroso, que se constitui, para dona Rosa, na gota que faz transbordar o cálice. Há tempo ela quer sair da fazenda; está provado, diz ao marido, nossos filhos não podem viver entre esses brutos.

Mudam-se para Porto Alegre, vão morar numa casa em Teresópolis. Guedali cresce, torna-se adolescente. Continua tímido, retraído — a tal ponto que a festa de bar mitzvah é realizada em casa, só para a família.

É inteligentíssimo. Recusa-se a frequentar o colégio, para desespero dos pais, que lhe desejam um futuro melhor do que atender ao balcão do armazém da família; mas lê muito, faz cursos por correspondência, aprende vários idiomas pelo método *Linguaphone*. E tem um *hobby* interessante: gosta de fazer observações com um telescópio.

— Foi aí que se apaixonou pela primeira vez — diz Tita.

— Por uma vizinha que só conheceu pelo telescópio: nunca chegou a falar com ela, imagina. O máximo que fez foi mandar-lhe uma carta de amor por um pombo-correio chamado Colombo. Só que o Colombo, em vez de entregar a mensagem, aproveitou e se mandou.

A moça sorri.

É linda, essa moça. Na verdade, não é tão jovem — é difícil julgar-lhe a idade, por causa dos óculos escuros —, deve ser até mais velha que eu: o fato é que me dá uma tremenda tesão. Chego a imaginar cenas: eu, perseguindo-a nas montanhas da Tunísia, encurralando-a no desfiladeiro sem saída. Aproximando-me, devagar, rindo. Ela, desabotoando a blusa, rindo também. E saltando sobre mim como uma leoa, louca de desejo, nós então fazendo amor nesse desfiladeiro das montanhas da Tunísia.

Outra: nós galopando lado a lado no pampa, nus ambos. Salto do meu cavalo para o dela, caímos os dois na relva macia, rindo. Daí por diante tudo se passa como se estivéssemos no desfiladeiro da Tunísia.

Uma terceira. Aqui mesmo, no restaurante. Ela se dá conta de que esqueceu algo no carro; os documentos, por exemplo. Pede que eu a acompanhe. Saímos. Cai uma chuva fina. Vamos correr, ela diz, e saímos correndo, eu um pouco vacilante por causa da bebida. Vem, ela diz, e me toma a mão. Abraço-me a ela, e corremos os dois até o carro estacionado numa ladeira. Ela abre a porta, senta à direção. Sento-me ao lado. Durante uns instantes ficamos ali, ainda ofegantes da corrida, nos olhando e rindo. Os faróis dos raros carros que passam iluminam-lhe o rosto, o pescoço, uma nesga de seio que aparece pela blusa entreaberta. A chuva aperta: agora é um toró que cai, com um ruído ensurdecedor, sobre a capota do carro. Como é que vamos sair daqui, ela pergunta. Não vamos sair, digo, vamos esperar que a chuva passe. Ela se inclina para apanhar os documentos no porta-luvas, a blusa se abre, o seio salta para fora, e já está nos meus braços, nós nos beijando furiosamente. Deito-a sobre o banco, deito-me sobre ela, nos movendo dificultosamente no estreito espaço, levanto-lhe a saia sem ouvir-lhe o débil protesto — que loucura, Guedali, que loucura — aí acontece um imprevisto que, ao final, só servirá para tornar mais picante a situação: com o flanco bato na alavanca de mudança. O carro, que estava apenas engrenado, começa a deslizar, mas eu não posso parar, estou quase acabando, ela grita, Guedali o carro está andando, pronto, me acabei, dou um pulo, piso no freio. Olho-a: está pálida, os olhos arregalados. Você se machucou, pergunto. Não, ela diz, foi só o susto. E acrescenta: que pena, Guedali, eu estava quase chegando lá, Guedali. Não tem importância, eu digo, vamos de novo. E vamos de novo, desta vez, sim, ela goza. Sentamo-nos, nos olhamos. E de repente começamos a rir. Rimos muito, eu batendo com a mão na direção e de súbito fazendo soar a forte buzina, com o que rimos mais ainda. E, ainda rindo, voltamos ao restaurante.

Frustrado em sua paixão, Guedali foge de casa. Vagueia pelos campos do Rio Grande, passa fome, tem de roubar para comer. Por fim, consegue emprego num circo. Usa sua fértil imaginação para criar um número cômico: confecciona, com o couro de um cavalo, uma fantasia de centauro. As patas dianteiras são suas próprias pernas; o corpo e as patas traseiras estão forrados de palha. O público delira quando o centauro Guedali aparece no picadeiro.

Aí, o segundo caso de amor.

— Com a domadora — diz Tita, e acrescenta, rindo: — Ainda bem que não foi com a leoa.

A domadora, mulher misteriosa, fascinante. Guedali agrada-lhe. Vai à barraca dele, uma noite. O rapaz, inexperiente, atira-

-se sobre ela, quer possuí-la à força. A domadora se assusta, grita — *Um cavalo! Um verdadeiro cavalo!* — ele foge. De novo perambula pelas estradas. Acaba chegando à fronteira. É então que encontra Tita, filha de criação do estancieiro Zeca Fagundes e de sua mulher, dona Cotinha.

— Meu pai era um homem difícil — diz Tita, subitamente séria, melancólica até. — Um tirano para os peões da estância. E mulherengo, um verdadeiro tarado. Chego a pensar que não era só como filha que me olhava... Morreu no dia em que Guedali chegou à estância. Teve um ataque de coração, coitado.

Esse dia. De manhã cedo Guedali chega à estância. Avista um cavalo pastando. Dá-lhe saudade da fazenda, uma vontade imensa de galopar. Monta em pelo. O cavalo corcoveia um pouco, mas aceita o ginete; esporeado pelos calcanhares impacientes de Guedali, corre pela várzea.

Enquanto isso, Tita também está saindo para um passeio a cavalo. É o dia de seu aniversário, quer comemorá-lo galopando. O estancieiro avista-a cavalgando o malhado em meio à leve cerração da manhã de inverno. Tonto como está — passou a noite de farra, bebendo —, o que ele vê não é a filha de criação, mas sim uma fêmea apetitosa. E nua, por cima, uma Godiva dos pampas. Mais que depressa encilha o cavalo e sai atrás dela.

Guedali, que vem da direção oposta, avista-os de longe. Desmonta, corre a refugiar-se com o cavalo numa tapera, fica espreitando por uma fresta na parede. Ao ver que se trata de uma moça indefesa perseguida por um homem, não vacila: torna a montar e irrompe porta afora. Ao vê-lo, o estancieiro dá um grito e cai do animal. Morto.

Guedali vai no encalço da moça, cujo cavalo disparou. Contém o animal, faz com que ela apeie, leva-a para a tapera. Está traumatizada a pobre: trêmula, o olhar esgazeado. Guedali tenta acalmá-la. A moça rompe num pranto convulso, benéfico. Ele deixa-a chorar; murmura palavras carinhosas, enxuga-lhe as lágrimas. Beija-a suavemente; ela hesita, mas depois corresponde. Deita com ela, desta vez não é brutal. Pelo contrário, guiado por uma secreta sabedoria que até a ele surpreende, acaricia-a com arte, desperta aos poucos a fêmea. É bom, ela geme, é muito bom. Estremecendo de prazer.

— Mas ainda não era amor o que eu sentia — diz Tita à moça. — Não amor no sentido verdadeiro da palavra, você compreende? Era mais sexo; e também uma coisa simbólica. Num certo sentido o Guedali estava substituindo o pai morto, você entende? Isso vi depois, na minha psicoterapia.

Apaga o cigarro.

— Aliás, o safado aí ficou se aproveitando das minhas fantasias. E nem falava em casamento. Você sabe, eu sendo *gói*, ele não queria enfrentar os velhos, tinha medo.

Dona Cotinha é uma verdadeira mãe para os dois. Guedali e Tita não precisam se preocupar com nada. Passeiam pelo campo, a pé ou a cavalo. E se amam. Se amam muito. A qualquer momento, em qualquer lugar. Uma vez, no campo, veem o cavalo de Guedali montar a égua de Tita. A cena deixa-os excitados; rindo, eles tiram a roupa e se deitam ali mesmo, na coxilha, em plena luz do dia.

Essa felicidade é bruscamente interrompida...

O Guedali, até então um rapaz sadio, fica doente. Tem dores de cabeça terríveis, acompanhadas de sensações estranhas. Parece-lhe que o corpo cresceu, que ficou enorme, e que a pele dos pés se tornou grossa e dura: cascos. Apresenta distúrbios de conduta: levanta-se à noite, sai correndo pelo campo. Tita tem de ir buscá-lo, ele não quer voltar para casa, diz que é um centauro.

Centauro, exclama a moça incrédula, essa não! Vê-se que tem vontade de rir, mas que se contém: não sabe se a coisa deve ser encarada como brincadeira, como parte do tom jocoso que Tita dá à narrativa, ou se é sinal de que algo sério vai ser contado. De qualquer maneira, não parece acreditar que alguém possa se levantar à noite para correr pelo campo, julgando-se centauro.

Ah, não? Não acredita? E estas pernas, moça? Estas pernas que não param quietas durante o dia e que não me deixam dormir à noite, o que são estas pernas incansáveis, moça? Que energia inesgotável as anima? Moça, há noite em que galopo quilômetros. Não que eu assim o queira; são as pernas que não param. Claro, eu poderia cruzá-las, fazer com que se subjugassem uma à outra pelo próprio peso. Só que aí eu correria outro risco: o da fusão. Já imaginou, as duas pernas se unirem num apêndice único? Já imaginou esta espécie de cauda se recobrindo de escamas, me metamorfoseando naquele ser ainda mais improvável que o centauro, o macho da sereia?

Tita não sabe o que pensar, mas dona Cotinha suspeita que se trate de coisa grave. Vários médicos são chamados; concordam que se trata de um problema neurológico sério, talvez um tumor cerebral, mas não estão bem seguros. Dona Cotinha impacienta-se, exige que façam o diagnóstico, o dinheiro não importa. Indicam-lhe então o especialista da moda, um cirurgião que tivera clínica em Paris e que agora está no Marrocos. Não conseguindo um avião especial, como desejava, dona Cotinha freta um navio. A viagem é terrível, Guedali vomitando o tempo todo, mas finalmente chegam, Tita e ele. O médico examina-o, decide operar de imediato.

— E era mesmo um tumor cerebral — diz Tita. — Enorme, menina. O médico disse que nunca tinha visto, naquele lugar, um tumor tão grande e com um formato tão estranho.

Tumor. Interessante. *Tumor, como gerar um:* imagine um centauro. Imagine-o imóvel. Imóvel, mas pronto para o galope, a cabeça projetada para a frente, os punhos cerrados, os tendões retesados. Essa figura, imaginária, gera naturalmente uma tremenda energia — ainda que imaginária. Energia essa que invade tuas pupilas dilatadas, flui ao longo do nervo óptico, chega ao cérebro e aí começa a se acumular num remanso qualquer. O redemoinho, dessa forma provocado, ativa extraordinariamente células até então pacatas, com o resultado de que começam a proliferar anarquicamente, *à la* povos primitivos. Logo terás um nódulo, o nódulo cresce, emite apêndices à maneira de patas, de tronco, de braços, de cabeça — e pronto, eis formado no interior mesmo da massa cerebral o modelo miniatural de um centauro, de cabeça para baixo — porque especular —, em tudo semelhante à imagem que o gerou, exceto quanto ao fato de ser real, bem real — pelo menos para Tita, que é até capaz de ter radiografias comprovadoras de qualquer excrescência do gênero.

Guedali na sala de recuperação, ainda inconsciente, um acidente desafortunado ocorre com Tita: é atropelada por um furgão que entra na clínica — imprudência do chofer — em alta velocidade. Jogada a distância, ela tem fraturas expostas na bacia e nas pernas. O médico marroquino opera-a de urgência.

— E assim ficamos os dois hospitalizados. Lado a lado, eu com a metade do corpo engessada. Seria até cômico, não fosse pelas dores que a gente sentia.

Guedali recupera-se rápido, Tita mais lentamente. Tudo parece bem, mas eles têm de passar ainda por outra provação: a notícia da morte de dona Cotinha, o que os deixa muito tristes.

Chega o dia da partida. Diante dos funcionários da clínica, reunidos, eles dançam a *Valsa do Adeus*. E voltam — não para a estância, que não lhes significa mais nada, agora que dona Cotinha morreu — mas para São Paulo. Com o dinheiro da herança, compram uma casa e Guedali monta uma firma de representações. Os primeiros tempos são duros. Guedali ainda tem dores de cabeça e alucinações, embora passageiras; Tita caminha com certa dificuldade; como ele, também precisa usar sapatos ortopédicos. Por causa desses problemas todos, Guedali não quer filhos. Concorda, isto sim, com o casamento. A festa é realizada em Porto Alegre, para alegria geral da família, embora a mãe ainda encare a nora com desconfiança.

Quando Tita anuncia que está grávida, Guedali faz um escândalo. Por fim, conforma-se, mas exige que o parto seja feito pela parteira que o trouxe ao mundo. A mulher, já velha, tem de ser localizada e transportada de avião a São Paulo. Tudo corre bem, logo o Guedali vê-se pai de dois belos garotos.

— Ele não queria assumir a paternidade — Tita, rindo. — Por castigo, teve gêmeos.

Começam a conviver mais com os amigos. Antes, eram considerados um casal esquisito. Não iam à praia, porque Tita, muito tímida, não queria ser vista de maiô, ainda mais com as cicatrizes da cirurgia. Além disso, por causa das botas ortopédicas, anda sempre de calças compridas. Contudo, os amigos aprendem a gostar deles tal como são; e ademais calças compridas e botas tornam-se moda, Tita é até elogiada pela elegância.

Nesse clima de afeto, de compreensão, a ideia de morarem juntos num condomínio é apenas natural. É uma nova vida que se inicia, uma vida alegre e tranquila. Um único problema, ao se mudarem: Guedali encontra Pedro Bento, o antigo desafeto, como chefe dos guardas. Poderia agora se desforrar; tem, contudo, bem presente as palavras de Jeová: a vingança é minha. Quer se reconciliar com o passado e não será por um Pedro Bento qualquer que não o fará.

É então que começa a ter ciúmes. Logo ele que teve — e nenhum dos amigos o ignora — um caso com Fernanda! Suspeita de cada telefonema que Tita dá, suspeita de seus silêncios. Depois se verá que os ciúmes são infundados, doentios. Mas, até que isso se esclareça, passam-se semanas e meses. Uma situação difícil, que o episódio Ricardo só vem agravar.

Tita fala de Ricardo. Para ela, não se trata de um centauro. É o jovem que foi morto no condomínio na noite de 15 de julho de 1972. Centauro? Não. Não é centauro.

Nasce, esse Ricardo, numa praia de Santa Catarina onde os pais, de Curitiba, estão passando o veraneio. Tal como Guedali, é circuncidado no oitavo dia. Diferente de Guedali, porém, é criado com todo o conforto: o pai, rico industrial, não quer que nada falte ao filho único. Como Guedali, Ricardo é tímido, reservado, prefere ficar em casa, absorto nos brinquedos e, mais tarde, nos livros. São os livros (como dirá a mãe, indignada) que lhe viram a cabeça: os romances de Michael Gold, de Howard Fast e de Jorge Amado, sem falar nas obras de Marx e de Friedrich Engels. Torna-se um revoltado. Quer reformar o mundo. Inquieto, vive na rua, ele que sempre fora tão caseiro. Anda pelos bares de Curitiba, liga-se a um bando de jovens fanáticos como ele. Atrelando seu destino à transformação violenta da cidade, alista-se na guerrilha urbana. Mal sabe manejar um revólver; mesmo assim tenta, com outros, assaltar um banco em São Paulo; isso, em 1967. É preso. Consegue fugir, sai clandestinamente do país, vai para a Argélia. Lá vive alguns anos, trabalhando como garçom para se manter. Aos poucos o fervor revolucionário vai dando lugar à melancolia. Sente saudades do Brasil, dos amigos, e sobretudo dos pais, com quem se corresponde através de um parente na França. Quer voltar. Mas como? Será preso tão logo chegue: os órgãos de segurança têm sua foto, suas impressões digitais. Um falsário inglês que conhece no restaurante e de quem fica amigo sugere-lhe um plano: alterar o rosto e as impressões digitais por meio de cirurgia plástica. E quem fará isso, pergunta Ricardo, achando a ideia meio maluca, mas disposto, desesperado que está, a tentar qualquer coisa. O inglês dá-lhe o nome e o endereço de um médico marroquino, cirurgião habilidoso, que faz qualquer coisa por moeda forte.

Ricardo escreve aos pais, que lhe mandam dinheiro. Vai para o Marrocos. A clínica lhe causa péssima impressão e bem assim o médico, homem já velho, de mãos trêmulas e olhar meio desvairado, que mal consegue conter a cobiça e se vangloria de ter feito as cirurgias mais estranhas.

Durante vários dias o rapaz fica na clínica, indeciso entre operar-se ou não. Tem medo, esta é a verdade. Já tivera medo antes, na véspera do assalto ao banco; na hora, porém, uma grande tranquilidade se apossara dele. Portara-se como um profissional, imobilizando os funcionários sob a mira de sua arma e trancando-os no banheiro. Agora, porém, a perspectiva de adormecer sob o efeito da anestesia e acordar com a cara retalhada por incisões desastradas o deixa simplesmente apavorado. O médico marroquino não parece perceber seu drama. Insiste em que a cirurgia seja realizada o mais rápido possível, alegando motivos de segurança. Mas Ricardo acha que ele quer mesmo é o dinheiro: não há outros pacientes na clínica, deve estar precisando. Com um pretexto ou outro, vai protelando a operação. Não admite que está com medo; procura se convencer de que está apenas sendo prudente. Precisa saber mais acerca do médico, não vá ser ele um delator. É assim que uma tarde, vendo-se sozinho na clínica, entra no escritório e examina o arquivo. Encontra a ficha de um brasileiro, um Guedali, de São Paulo. Anota o endereço; poderá ser útil.

Naquela noite o médico anuncia que a cirurgia será realizada no dia seguinte, de qualquer maneira. A brincadeira perdeu a graça, diz irritado, e Ricardo vê que ele está falando sério. É hora de me mandar, pensa. À noite, junta suas coisas e foge. Um berbere dá-lhe carona de camelo até a cidade. Vai direto ao porto, descobre um navio que está prestes a levantar ferros rumo ao Brasil. Suborna o imediato para admiti-lo a bordo; o homem aceita o dinheiro, mas diz que ele deve saltar ao mar ao largo da costa de Santos, antes que o navio atraque. É o que ele faz. Nada até a praia. Escondendo-se de dia e caminhando à noite, chega aos arredores de São Paulo. Esconde-se numa casa abandonada e aí encontra um tipo exótico, um *hippie*, já de certa idade, que usa um grande relógio pendurado no pescoço. Conversam, Ricardo mostra-lhe o endereço do condomínio horizontal, pergunta se sabe como se chega lá. Ao ver o nome de Guedali, o homem exclama: mas é meu irmão! Insiste com Ricardo para que o procure: Guedali vai te ajudar a ir para Curitiba sem perigo, garante.

Ricardo chega ao local. Por precaução, resolve evitar os guardas da portaria. A cerca é alta, mas não representa problema para ele: no treinamento da guerrilha aprendeu a vencer obstáculos ainda mais difíceis. À noite, usando como vara um bambu retirado de uma touceira próxima, transpõe-na com a maior facilidade.

Escondendo-se nas moitas e nos bosquetes identifica, pela placa com o nome, a casa de Guedali. Entra pela porta dos fundos. Não é Guedali que encontra. É Tita.

Olham-se. Tita não parece assustada, nem surpresa, é como se o esperasse. Sorri, ele sorri também. Ela o toma pela mão, leva-o para o desvão sob a escada. Ali ficam conversando baixinho, horas, contam-se suas histórias. Tita ouve fascinada o rapaz; admira-lhe a coragem, o desprendimento. Isso de mudar o mundo, é coisa em que ela nunca tinha pensado. Guedali chega, ela está tão perturbada que mal consegue falar. O que é que tu tens? — ele pergunta, suspeitoso. Nada, ela responde, um pouco de dor de cabeça. Sabe que Guedali não anda bem da cabeça; teme por seu equilíbrio emocional. Ele vai dormir, aparentemente sem desconfiar de nada.

No dia seguinte, depois que Guedali sai, ela dá folga às empregadas, e com isso fica mais tranquila: os filhos estão no sul, com os avós. Ela prepara uns sanduíches e leva-os ao rapaz. De novo conversam longamente. Por fim ele confessa: está apaixonado. Uma coisa súbita, mas definitiva, está seguro. E faz uma proposta: que fujam juntos. Viverão no interior, talvez no Rio Grande. Criarão algum gado, plantarão o necessário para a subsistência, não mais, porque o rapaz não quer saber de plus-valia — e sobretudo se amarão. Se amarão muito. No campo, sobre a relva. À beira das sangas.

Agora é Tita que se perturba. Não sabe o que dizer. Teme ferir o rapaz, que já sofreu tanto. Teme se comprometer. E teme, principalmente, a si mesma. Pede tempo para pensar. Ricardo insiste, quer uma resposta, mas Tita, sorrindo, já lhe escapa: anoitece, Guedali pode estar de volta.

De Guedali, Ricardo não quer saber. Não pretende nem mesmo conhecê-lo. Apenas uma vez ouve-lhe a voz, e é na noite de 15 de julho de 1972: vou demorar, está gritando o tal Guedali da porta, não me espera. Afoito, Ricardo sai da adega: quer a resposta de Tita. Louco, diz ela, volta já para o teu esconderijo. Ele, porém, esquece toda a prudência: abraça-a ali mesmo, no living.

A porta se abre. É o Guedali:

— Estou de volta — diz —, o Paulo...

Interrompe-se. Não pode acreditar no que está vendo. Acho que não adianta esconder nada, diz Tita. Há um tom de desafio em sua voz que irrita Guedali: é como se ela estivesse cheia de razão. Quem é ele, pergunta, a custo se contendo, o que está fazendo na minha casa? Bem, começa Tita, já insegura, ele apareceu...

Guedali interrompe-a: tu não. Tu não falas. Ele é quem fala. Vai contar tudo. Direitinho. Sem mentir.

Ricardo conta sua história. Trêmulo, morrendo de medo, vê-se. Está dizendo que só queria pedir auxílio a Guedali para voltar para casa, para os pais.

Guedali já não está interessado no que ele diz. É para Tita que olha. Não tem dúvidas: ela está mesmo apaixonada. Uma coisa avassaladora. Esqueceu-o, esqueceu os filhos, tudo. Só tem olhos para o rapaz. Guedali sente que precisa fazer alguma coisa, e rápido, porque...

A porta se abre, um grupo irrompe por ela, gritando — feliz aniversário, feliz aniversário! — Paulo e Fernanda, Júlio e Bela, Bela carregando uma torta, Armando e Beatriz, Armando com duas garrafas de vinho, Joel e Tânia, Tânia com um buquê de flores — e de repente Guedali lembra que é o aniversário de inauguração do condomínio, uma data que celebram sempre; por isso ele não encontrou Paulo, a quem fora procurar.

Detêm-se todos. Imóveis. Surpresos. De repente, Tânia fica histérica: é um ladrão, grita, chamem os guardas! Pelo amor de Deus, chamem os guardas!

Com um grito espantoso, Ricardo joga-se contra a enorme janela, desaparece em meio a uma chuva de vidros quebrados. Espera! — grita Tita, correndo. Beatriz tenta segurá-la, ela livra-se com um safanão, sai porta afora, os outros atrás, Paulo gritando, quem é ele, Guedali, quem é ele? Cala a boca, grita Guedali, e nesse momento ouve-se o latido de cães e tiros, vários tiros em rápida sucessão. Correm para o parque, de longe avistam os guardas, ao redor do chafariz — e o rapaz, caído de borco, em meio a uma poça de sangue.

Tita corre à frente, gritando sempre. Guedali faz um esforço desesperado, antes que ela chegue ao chafariz consegue alcançá-la, segura-a pelo braço. Me solta, animal — berra, o rosto transtornado de ódio e dor; não a solta, segura-a firme, puxa-a para si. Resiste, golpeia-lhe o rosto, o peito com os punhos fechados. Por fim se afrouxa; meio desfalecida, deixa que o marido a conduza para casa e a deite na cama.

A campainha soa insistente. Guedali vai abrir. É Pedro Bento, o revólver ainda na mão. Está lívido, sua abundantemente.

— Era teu parente, Guedali? — pergunta, baixinho. — Teu amigo?

Guedali não responde, olha-o sem dizer nada. Pedro Bento continua: me perdoa, Guedali, se era teu amigo ou teu parente. O pessoal se assustou, começou a atirar; quando cheguei no chafariz ele já estava morrendo, só dei o tiro de misericórdia, na cabeça, para ele não sofrer.

Lá em cima, o choro convulso de Tita. Está tudo bem, diz Guedali, e fecha a porta.

Nos dias que se seguem Tita fica no quarto. Trancada, não quer ver ninguém. Por fim, permite que Bela entre. E só à Bela conta a história do jovem terrorista. Do seu amante. A todos os outros, Bela e Guedali dizem que se trata de um ladrão que Tita surpreendeu em casa.

As providências necessárias são adotadas. O inquérito policial é rápido. As notícias de jornal, curtas. *Jovem assaltante baleado ao assaltar condomínio horizontal.* Fato demasiado corriqueiro para despertar qualquer atenção. Em poucos dias até as crianças esquecem o ocorrido, absortas nos bangue-bangues da TV.

Mentiras. Camadas de mentiras, umas superpostas a outras. É preciso fazer a arqueologia dessas fantasias para expor a verdade, se é que ela existe.

Guedali se vai. Deixa Tita e os filhos, parte para o Marrocos. Procura — o que não é de admirar, trata-se de alguém de sua confiança — o médico. Está então francamente perturbado. Quer ser operado, quer, como ele diz, voltar a ser centauro. O doutor chega a suspeitar que essa conduta bizarra seja devida a uma recidiva do câncer; resolve fazer todos os exames de novo. Nesse meio-tempo Guedali envolve-se num *affaire* com a enfermeira da clínica, uma misteriosa tunisina chamada Lolah. É dessa mulher que Guedali recebe o amuleto, a pata de leão mumificada.

O médico, que tem pela moça uma paixão platônica, não quer que os dois se vejam. Chega a trancá-la no quarto. A coisa quase termina em tragédia. A enfermeira invade a sala onde Guedali está sendo radiografado sob anestesia geral, tenta agredir o médico. Acaba levando tiros do auxiliar deste, é removida para outro hospital, salva-se por um triz.

Quanto a Guedali, acorda da anestesia curado: não quer mais ser operado, quer voltar para o Brasil. Tem tanta pressa que até a pata de leão esqueceria, não fosse o médico lembrá-lo.

Pata de leão, exclama a moça, isso bem que eu gostaria de ter. Sou vidrada em amuletos. Pede para ele, diz Tita, é capaz de te dar.

— Você me dá a sua pata de leão, Guedali? — pergunta a moça, me segurando o braço. Vou pensar, respondo, sorrindo.

— Mas então — continua Tita — Guedali voltou do Marrocos. Meio cabreiro ainda: não quis voltar para casa. Comprou a fazenda que foi do pai dele, em Quatro Irmãos, e ficou lá, trabalhando na terra, ajudado por um bugre das redondezas. De noite, ficavam os dois fazendo bruxarias. O Guedali gosta dessas coisas, sabe? E o índio tinha um verdadeiro arsenal de amuletos. Mas aí minha sogra me avisou que ele estava na fazenda e resolvi ir até lá. Você vê, só àquela altura — e olhe que já estávamos casados fazia tempo, hein? — me dei conta de que era realmente amor o que eu sentia pelo Guedali. Nos reconciliamos, e agora estamos morando em Porto Alegre, onde ele toma conta da filial da firma que montou com o Paulo.

Fala da casa que construímos na zona sul de Porto Alegre. Uma bela casa, em estilo mourisco, algo que não é frequente na cidade. Descreve com entusiasmo o jardim, pequeno mas de muito bom gosto. Aquele sim, merece o nome de jardim das delícias, exclama, numa alusão à denominação do restaurante. Fala da fonte marulhando sob o luar, fala dos canteiros com plantas exóticas, fala da brisa que agita os ramos das palmeiras-anãs, fala das aleias ensaibradas.

Não fala, claro, das marcas de cascos na terra negra dos canteiros. Sabe que essas marcas existem; atribui-as, em todo caso, aos cavalos errantes que às vezes ainda são vistos em nosso bairro, ainda não de todo urbanizado.

Vêm de São Paulo, esses cavalos. O uso do motor a explosão no transporte e a mecanização da lavoura tornou-os dispensáveis como força de tração. Confinados em estreitos cercados, aguarda-os a morte inglória do matadouro. Desse destino salva-os o instinto. Guiados por um tropismo obscuro tomam o rumo do sul, do Rio Grande. Passam por Porto Alegre (e é aí, segundo o pensamento de Tita, que invadem nosso jardim), chegam à fronteira, lá onde um dia galoparam, conduzidos ou não por garbosos cavaleiros e cavaleiras. Nessas paragens, contudo, já não são bem-vindos, por velhos e desdentados; portanto, continuam sua grande e forçada marcha. Passando pelas estepes da Patagônia, chegam, exauridos, praticamente moribundos, à região dos gelos eternos. Num último esforço conseguem galgar a montanha solitária. Aí morrem, as queixadas abertas num riso enigmático.

Muito bonito, Tita. Mas será mesmo verdade? Serão mesmo de cavalos as marcas na terra do jardim? Não serão de alguém que por ali corre, à noite, a horas mortas?

Falo de alguém com corpo de ser humano, e até pernas e pés humanos; mas com o jeito peculiar de pisar que imprime ao solo a marca inequívoca do casco. Falo num centauro, ou no que resta dele. Falo em Guedali, Tita.

Mas já não é de Guedali que Tita está falando. Conta agora as proezas de nossos filhos. Um é campeão de natação, nada como um peixe; outro é o melhor aluno da classe e está aprendendo violino. Vivemos com conforto, arremata. Nada nos falta; enfim: terminou tudo bem.

Parece final de novela de TV, diz a moça. E tem razão: é uma história tão engenhosamente montada quanto uma novela de TV. Com um único objetivo: me convencer de que eu nunca fui um centauro. O que estão conseguindo. Em parte, pelo menos. Ainda me vejo como um centauro, mas um centauro cada vez menor, um centauro miniatura, um microcentauro. E mesmo essa travessa criaturinha me foge, quer galopar não sei para onde. Talvez seja o caso de deixá-lo partir, de aceitar esta realidade que eles querem me impor: que sou um ser humano, que não existem os seres mitológicos que marcaram minha vida, nem os centauros, nem a esfinge, nem o cavalo alado.

Gosto muito do Rio Grande, está agora dizendo a moça. Aliás, tenho uma irmã que mora lá. Aquela é uma aventureira, como você, Guedali. Foi para lá como jornalista, para fazer uma reportagem sobre as estâncias da fronteira. Terminou se juntando a um circo. Quem sabe era ela a domadora por quem você se apaixonou?

Caem as duas na gargalhada. Eu rio também. Por que não rir?

— Aliás — continua — há uma outra coincidência. Houve uma época em que morei na casa de um velho amigo meu — perto do teu bairro de Teresópolis. Não seria eu a moça que você via pelo telescópio, Guedali?

Ri de novo. E me pisca o olho. Tenho certeza de que, por trás dos óculos escuros, me pisca o olho.

Outro dia vi um pobre na rua. Pedia esmolas, mostrando um coto de perna. Dei-lhe dinheiro, decerto por causa do sentimento de culpa inspirado pelo impulso (abortado) de lhe dizer: perna amputada? Nada, meu amigo. Isso não te impede de trabalhar. Quem te fala é um que tinha cascos, sabes? E que mesmo assim lutou e venceu. Toma meu exemplo, amigo, parte para o duro combate da vida e fica sabendo que pior que não ter perna é ter cascos, podes crer.

Nesse momento está me ocorrendo uma dúvida: de quem são estes pés nus, que sob a mesa acaricio com meus pés também descalços?

Tanto podem ser de Tita como da moça. A expressão dos rostos não me ajuda a solucionar o enigma: ambas sorriem com ar cúmplice. Pela maciez da pele eu pensaria nos pés de Tita; mas quem me garante que a loura não usa cremes hidratantes? O certo é que os pés se procuram, se acariciam: pés erógenos esses.

A moça ergue o copo de vinho, brinda, como seria de esperar, à liberdade.

— À liberdade! — digo, erguendo meu copo, e nesse momento me dou conta: um pé é de Tita, outro da moça. Claro! Como não notei antes? Há pessoas com pés bizarros, há mesmo os cascos dos centauros, mas pés com o dedão para fora, isso não existe: um pé é de uma, outro pé de outra.

A descoberta me dá um ataque de riso. Me olham, surpresas, e riem também. Aliás, ri todo mundo: os gêmeos, Paulo, Fernanda, Júlio, Bela, todos. Até os garçons tunisinos riem. Riem sem saber por quê, mas riem gostosamente, às gargalhadas. Um chega a se dobrar de tanto rir.

Ainda rindo, a moça inclina-se para apanhar a bolsa. Nesse momento, a blusa entreaberta deixa ver um seio bem modelado, de contorno suave. E os colares, com mil penduricalhos: uma estrela de davi, indiozinhos; mais abaixo, já no desfiladeiro entre os seios, uma pequena esfinge em bronze; um cavalo alado, de asas abertas; o centauro.

Abre a bolsa. Antes mesmo que fale, antes que diga que esqueceu os documentos no carro, antes que me peça para acompanhá-la, já estou me levantando, já estou de pé. Antes mesmo que Tita, sorrindo e piscando o olho, me convide para ir para o hotel, já estou me levantando, já estou de pé.

Como um cavalo alado, prestes a alçar voo, rumo à montanha do riso eterno, o seio de Abraão. Como um cavalo, na ponta dos cascos, pronto a galopar pelo pampa. Como um centauro no jardim, pronto a pular o muro, em busca da liberdade.

10ª EDIÇÃO [2004] 6 reimpressões
11ª EDIÇÃO [2023]

ESTA OBRA FOI COMPOSTA EM ELECTRA PELA SPRESS E IMPRESSA EM OFSETE PELA GRÁFICA PAYM SOBRE PAPEL PÓLEN NATURAL DA SUZANO S.A. PARA A EDITORA SCHWARCZ EM DEZEMBRO DE 2023

FSC
www.fsc.org
MISTO
Papel produzido a partir de fontes responsáveis
FSC® C133282

A marca FSC® é a garantia de que a madeira utilizada na fabricação do papel deste livro provém de florestas que foram gerenciadas de maneira ambientalmente correta, socialmente justa e economicamente viável, além de outras fontes de origem controlada.